신이 떠나도

신이 떠나도

운이나 장편소설

유유히+

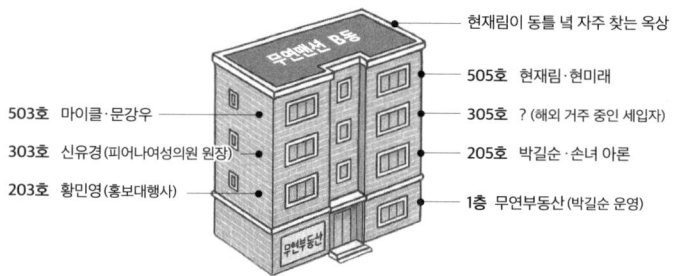

차례

운수 좋은 날	007
운명을 만들어드립니다	041
오래된 동상이몽	072
프로 무당과 아마추어 탐정	102
야근하다 눈떠보니 신부가 되었습니다만	130
운명을 바꾼 나의 이름은	169
꿈보다 해몽보다 태몽보다 더	206
모든 일의 전야	235
무연 히어로즈 출동	264
팔자에 없는 팔자	294
한밤의 귀신놀이	319
누구에게나 사연이 있다	337
신이 떠나도	353
작가의 말	364

- 일러두기

  국립국어원 외래어표기법을 따르되 일부 단어는 관용적 표현으로 예외를 두었습니다.

운수 좋은 날

 귀신이다. 강우는 등 뒤로 오소소 돋아나는 소름으로 직감했다. 뒤에 있는 존재는 사람보다는 귀신일 확률이 높았다. 이 건물, 무연맨션이라면.

 무연맨션 503호 정식 거주자의 하우스메이트이자 1996년생 쥐띠 남자인 문강우는 오늘 아침에도 맨션의 뒷산, 정확하게 말하자면 동산쯤으로 부를 수 있는 무연산을 올랐다. 오른다기에 조금 민망한 경사이기는 하지만, 그건 무연맨션이 무연산 자락을 이미 한참이나 올라온 자리에 있어서였다. 산자락에 다닥다닥 붙어 있는 크고 작은 빌라 사이 골목길을 지나, 봉고차 마을버스도 더는 올라오기를 포기하고 돌아서는 지점에서 조금 쉬었다가 10분처럼 느껴지는 5분 거리의 언덕길을 더 오르면, 무성한 초록이나 잿빛 산 사이로 튀는 빨강이 보인다. 무연맨션이다. 가파른 데다가 좁아지는 마지막 오르막을 오를 수 있는 유일한 크기의 경차, 빨간색 모닝이 건물 앞에 마치 기념물처럼 주차되어 있다. 차의 주인은 1층 무연부동산 사장 1951년생 토끼띠 박길순 씨다.

"우리 복덕방 안 거치고 무연동을 오갈 수가 없었거든."

길순의 단골 멘트부터 과거형이라는 점에서 무연맨션의 영광은 아주 예전의 것임이 확인된다. 언제부턴가 길순은 무연동 이야기는 빼고, 나를 안 거치고 무연맨션을 드나들 수는 없다고 말하게 되었다. 잊을 만하면 불어오는 재개발의 바람에 휩쓸리지 않은 건 아니었지만, 무연맨션은 쓰러지지도 무너지지도 않고 자리를 지켰다. 마치 길순처럼.

강우의 일과는 눈을 뜨자마자 자리를 박차고 일어나 거실 창을 열어보는 것으로 시작됐다. 동틀 녘, 날씨 확인 후 상체를 창밖으로 길게 빼서 아래를 보면 어김없이 아침 체조를 하는 길순이 눈에 들어온다. 운동복으로 갈아입은 강우는 간단한 스트레칭으로 몸을 푼 뒤 503호를 나선다. 무연맨션은 4층 건물이다. 그렇다면 503호는 옥탑방을 의미하는 걸까? 아니다. 강우는 4층에 산다.

시간을 조금만 되감아 다시 강우를 뒤따라가보자. 러닝화 끈을 단단히 맨 강우가 503호 문을 열면 맞은편에 505호가 보인다. 신발 끝을 바닥에 톡톡 두드려본 강우가 계단을 내려간다. 303호와 305호를 지난다. 그렇다. 무연맨션에는 4층이 없다. 4호도 없다. 거주하는 사람이 없는 A동에 1호와 2호가 있고, B동에는 3호와 5호만 있다. 한 층에 4개 호실을 만든 4층짜리 건물에, 4라는 숫자가 모조리 빠져 있는 것이다. 숫자 4를 죽음을 의미하는 사死와 연결지어 피하는 미신 때문이다. 4층을 5층으로 부르고, 4호 자리에 5호가 있는 이런 상황을 한국인들은 대체로 그러려니 한다. 왜인지를 끈질기게 궁금해하는 이들은 대부분 외국인이다. 503호 안방에 잠들어 있는 생년 미상의 호주 남자, 1년 전 어느 비 오는 밤에 길을 잃고 무연동을 헤매던 강우를 주워 온 마이클의 경우가 그렇다. 외국인들은 한 건물이 안전기준을 충족하지 못했다고 평가받는 위험천만한 상황을 한국인들이 왜 '안전진단 통과'로 표현하며 축하하는지도 이해하지 못한다. 인연이 없는 동네의 죽음이 없는 건물을 걸어 나와 무연산 정상으로 달려가기 시작하는 강우 뒤로, '축 무연맨션 안전진단 최종 통과'라는 빛바랜 현수막이 바람에 흔들렸다.

"문강우! 럭키 가이! 일석이조 만사형통의 남자! 아자아자, 파이팅!"

트레일 러닝으로 10분 만에 무연산 정상에 오른 강우는 누가 들으면 뻔하다고 할 구호를 적당한 데시벨로 외쳤다. '야호'를 소리 높여 외쳤다가 마이클에게 커먼 매너니 사회적 약속이니 하며 면박을 받은 후로, 아랫배에 단단히 힘을 주고 짧고, 굵고, 낮게 외치는 게 버릇이 되었다. 당장 정상에 서서 바로 아래로 눈을 내리면 옥상의 절반이 보이는 무연맨션 이웃들의 아침잠까지 뺏을 필요는 없으니까. 여기서 눈을 멀리 두면 산 아랫동네 재개발과 더불어 자리 잡은 무연센트럴포레스트아파트가 보인다. 예전에는 한강도 보였다는데, 아파트가 풍경을 망치고 있다. 강우는 정상에 설 때마다, 길순을 처음 만났던 1년 전 어느 날을 떠올렸다.

"박 사장님만 알면 돼. No problem."

쏟아지는 빗속에 쓰러져 있던 강우를 503호로 데리고 온 마이클은, 겨우 정신을 차린 강우를 무연부동산으로 데려갔다. '월세 30, No 보증금'이라는 파격적인 조건으로 방 한 칸을 내주겠다는 마이클의 말에 길순은 뭐라 덧붙이지 않고 고개를 끄덕였다. 이렇게 쉽다고? 친누나에게 명의 도용 사기를 당해 전세금 한 푼 돌려받지 못하고 쫓겨난 게 엊그제인데, 브레이크 없이 들이닥친 호의에 강우는 얼떨떨했다. 길순이 믹스커피가 든 종이컵을 강우 앞으로 밀어주며 운을 뗐다.

"터가 좋다는 말을 아시나?"

우리 맨션은 터가 좋아서 힘들 때, 어려울 때 온 사람들도 다 잘돼서 나갔다오. 송장 치른 적 없고, 사업이 망하거나 일이 안 풀려 떠난 사람 없고, 나쁜 짓 하다 잡혀간 사람 없고, 다들 소망하고 바라는 것 이루고 나갔으니 거, 성씨가 뭐라고 했지? 그래, 문가 청년도 젊어서 고생은 사서도 한다고, 큰 사고나 문제 없이 잘 지내다 가셔라. 여기 생년월일시, 출생지, 이름만 한자로 적어주고. 어허, 쥐띠면 날삼재로구나. 걱정을 말어! 이제 아주 인생이 술술~ 풀리고, 행운이 찾아올 테니까! 여기 터가 그래!

복사용지에 적으라는 걸 적고 떠밀리듯 문을 나서면서도 조건 없는 호의가 내 것이 맞나 싶었지만, 사정은 뒤로하고 잘 살면 된다는 말이 고마워서 문 너머로 꾸벅 허리를 숙였다. 여기서 지내다 보면 의지할 수 있다고 믿은 유일한 혈육에게 사기를 당한 상처가 아물어갈 것도 같았다. 게다가 터가 좋다지 않은가. 행운이 찾아온다니, 강우에게 이보다 마음에 드는 첫인사는 없었다.

군 시절 강우를 콕 찍어 괴롭히던 선임이 붙여준 별명이 '문재'였다. '문 재수 없음'의 준말로 성격도 재수가 없고, 실제로도 운-재수가 없으며, 문제 사병이기도 하다는 고맥락의 별명이었다. 선임들 사이 제비뽑기 내기에서 막내가 대신 뽑아보라는 명령을 따랐을 뿐인데 벌칙에 걸린 뒤, 강우는 언제나 문제 있는 상태로 군 생활을 해야 했다. 강우 입장에서는 별명을 붙인 선임이야말로 재수 없는, 아니 재수 털리는 인간이었지만, 그가 어느 정도는 예리했음을 인정하지 않을 수 없었다.

어릴 때부터 불운의 아이콘이었다. 달고나 뽑기를 해도 친구들이 동그라미나 네모, 운이 나빠봤자 하트나 별을 뽑을 때 눈 결정 모양이 나오는 식이었다. 별일 아닌 것 같지만, 이런 일을 겪으며 사는 어린이는 운이라는 게 공평하지 않음을 일찌감치 깨닫게 된다. 똑같이 간식을 받아도 벌레 먹은 사과가 손에 쥐여지는 일상적인 불운. 참지 못할 정도는 아니었으나, 시간이 흐를수록 불운의 강도가 점점 강해진다는 게 문제였다. 불운을 노력으로 극복하는 서사에 자신을 주인공으로 세팅한 어린이는 크고 작은 부상쯤은 극복하는 게 당연한 체육계 청소년으로 자라났다. 10대의 강우는 운동은 소질과 노력이 결정하는 분야라고, 운이 만드는 한 끗은 있는 힘껏 따라잡으면 잡힐 거라고 믿었다. 없는 살림에 가족의 지원을 받아 서울 유학까지 갔다. 하지만 가장 중요한 순간에 불가항력으로 닥치는 상황까지 막을 수는 없었다. 체대 입시 실기 테스트 직전에 맹장이 터진 것이다. 그게 운이었다. 이 일로 결국 운동을 접게 되었을 때, 동창이던 당시 여자친구가 병문안을 와 진지하게 말했다.

"부적 같은 걸 써봐. 굿을 하든가."

강우는 기다렸다는 듯 베개 아래로 손을 집어넣어 노란 종이를 꺼냈다. 노란 종이에 붉은 선, 부적이었다.

"이미 썼네? 시골 사는 너희 엄마 교회 다니신다며?"

"누나 작품. 그리고 지방이라고 다 시골 아니거든?"

미심쩍다는 듯이 형광등 조명에 부적을 비추어보는 여자친구를 보면서, 사이비라도 교회는 교회지 생각했다. 도박에 빠진 아빠가 떠난 뒤 엄마가 인생을 걸고 매달려 있는 신이든, 누나가 가져온 부적에 기운을 불어넣은 신이든,

누구여도 좋았다. 제발 이 불운이 끝나기를 매일 밤, 아무 신에게나 빌었다. 부적의 효험인지 기도발인지, 강우의 스무 살은 비교적 무탈했다. 제때 대학에 간 여자친구가 복학생과 사랑에 빠져 재수 학원에 다니던 강우를 차버린 사건을 제외하면 큰 불운은 찾아오지 않았다. 여의도에서 회사를 다닌다는 누나가 아주 가끔 강우를 찾아와 부적을 바꿔주었다. "비록 재수 학원이라도 네 인생에는 재수가 있는 게 낫다"는 말장난은 재미가 하나도 없었지만, 부적과 용돈을 함께 받는 처지라서 웃어줄 수밖에 없었다.

입시 실패 이후로 알바를 전전하다 방 보증금마저 밀린 월세로 다 까먹어버린 어느 날, 강우는 자진 입대를 했다. 소식을 전하지도 않았는데 어떻게 알았는지 입대 전날 나타난 누나가 새 부적을 내밀었다. 무슨 객기였는지 "우리 가족이 나에게 해준 게 뭐 있냐"는 식상한 대사를 내뱉으며 부적을 찢어 던졌다.

"개새끼야, 이게 얼마짜린 줄 알아?"

훈련소 화생방 훈련에서 하필이면 고장 난 방독면을 지급받아 10초 만에 실신했을 때, 눈앞에 별 대신 그 부적 조각이 보였다. 곱게 들고 올걸. 좆같은 선임 밑에서 뺑이치며 온갖 사고가 벌어질 때마다 누나의 부적이 아른거렸다.

부적을 베개 아래 두고 잤던 스물 언저리 몇 해 동안은 갑작스러운 불운이 인생의 경로를 가로막지 않았었는데. 마지막 날까지 강우 괴롭히기를 포기하지 않았던 선임이 전역하고 딱 생활관 한 칸에서만 유효한 말년 병장의 자그마한 권력을 얻은 지 일주일 만에 족구를 하다 십자인대가 파열된 날, 별 대신 그 부적이 보였다.

이 사연을 들은 모든 한국 남자는 정확하게 같은 대사를 뱉었다.

"그거 입대 전이었으면……"

"면제죠."

군에서 돌아온 뒤 누나와 연락이 되지 않았다. 산속 기도원인지 어딘지에 들어가 있다는 모친에게 연락하니 이상한 말을 했다.

"귀신 들린 거야. 사탄이 우는 사자처럼 너희를 잡아먹으려고 입을 벌리고 있다고, 엄마가 했어, 안 했어? 은이는 잡아먹혔다."

무언가에 잡아먹힌 건 엄마일 확률이 더 높아 보였다. 누나가 어디 있는지 수소문하는 일은 그만두었다. 누나보다 부적을 더 원하는 것 같아 께름칙했던 것이다. 대학로 타로 점집 근처를 가보았다가 우연히 어린이 뮤지컬 극단

단원 모집 공고지를 받게 됐다. 극장을 찾아갔다. 부적 대신 그 광고지가 강우의 운명을 바꿔주었다. 극장 청소를 하다가 무대 배경을 그리게 됐고, 티켓을 팔다가 「오즈의 마법사」 허수아비 대역을 했다. 생략이 필요한 생고생의 시절을 보내다 창작 어린이 뮤지컬 「스톰맨」의 주연으로 뽑혔던 날, 강우는 자신을 지긋지긋하게 괴롭혀온 불운이 꽤 긴 시간 동안 잠잠했음을 깨달았다. 역시 인생은 마음가짐이야. 꿈을 이루기 위해 노력하니까 이렇게 세상도 내 편이 되잖아! 비교적 멀쩡한 허우대밖에 가진 게 없는 주제에, 온갖 특권을 가지고 태어나서 기회만 되면 책을 쓰는 백인 남자들의 자기계발서 같은 생각에 빠지고 만 것이다. 스톰맨 연기를 인상 깊게 봤다는 유명 엔터테인먼트 기획사의 오디션 연락까지 받고 보니 자신감이 치솟았다. 역시나, 거기까지였다.

기획사 최종 오디션을 앞두고 있던 전국 투어 마지막 공연 전날, 교통사고를 당하고서야 불운이 더 큰 점프를 위해 잠시 몸을 움츠리고 있었음을 몸으로 깨우쳤다. 또 어떻게 알았는지 누나가 병원으로 찾아왔다. 팔랑팔랑 부적을 흔들며 말했다.

"이번에도 찢을 거야?"

"아니. 이것만 아니었으면 큰절이라도 했을걸?"

강우가 왼쪽 다리를 가리켰다. 십자인대 파열은 오른쪽이었으니 불운은 주제에 고르기까지 했다. 강우가 멀쩡한 두 손을 들고는 불편한 허리를 두어 번 숙이며 염소 울음소리를 냈다.

"메에시- 메에시-"

무슨 미친 짓이냐는 듯한 누나의 표정에, 재빠르게 덧붙였다.

"고맙다고 절하는 거야. 내 신, 리오넬 메시에게."

"지랄을 해요."

입이 거친 건 여전했다. 강우가 등허리께에 받치고 있던 베개를 꺼내려 하자, 누나가 강우를 툭 밀어 눕히고는 손을 내밀었다.

"지갑 내놔. 이번엔 거기 넣어야 돼. 내가 넣어줄게."

그 밤은 유난히 잘 잤다. 푹 자고 일어나니 두꺼워진 지갑에 적지 않은 지폐가 들어 있었다. 오랜만에 누나를 보고 나름 대화다운 대화를 나눠서인지 기분이 좋았다. 부적 때문일까. 일주일 정도 일도 잘 풀렸다. 기획사 오디션은 놓쳤지만, 기대작인 액션 영화 신인 오디션에서는 서류를 통과했다. 액션 실습 오디션 직전에 깁스를 풀 수 있었다.

가끔 운을 대신해 쓰이는 단어, 타이밍이 좋았다. 최종까지 간 건 스톰맨 이후 처음이었다. 오디션 전날 아침에야 지갑에 있던 주민등록증이 없어진 걸 알게 됐다. 운전면허증도 찾을 수가 없었다. 처박아둔 여권은 오래전에 만료됐다. 대체 서류를 발급받으러 주민센터로 가려던 강우는 현관문 앞에서 이삿짐센터 아저씨와 마주쳤고, 무언가 잘못됐다는 사실을 알았다. 바로잡기에는 한참 늦었다는 사실도.

그날, 강우는 살던 집에서 쫓겨났다. 전역 후 모은 전 재산인 전세금도 잃었다. 얼마인지 계산하기도 어려운 빚까지 생겨 신용불량자가 되었다. 생계 앞에 배우라는 꿈은 멀리, 다음으로 밀려났다. 배신을 당했다기보다는 버려진 기분이 들었다. 이유를 알고 싶어서 미친 듯이 찾아다녔지만, 찾을 수 없었다. 누나가 저지른 일에 딱 들어맞는 단어조차 찾지 못했다. 시스터 피싱? 친족 사기? 그렇게 말하려면 증거가 있어야 했다. 누나처럼 없어졌거나 원래 없던 것만이 그 증거였다. 아마도 누나가 병원에 찾아왔던 날부터 지갑에는 신분증도 부적도 없었으리라는 것. 그런 짐작은 아무도 증거라고 믿어주지 않았다.

지갑. 맨션과 산 정상을 잇는 숲길 입구에서 10대 취향의 패브릭 지갑을 주웠을 때, 강우의 머릿속에 이 모든 사연이 주마등처럼 스쳐갔을 리는 만무하다. 강우는 지갑을 주운 대부분의 사람들처럼 행동했다. 지갑을 열어보고, 주인을 확인해 돌려줄 수 있는지를 따져보면서, 지갑 속 현금의 액수에 따라 갈등하는 일. 주민등록증이 있었다. 2000년대생은 정말 주민등록번호 뒷자리가 1도 2도 아니라는 사실에 잠시 놀란 뒤, 이름과 사진을 유심히 들여다보았다.

현미래

짧은 머리의 미소년 같았지만, 주민등록 뒷자리는 4로 시작하니 여자 고등학생 같았다. 주민등록증, 교통카드, 5만 원짜리 한 장과 만 원짜리 두 장이 전부였다. 부적 같은 건 없었다. 보통은 없겠지만, 있다고 해도 그리 특별한 일은 아닐 것이다. 4층이나 4호가 없어도 그러려니 하는 것처럼. 부적이 없는 지갑이 주는 상념에 잠깐 빠져 있던 강우의 생각이 제 궤도를 찾았다. 학생증 같은 게 있다면 학교로 갖다 주면 될 텐데, 파출소가 어디에 있더라.

몇 걸음 걷지도 않았는데 파출소까지 갈 필요가 없는 풍경이 강우 앞에 펼쳐졌다. 무연여고 교복을 입고 납작한 가방을 멘 학생이 헤드폰을 쓴 채 풀숲을 뒤지며 무언가를 찾고 있었다.

"저기요."

헤드폰 때문인지 강우가 부르는 소리를 못 듣는 학생을 좀 덜 놀래려는 의도였지만, 학생의 시야로 발을 불쑥 내밀어버린 강우의 선택은 역효과를 낳았다. 너무 놀라 풀썩 주저앉아버린 학생이 헤드폰을 빼고 강우를 올려다봤다.

"아저씬 뭐예요."

의심과 경계가 가득한 커다란 눈을 피하며, 강우는 주머니에서 지갑을 꺼내 내밀었다.

"찾는 거 이거 아니에요? 저기서 주웠거든요."

지갑을 받아 든 학생은, 잡고 일어나라며 강우가 내밀고 있는 손을 무시하고 흙바닥을 짚고 일어나더니 교복 치마에 손을 털었다. 머쓱하게 손을 거둔 강우가 왜인지 변명을 했다.

"살짝 봤는데 신분증만 있고 번호도 없고, 학생 같은데 학생증도 없고, 그래서 파출소에라도 가져다줘야 하나 했는데……"

"여기요."

학생이 5만 원짜리 한 장을 강우 앞으로 내밀었다.

"에?"

"사례비예요. 찾아주셔서 고맙습니다."

"에이, 사례비는 무슨. 여기서 저기까지만 더 갔으면 어차피 다시 찾았을 텐데. 됐어요."

일단 사양했지만 한 번만 더 권유하면 받아도 되지 않을까. 그러나 학생은 권유와 사양을 최소 두 번은 주고받는 한국인의 미덕을 조금도 발휘하지 않고 지폐를 지갑에 넣어버렸다. 요즘 10대들이란. 꾸벅 고개를 숙이곤 돌아서려는 학생을 강우가 다시 불러 세웠다.

"확인 하나만 하죠."

혹시 모르니까. 강우는 학생이 지갑에서 꺼내 얼굴 옆으로 든 주민등록증 사진과 얼굴을 다시 한 번 비교했다.

"맞죠?"

"맞네요."

현미래라는 이름의 학생이 신분증을 도로 지갑에 집어넣으며 짧지만 명확하게 한숨을 쉬었다. 귀찮다는 뜻이 분명했지만, 입 밖으로 나온 말은 예상치 않은 내용이었다.

"오늘, 운이 좋으실 거예요."

"운이요?"

"네. 좋은 일을 하셨으니까, 운수 좋은 날이 될 거라고요."

정말이었다. 마이클이 집으로 들어서는 강우에게 왜 이렇게 늦었냐며 업무용 휴대폰부터 들이민 게 시작이었다.

"헤이! 완전 럭키 데이. 의뢰가 다섯 건인데 레벨 3만 두 건이야."

"진짜?"

무연맨션 503호에 살고 있는 두 남자 문강우와 마이클은 동거인이면서 동업자였다. 무연동 중심의 태풍심부름센터를 함께 운영했다. 동네를 산책하며 아무에게나 말을 걸어 이웃과 안면을 트고 그들의 사소한 일을 도와준 뒤 반찬, 커피 따위를 받아 오는 강우의 일상에서 힌트를 얻은 마이클이, 이를 비즈니스 형태로 발전시켰다. 센터 이름은 강우가 연기했던 어린이 뮤지컬 캐릭터 스톰맨에서 따와 태풍심부름으로 지었다. 강우가 이발을 하러 갔다가 절친이 된 나이아가라미용실의 나말숙 원장님이 소개시켜준 중장년 고객들을 중심으로 조금씩 입소문이 났다. 처음에는 심부름만 했다. 두고 간 물건이나 잘못 배달된 택배 가져다주기, 벌레 잡아주기, 반려견 산책시켜주기, 어르신 말상대 같은 일들이었다. 맘카페와 신축 아파트 커뮤니티에 후기가 몇 개 올라온 뒤, 알음알음 소개받는 범위를 넘어선 의뢰가 들어오기 시작했다. 그리고 나서야 보통 사람들이 심부름센터를 어떻게 인식하고 있는지 알게 됐다. 한국에서 심부름센터는 흥신소의 다른 말로, 사설탐정과 다르지 않은 일을 하는 곳이었다.

"범죄까지는 아니잖아?"

식상하게도 파트너의 불륜 증거를 찾아달라는 의뢰가 분기점이 됐다. 갈등하는 강우의 질문에 불륜은 사적인 이해관계가 얽힌 상대의 행위에 더 큰 잘못을 물을 수 있으므로 우리의 뒷조사가 처벌받을 확률은 극히 낮다는 대답을 하고 싶었던 마이클은, 머릿속의 영한 번역기를 돌리기 귀찮아 대충 대답했다.

"뭐, 그렇지."

그 말을 믿은 강우가 영역을 넓히기로 하면서 품이 드는 정도에 따라 일이 분류됐다. 동네 단위의 사소한 심부름은 기본 심부름-레벨 1, 시간을 한나절 이상 써야 하거나 구 단위를 넘는 이동이 필요한 일은 일반 심부름-레벨 2, 구체적인 사전 상담과 계획, 준비가 필요한 일은 특수 심부름-레벨 3이었다. 각각 기본요금에 추가요금까지 정리했다. 레벨 3에는 '협의 후 싯가'라는 가격표가 붙었다. 오픈 메신저를 통해 의뢰를 받는 시스템을 만든 마이클은 사전 준비와 계획을 담당하는 센터의 브레인이었다. 한국어를 거의 못하는 외국인 캐릭터로 가장해 현장 일을 돕기도 했다. 반년간 센터의 소득이 꾸준히 우상향 선을 그렸다. 가까스로 현상 유지를 하다가 요란한 추락만을 반복하는 인생 그래프를 가진 강우로서는 짧았던 뮤지컬 배우 시절 이후 처음 경험해보는 상승 곡선이었다. 일이 잘 풀리고 있다는 느낌을 받은 것도 처음이었다. 그리고 드디어, 오늘이 찾아온 것이다. 누나가 사라진 그날 강우가 떨어진 자리가 지하 깊숙한 곳이었다면, 마침내 바닥에 발을 디딘 느낌이었다. 이상하게도, 미래라는 이름의 소녀가 운이 좋을 거라고 말했던 그 순간부터.

태풍심부름센터는 믹스커피를 마시며 하루의 일을 브리핑하는 타임을 갖는다. 무연동 안에서 해결 가능한 심부름 두 건, 역할 대행 준비가 필요한 일이 새롭게 하나, 뒷조사가 한 건 더.
"마지막 하나가 좀 애매한데……"
마이클이 웬일로 말끝을 흐렸다.
"왜?"
"505호 이사 들어온다고 청소해달래. But, 이름을 못 읽겠어."

남은 커피 한 방울까지 입안에 탈탈 털어넣고 있던 강우가 무슨 소리냐는 듯 마이클을 바라보았다. 마이클이 폰을 건넸다. 강우가 눈을 가늘게 떴다.

"한자네. 앞 글자는 아는데. 재! 재가 확실해."

"그냥 검색해."

"아니야. 이럴 때마다 검색을 하니까 기억력이 쇠퇴하는 거거든. 뇌를 안 쓰니까 치매가 오고! 치매가 오면 가정이 무너지고! 나라가 무너지고!"

가정은 없고 나라에게도 갚을 빚만 있는 놈이 뭐가 무너진다고. 마이클은 속으로 생각하며 강우가 로댕의 조각상 포즈로 고뇌하는 꼴을 지켜보았다.

"재再…… 뭔데."

"그러니까 재…… 뭐냐니까?"

마침내 강우가 비장하게 폰을 뒤집어 내려놓으며 선언했다.

"그냥 재 모某 고객님이라고 부르자."

마이클이 한심하다는 듯 혀를 한 번 찼다.

"쯧, 다음도 읽어. 답장도 보내고."

맞다. 강우가 다시 폰 화면을 확인했다.

금일 무연맨션 505호 실내 청소를 의뢰합니다. 바로 이사 예정입니다. 청소 작업은 해시경 시작해 자시를 넘기지 않게 해주시길 바랍니다. 다음 의뢰는 명일 입주 후 말씀드리겠습니다.

"금일? 오늘 금요일이야?"

수요일이었다. 명일은? 내일이라는 뜻이란다. 난생처음 보는 단어라 결국 검색을 해야 했다. 가정도 나라도 무너지지 않길래 자시子時니 해시亥時니 하는 단어도 검색했다. 시간을 뭘 이렇게 나눠? 이 사람 한 백 살쯤 된 거 아니야? 쓸데없이 어려운 단어를 쓰는 재 모 고객님 때문에 경멸과 피로가 묻어나는 마이클의 표정을 오랜만에 봐야 했던 걸 빼면, 강우의 운수 좋은 날은 평탄하게 흘러갔다. 오전에는 무연센트럴포레스트아파트 반려견 모임에서 맡긴 여섯 마리의 크고 작은 강아지들 단체 산책을 시켰다. 그사이에 의뢰가 하나 더 들어왔는데 타이밍과 동선이 기가 막혔다. 무연동에 살다가 좀 더 남쪽, 한강 부근 아파트로 이사 간 의뢰인이 이전 주소로 잘못 보낸 택배를 새집으로 배달해달라는 요청이었다. 심부름을 수행하고 바로 근처 무연동 외곽 클라이밍센터로 이동해 초등학교 2학년, 5학년인 남매를 픽업해 대중교통으로 시내의 또 다른 학원까지 데려다주는 것으로 레벨 1 업무가 끝났다. 당일 의뢰는 추가금이 발생하기에 오후까지의 일로만 이틀 평균 수입 이상을 번 셈이었다.

당근!

경쾌한 알림에 폰을 확인한 강우의 얼굴이 한 단계 더 밝아졌다. 중고거래 앱에 강우가 꾸준히 눈독 들여온 전기자전거가 올라왔다. 정가의 반값도 안 되는 가격이었다. 오늘처럼 동선이 잘 풀리는 날이 아니면 무연맨션과 역 근처 중심가를 서너 번은 오가야 하는 강우는, 주로 자전거로 이동했다. 심부름 사업을 할 거라면 이동 수단에 투자해달라고 요구하는 강우에게, 사업의 브레인이자 운영자 겸 투자자인 마이클은 중고 자전거를 안겨주었다. 그것도 앞 바구니가 달린 핫핑크색 자전거를.

"타라고? 이걸?"

"타라고. 그걸."

마이클에게는 여전히 한국어를 배울 때의 버릇이 남아 있어 상대의 말을 따라 하곤 했다. 묘하게 빈정 상하는 느낌을 준다는 걸 알면서 일부러 그러는 게 아닌지 의심스러웠다. 기어가 2단까지밖에 없는 자전거로는 당연히 오르막을 못 올랐지만, 일단 내려가면 이동이 편해져 타지 않을 수는 없었다. 하지만 전기자전거로는 오르막도 거뜬하다고 했다. 거래하고 싶다는 메시지를 보내자마자 근처에서 보자는 답장이 왔다. 럭키! 이제 다이소 자물쇠 다섯 개로 핫핑크 자전거를 칭칭 감아 세워두던 시절은 갔다. 마침내! 지갑 소녀의 말대로 흘러가고 있었다.

"아, 좀! 사장님!"

1차 퇴근을 하면서 505호를 청소해달라는 의뢰에 대해 정보가 있는지 물으러 무연부동산에 들르면서 문제가 생겼다. 강우는 보자마자 사랑에 빠진 전기자전거에 리오넬 메시의 이름을 따서 '레오'라는 이름을 붙인 뒤, 안장에서 엉덩이를 떼지 않은 채 오르막을 단번에 올라 맨션에 도착한 참이었다. 길순의 빨간 모닝 앞까지 죽 달려오며, 막힘없이 밀고 나아가는 감각을 오랜만에 느꼈다. 이런 건가. 발에 툭툭 걸리는 사소한 불운 없이, 돌아가기도 까마득한 커다란 바위가 앞을 가로막는 듯한 불행한 사건 없이 매일이 풀려나가는 기분은. 돌아가거나 기다릴 필요 없이 상황과 타이밍이 착착 맞아떨어지고 있는 하루를 몸으로 타고 나아가는 느낌이었다. 그런데 그렇게 소중한 느낌을 전해준 새(것 같은 중고) 자전거, 레오의 바퀴에 길순이 거침없이 소주를 뿌린 것이다.

"사장님, 이거 오늘 산 건데! 새거나 마찬가지라고요."

"새거니까 뿌려야지! 사고라도 나면 어쩔 거야."

말릴 수는 없었다. 길순은 미신에 미친 사람이니까. 널 주워 온 날이 손 없는 날이라서 박 사장님이 그냥 넘어간 거라는 마이클의 말을, 강우는 믿지 않았었다. 하지만 맨션에 살면서 길순을 지켜본 결과, 그러고도 남을 사람이었다. 문지방도 밟지 않고, 밤에 손톱도 깎지 않을 사람. 산과 들과 바다에 가면 귀신에게 먼저 밥과 술을 줄 사람.

"이러면 자전거가 취해서 음주운전 되는 거 아닌가 몰라. 하하하!"

안 웃기면 절대 웃어주지 않는 사람이기도 했다. 소주로 샤워를 한 레오에게는 미안하지만, 길순에게 얻을 게 있으니 너스레라도 떨어야 했다.

"505호에 이사 들어와요?"

"그럼. 맨션 일이 나 안 통하고 되는 줄 알았어?"

"근데 좀 궁금해서요."

"뭐가?"

의뢰 내용을 말해도 될까 싶었지만, 강우는 자기다운 방식이라고 믿는 정면 돌파를 택했다.

"청소는 그냥 하면 되는데, 자시? 한밤중에 하라고 하지 않나, 좀…… 이상하잖아요."

"그럴 수도 있지. 원하시는 대로 해드려."

"뭐 하시는 분일까. 전에 살던 분 어떻게 나가셨는지는 알고 오시나?"

길순의 얼굴이 굳어지는 걸 눈치채고도, 강우는 태평한 얼굴을 유지했다.

"쓸데없는 소리 말어! 필요한 건 내가 다 전달해놨으니까 암말 말고 청소나 싹 깨끗하게 해놔."

길순이 505를 열 수 있는 태그형 마스터 키를 건넸다. 모르고 온다는 거군. 직업이나 입주 이유를 알려줄 생각도 없다는 거고. 얻을 수 있는 정보는 거기까지인 것 같아 깔끔하게 털고 일어났다. 달력을 흘낏 보니 내일도 손 없는 날이었다. 입주자인 재 모 고객님이 길순과 이사 날짜를 조율한 건 확실했다. 소주 냄새 나는 바퀴와 바꿀 만큼 신통한 정보 같진 않았지만, 나쁘진 않았다.

확실히 재능이 있는 것 같은데, 탐정이 될 걸 그랬나. 재능이라는 단어를 오랜만에 듣게 된 건 마이클에게서였다. 심부름 사업을 시작한 이후로도 강우는 종종 고객들에게서 작은 선물이나 덤 같은 걸 받아 왔다. 그걸 건네면서 이런저런 사연이며 속이야기를 강우에게 털어놓는 고객도 많았다. 마이클은 문득 궁금했다.

"사람들은 너한테 왜 그런 얘길할까?"

강우의 이런 면모에서 힌트를 얻어 사업을 시작한 동업자가 갖게 된 의문으로는 좀 늦은 감이 있었다.

"글쎄, 호감형이라?"

"그렇기도 하지만, 굳이 말하자면…… 개 같지."

사람들이 강우를 유난히 편하게 생각하는 이유를 고민해보던 마이클이 내놓은 답에 순하게 처져 있던 강우의 눈매가 미묘하게 올라갔다. 마이클이 뒤늦게 덧붙였다.

"개, 귀엽잖아. 골든리트리버 같은 거."

방금 타 온 믹스커피 색깔의 털을 흩날리며 꼬리를 흔드는 골든리트리버를 떠올리고는 금세 기분이 좋아졌는지 고개를 끄덕이는 강우가, 정말 개 같았다. 그리고 냄새를 잘 맡지. 누구도 수상하게 여기지 않는 외양으로 수상한 일을 하기 딱 좋았다.

"너, 이 일에 재능이 있어."

재능이나 운보다는 노력과 성실이라는 단어에 가까웠던 지난날, 그걸로는 보통 사람 비슷하게 살아가기도 버거웠던 강우의 뇌 한 귀퉁이에, 마이클의 한마디가 찰싹 달라붙었다. 재능이 있다면, 살려봐야지. 강우는 저글링을 하듯 키를 왼손으로 던져 오른손으로 받았다.

해시는 오후 9시에서 11시 사이. 그 중간쯤이 좋을 것 같아 10시에 505호 문을 열었다. 센서등이 고장 났는지 불이 들어오지 않는 어두운 현관에서 휴대폰 플래시를 비추자 공기 중에 자욱하게 떠다니는 먼지가 보였다. 실내등을 켜보니 가구 위에도 먼지가 뽀얗게 쌓여 있었다. 이전에 505호에 살던 여자는 가구와 큰 짐을 남기고 사라졌다. 태풍심부름이 처리한 일 중 하나였다. 그 밤, 한국어 의사소통에 큰 어려움이 없지만 한자와 사자성어에는 유독 약한 마이클이 새로운 단어를 배웠다. 야반도주. 마이클은 그날 바로 특수 심부름에 '야반도주 도우미'라는 업무를 추가시켰다. 맨션과 관련된 일이라면 모르는 게 없는, 아니 없어야 하는 길순도 그날 밤의 일을 도운 사람이었다.

중얼중얼 혼자 떠들며 청소기를 밀고 먼지를 털던 강우가 갑자기 "우와!" 하고 소리를 질렀다.

"Why?"

마이클의 짜증스러운 말투를 캐치하지 못한 강우가 당당히 폰 화면을 들이밀었다.

"스톰맨 의상까지 팔린 거 어떻게 생각해? 미쳤네. 진짜 오늘 날이다. 대~박!"

큰 대를 늘려 발음하면 크나큰 대라도 될 것처럼 길게

끌어 외치는 강우를 한심한 듯 보던 마이클이 결국 참지 못하고 뼈 있는 한마디를 던졌다.

"너는 사기를 잘 당할 타입이야. 조심해야 돼."

하지만 그런 조언 따위는 날이면 날마다 오는 날이 아닌 문강우의 운수 좋은 하루의 끝에 흠집조차 낼 수 없었다. 답장을 보내는 데 정신이 팔린 강우는 마이클의 말을 귓등으로도 듣지 않았다. 마이클은 한숨을 내쉰 뒤, 다시 바닥의 흔적을 지우는 데 집중했다. 사라진 여자가 미처 지우지 못하고 간 흉터 같은 자국들을.

"하여간 제멋대로라니까. 동업의 뜻이 뭐야? 같이 일한다는 거 아니야?"

욕실 청소는 혼자 하라며 바쁜 척 쌩하니 가버린 마이클에게 못다 한 말을 궁시렁거리며 욕실 문을 열자, 여자의 마지막 문자가 떠올랐다.

치운다고 치웠는데 욕실 거울은 분리할 수가 없어서 그대로 두고 가요. 미안합니다.

미안할 일이 아니라고 답장해줄걸. 욕실 수납장 문에 붙어 있는 거울이 둔탁한 무언가에 세게 부딪혀 방사형으로 깨져 있는 모양에 입이 썼다. 핏자국도 남아 있었다. 슬리

퍼 대신 장화를 신고 작업용 목장갑 위로 고무장갑까지 끼고 수납장을 분리하는 강우의 얼굴이 깨진 거울에 비쳐 조각나 보였다.

깨진 거울을 화장실 밖으로 치워놓고 강우는 욕실 전체를 물로 몇 번이나 헹궈냈다. 오래된 욕조와 변기를 닦다 보니 시간이 금방 흘렀다. 자정쯤 됐을까. 깨진 거울 조각이 남아 있지는 않은지 확인하려고 집 전체의 불을 끈 뒤, 욕실에 휴대폰 플래시를 비추었다. 그 순간 반짝, 한 건 분명 거울 조각이 아니라 고장 나 있던 현관 센서등이었다.

귀신이다. 강우는 등 뒤로 오소소 돋아나는 소름으로 직감했다. 센서등이 켜진 직후 현관문 열리는 소리가 났다. 그러니까 저 뒤에 있는 존재는, 귀신일 확률이 높았다. 알 만한 사람들 사이에서는 무연동 귀신의 집이라는 별명으로도 불리는, 무연맨션이라면.

"마이클?"

작고 낮은, 하지만 분명한 목소리로 동거인을 불렀다. 답이 없었다. 어쩔 수 없었다. 정면 돌파다. 하나, 둘, 셋, 하고 돌아서는 거야. 하나, 둘, 셋!

"누구냐?!"

외치며 현관 쪽으로 몸을 돌리자마자 거실 형광등이 켜

졌다. 갑자기 쏟아진 빛에 눈이 적응을 하느라 아지랑이 같은 덩어리가 일렁였다. 현관에는 사람이 서 있었다. 그가 들고 있는 물건에 휴대폰 플래시가 반사되어 강우 홀로 눈부셔하는 꼴이 되었다. 침입자가 들고 있던 물건을 내려놓았다. 플래시를 반사한 물체는 은빛 압력밥솥이었다. 엉거주춤한 포즈의 강우가 휴대폰을 내리고 눈을 몇 번 껌뻑이는 사이, 거침없는 침입자는 강우 옆을 지나쳐 소파에 앉기까지 했다.

"지갑 소녀?"

아침에 지갑을 찾아준 그 학생이었다. 교복 위로 커다란 후드점퍼를 덧입고 있었다.

"미래야, 짐 가져가야지."

아침에 봤던 주민등록증 속 이름이 떠올랐다. 현미래. 목소리가 들린 현관 방향으로 고개를 돌리자, 계절보다 좀 이르게 트렌치코트를 입은 여자가 서 있었다. 팔짱을 낀 여자가 강우를 빤히 보며 말했다.

"기억만큼 닮진 않았네. 문강우 씨? 여기 캐리어 좀 옮겨줄래요?"

차가운 인상에 어울리는 낮은 목소리는 단단하고 힘이 있었다. 지갑 소녀를 505호에서 마주친 것만으로 귀신에 홀린 기분이 된 강우는, 얼떨결에 현관 앞으로 가서 커다란 캐리어 두 개와 배낭 하나를 거실까지 옮겼다. 그사이 여자는 그대로 팔짱을 낀 채 집을 투시라도 하듯 구석구석 바라보고 있었다.

"근데 누구세요? 제 이름은 어떻게……?"

여자가 재미있는 질문이라는 듯 미소 지었다. 웃으니 차가워만 보이던 얼굴에 생기가 도는 것도 같았지만, 여전히 속을 알 수 없는 표정이었다. 여자가 소파에 비스듬히 눕듯이 앉아 폰을 들여다보고 있는 소녀 쪽으로, 안내하듯 손을 내밀었다.

"여기, 제 딸 미래. 구면이시죠?"

"딸이요?"

여자의 나이를 동갑쯤으로 짐작했던 강우의 미간이 의아함에 찡그려졌다. 근데, 구면?

"아침에 만나셨잖아요. 어떻게, 오늘 하루 운은 좋으셨어요? 일도 잘 풀리고, 사고 싶었던 물건도 싸게 사고, 기다리던 연락도 오고."

"네? 그게 무슨?"

소파의 남은 자리에 다리를 꼬고 앉은 여자가 테이블을 톡 치자, 불만스러운 표정의 소녀가 자세를 고쳐 앉았다.

"정식으로 인사드려야지. 강은 이모 동생분이시잖아."
"안녕하세요."

소녀는 성의 없이 고개만 까딱했다.

"안녕하세요. 저는 문강우 씨의 누나 문강은 씨의 상사이자 스승이었던, 현재림이라고 합니다. 오늘 문강우 씨의 운수 좋은 날을 만들어드린 현직 무당이고요."

문강우의 운수 좋은 날. 아침의 만남으로부터 시작된 오늘 하루를, 누가 만들었다고? 마이클의 목소리가 다시 들려오는 것 같았다. 너는 사기를 잘 당할 타입이야. 조심해야 돼. 그럼 그렇지, 내가 이럴 줄 알았어.

"사기꾼이죠? 거기 둘! 꼼짝 마세요. 저 지금 112에 신고합니다."

한 손으로 휴대폰을 치켜든 강우가 나머지 한 손의 손가락으로 소파에 앉은 두 여자를 가리키며 비장하게 말했다. 도주를 막으려는 듯 현관을 등지고 낮은 포복 자세로 선 강우를 바라보는 재림의 한쪽 입술이 삐뚜름한 선을 그리며 위로 올라갔다. 명백한 비웃음이었다.

"신고해서 뭐라고 하려고요? 너무 궁금해서 미리 듣고 싶다. 오늘 운이 너무 좋았는데 이 여자가 다 짜놓은 거라고 하려나?"

듣고 보니 신고할 일은 아니었다. 머쓱해진 강우가 엉거주춤 선 자세로 돌아왔다.

"누나 이름이 바로 사기로 연결되네요? 신고해야 하는 사람은 난데. 문강우 씨가 입은 손해는 나에 비하면 손해도 아니에요."

아나운서처럼 정확한 발음으로 전달해준 정보인데도 처리하는 데 시간이 걸렸다. 방금 들은 말의 핵심을 더듬으며 강우가 일단 저지선을 그었다.

"문강은 어디 있는지 모릅니다. 누나 찾으러 오신 거면 번지수가 틀리셨어요."

"번지수 맞아요. 옛날 주소로 무연동 1번지, 무연맨션."

"엄마, 그냥 본론으로 들어가. 나 졸려."

어느새 다시 소파에 반쯤 누운 자세가 된 미래의 말투에 하품이 섞여 있었다. 강우가 미래에게 손가락질을 하며 말했다.

"너, 내가 그럴 줄 알았어. 넥타이랑 나이가 안 맞을 때부터 뭔가 속이는 거 같았다고. 사기꾼 맞잖아! 누나 팔아서 뭘 더 사기 치려고?"

강우가 흥분을 하든 말든, 미래는 느긋한 태도로 후드 점퍼 안에서 하늘색과 남색이 사선으로 교차된 넥타이를 꺼냈다.

"이게 3학년 거가 아닌가 보다. 거봐, 내가 교복까진 오바라고 했잖아."

"보통은 제복을 보면 신뢰를 하지. 변태 빼고."

태평한 모녀의 대화가 이어지는 동안 재림의 얼굴에 스치는 경멸의 기운을 놓치지 않고 강우가 발끈했다.

"아니거든요? 그냥 내 업무 노하우로……"

재림이 깔끔하게 말을 잘랐다.

"뭐, 변태가 아니어도 여고생 넥타이 색을 구분하는 사람이 간혹 있을 수는 있겠죠. 여고생에게 유난히 관심이 많다거나."

"아니, 그런 게 아니고! 중요한 건 얘가! 거짓말을 했다는 거 아닙니까? 뭐 어디까지 속이고 접근한 거예요? 바라는 게 뭡니까? 아니, 그래서 몇 살인데, 너?"

이미 말렸다는 걸 몸소 보여주듯 횡설수설하던 강우가 갑자기 미래를 지목하며 유교 공격을 했다.

"씨팔새요."

강우의 귀에는 그렇게 들렸다.

"씨…… 뭐?"

"만 열여덟 살, 십팔 세라고요."

뭐지, 이 진짜 정말 아주 많이 재수 없는 모녀 사기단은? 이 운수 좋은 날의 재수 털리는 마무리는? 아니지, 자정이 지났으니까 이렇게 또다시 재수 없는 날이 시작되는 건가? 혼란 속에 서 있는 강우를 빤히 보며, 재림이 테이블을 톡톡 쳤다.

"속였든 속았든, 앉아서 얘기하죠. 밤은 기니까."

크지도 높지도 않지만 주목하게 만드는 목소리였다. 상대를 강아지쯤으로 취급하는 무례한 행동이라고 생각하면서도, 그 목소리에 홀린 듯 의자를 끌어 재림 앞에 앉게 됐다. 귀신일지도 모른다. 이 정도로 사람을 홀리고 있는 걸 보면. 언젠가 들어봤던, 말 한마디로 자기 이야기 속으로 초대한다는 귀신. 이야기는 늘 질문으로 시작한다. 알고 있어요?

"여기 무연맨션, 터가 좋아요."

운명을 만들어드립니다

 신이 떠나도 살 수 있을까. 재림은 그런 질문은 해본 적이 없었다. 적어도 1년 전까지는 그랬다. 그날로부터 네 계절을 돌아 다시 가을이 시작되려는 지금, 신이 떠난 후에도 재림은 살아 있었다. 하지만 살고 있나. 그건 좀 다른 문제일 것이다.

 태풍심부름과 고객을 연결하는 오픈 메신저의 프로필 이미지는 알파벳 S를 태풍의 눈 모양으로 형상화시킨 로고였다. 정식 로고처럼 선과 색이 선명하지 않은 이유는 뮤지컬 주인공 스톰맨 사진에서 가슴팍 부분만 잘라서 쓰고 있기 때문이다. 재림은 이 외에도 문강우와 그의 인생,

지금 하는 일에 관해 적지 않은 정보를 가지고 있었다. 문강은의 동생 문강우는 타고나길 운이 모자란 남자로, 재림이 그려준 부적을 강은에게 받아 그나마 사람 구실을 해왔다. 운뿐인가. 강은과 같은 부모에게서 태어났으니 부모 복도 없었다. 없다 못해 부모가 복과 운을 강탈해가는, 그런 가족이었다.

"그런데도 애가 좀 밝게…… 자랐어요. 용하죠."

부적을 처음 부탁하던 날 강은은 동생을 이렇게 설명했다. 재림은 강우가 밝은 사람으로 자란 것은 이상하지 않았다. 덧붙인 한마디가 새삼스러웠다. 용하죠. 타고난 것, 그것이 좋은 것이든 나쁜 것이든 간에, 그것으로 인간이 상상할 수 있는 뻔한 상황이나 이야기를 넘어선 사람을 용하다고 하는구나. 무당으로 살기 전의 재림은 들어본 적이 없는 표현이었다.

재림은 강우를 본 적이 있었다. 강은에게서 어둡거나 무거운 감정과 기운을 쏙 빼서 햇볕에 널어 말린 것 같은 남자였다. 용하다기보다는 신기했다. 운이 붙어 다닐 법도 한데, 반대라니. 저렇게 눈에 띄는 기운을 가지고도. 그래서 찾기도 쉬웠다. 속이기도 쉬울 것이었다.

신이 떠난 후로 1년이 지났다는 것은, 재림의 전 재산을 들고 강은이 사라진 날로부터 1년이 지났다는 의미였다. 첫 반년은 신을 찾아다녔고, 남은 시간 동안은 강은을 찾아다녔다. 찾다 보니 강은의 짐을 넘겨받은 강우가 발견됐다. 강은은 자신이 지고 있던 짐을 강우에게 넘기고 사라져버리면, 내내 자신을 덮고 있던 어둠도 강우에게 드리워지리라 믿었던 것 같았다. 홀로 밝은 세상을 살아온 동생을 향한 뒤늦은 복수의 성공 여부는 강우를 직접 만나보면 알게 되겠지. 손에 쥔 폰을 울리는 미약한 진동이 약한 감상에 젖어 있던 재림을 깨웠다.

네, 고객님! 그러면 말씀하신 시간에 찾아뵙겠습니다!

무슨 일이든 최선을 다해 돕겠습니다!

도와줄 능력은 있고? 재림은 삐딱한 마음으로 답장을 보냈다.

기본 상담 보수는 어떻게 책정되어 있나요?

기다렸다는 듯 메시지가 도착했다.

※ 태풍심부름 단가표

(심부름, 물건 및 동물과 사람 이동 도움, 청소 외 미화 활동, 기타 등등 협의 가능)

기본 심부름: 구내, 이동 및 소요 시간 1시간 내외 - 건당 3만 원+

일반 심부름: 서울시내, 이동 및 소요 시간 3시간 이상 - 건당 10만 원+

특수 심부름(조사, 준비, 미팅 등 필요시): 협의 후 싯가(리즈너블)

'싯가'가 아니라 시가. 리즈너블은 또 뭐야? 신이 떠난 이후의 매일은 그저 임시의 날들일 뿐이라고 자기 암시를 걸어놓았어도, 예기치 않은 곳에서 현재의 위치를 실감하게 될 때면 기분이 가라앉았다. 어디까지 굴러떨어져야 할까. 제철 횟감도 아닌데 싯가 리즈너블인 남자와 협상을 해야 하는 현실이 새삼스레 아득했다.

1년 전까지 재림의 시가는 단위가 달랐다. 서울 서북부에서 가장 용하다는 무당, 여의도 재림아씨였으니까. 순위 매기기와 소문 내기, 지라시 돌리기에 특화된 여의도라는 동네의 풍문에 의하면 강신무 중에는 서울에서 탑 3, 전국구로 보아도 탑 5에는 들 거라고 했다. 정보가 도는 속도가 무섭게 빠른 바닥에서는 낡지도 늙지도 않고 버텨야 살아남은 것으로 기록된다. 신내림 후 3년이면 신빨이 떨어진다는 속설도 가볍게 넘기고, 5년이면 인간의 사심이 깃들어 속인의 말을 하게 된다는 유언비어도 산산이 흩어놓고,

그렇게 여의도에서만 다시 10년. 무당에게도 올라설 발판이 있다면, 재림의 기록은 올 포디움이었다. 점수를 매길 수 있는 영역도 아닌데 순위니 서열이니가 무슨 의미가 있나 싶겠지만, 숫자로 돌아가는 세계에서는 그것만 의미가 되었다. 돈이 되었다는 얘기다.

청와대로부터 여의도까지 무속과 미신에 얽힌 소문이 파다하게 퍼져나가던 어느 날, 촛불이 청와대를 집어삼킨 직후였다. 한 방송사의 피디가 야심차게 신작을 준비한 일이 있었다. 이름하여 「무속의 시대」. 정치, 경제, 사회, 문화까지 한국이라는 나라 전반을 무속의 관점으로 풀어나가는 예능 프로그램이었다. 기획 의도 첫머리에는 굵게 강조된 글씨체로 이렇게 적혀 있었다.

천기누설 무당 서바이벌! 맞추면 극락, 틀리면 저세상!
반도 제일의 무당 자리를 겨룬다!

무속 서바이벌이 무슨 소리냐, 섭외가 되겠느냐, 무당이 뭘 어떻게 맞히는지 어떤 방법으로 판가름을 낼 거냐, 사실상 마술쇼나 사기극 아니냐는 온갖 비판과 뒷말에도 피디는 뚝심 있게 기획을 밀어붙였다. 방송국 출입구에 태그

찍는 사람들 중 점 보는 거 안 좋아하는 사람이 있는 줄 아십니까? 섭외부터 해오면 편성 자리를 알아보겠다는 뜨뜻미지근한 반응 속에 팀이 꾸려졌다. 팀의 첫 회식 날, 술에 거나하게 취한 피디는 팀원들을 모조리 끌고 방송국 근처에 새로 생긴 타로 점집으로 2차를 갔다.

"새 프로 잘되겠습니까?"

점심 먹고 산책하며 스쳐가는 열 명 중 아홉 명이 방송일로 월급 받고 사는 동네였으니, 타로 점술사로선 숱하게 들은 질문이었다. 머리를 양 갈래로 땋아 내린 점술사가 피디의 손가락이 가리킨 카드를 뒤집었다. 노란 머리의 천사가 나팔을 불고 있는 그림이 나왔다.

"심판 카드네요. 부활, 재림의 의미를 담고 있는데……"

'재림'이라는 단어를 듣자마자 구경 중이던 작가들이 호들갑을 떨었다.

"어머! 재림아씨 섭외가 될 건가 봐요!"

"그런데 역방향일 때는 재기가 어렵다는 의미가 될 수도 있어서요."

내향형 삐삐머리 점술사의 작은 목소리는 술 취한 방송쟁이들의 소란에 묻혔다.

여의도 재림아씨는 「무속의 시대」 섭외 리스트 첫 줄에 있는 무당이었다. 편성을 밀고 있는 책임 피디가 '국민 예능'으로 불리던 일요일 저녁 버라이어티를 연출하던 시절에 개편 때마다 만나 갈 길을 묻곤 했다며 강력 추천했다. 재림 외에도 무당은 많았다. 전 대통령의 탄핵을 맞혔다는 박수, 물건을 가져가면 물건 주인의 미래를 점쳐준다는 10대 무당, 손님을 등지고 만나는데 뒤통수에 눈이라도 달린 듯 훤히 본다는 무당, 그 외에도 캐릭터 강한 이런 무당 저런 무당의 이름이 리스트에 빼곡했다.

그러나 현실은 냉정했다. 맛집에는 오픈런이라는 기회가 있고, 콘서트에는 광기 어린 클릭 전쟁으로 참여라도 할 수 있지만, 소위 탑 무당들의 얼굴을 마주할 기회는 발품이나 노력만으로는 안 되는 게 무당 최다 보유국인 한국의 현실이었다. 준비 기간이 하염없이 늘어졌다. 특히 리스트에서 가장 콧대가 높은 무당이 바로 여의도 재림아씨였다. 따지고 보면 콧대가 높다는 건 제작진의 관점이지, 재림을 만나기 어려웠던 이유는 그가 원칙이 있고 예외가 없는 무당이어서였다. 억지로 이어 붙인 연줄에 대롱대롱 매달리면 어떻게든 만나볼 수 있는 그런 무당이 아니었다. 비서를 통해 전화로 예약해 점사를 본 뒤, 다음에 또 만나고 싶다면 그 자리에서 다음 일정을 조율한다. 이 원칙으로 인해 최소 세 계절은 지나야 재림아씨를 만날 수 있다고 했다. 미리 예약한 손님들을 알아내서 그들 대신 들어갈 방도라도 찾아보라는 피디의 닦달에 세컨드 작가는 이렇게 대꾸했다.

"그렇게 뚫어서 들어가면 이렇게 말한다잖아요. 오늘 저랑 하실 수 있는 건 약속밖에 없네요. 벚꽃 피는 때에 오셨으니, 단풍 질 때에 뵙지요."

섭외가 요원한 사이 재림아씨는 더욱 유명해졌다. 터를 기가 막히게 봐서 모 기업 새 공장 부지를 잡아줬는데 개발한 신제품이 대박 났다더라, 한 아이돌이 1년을 기다려 만났는데 바다 건너에서 큰 상을 타는 걸 맞힌 뒤로 가수고 배우고 감독이고 예약한다고 난리란다, 그래도 특별 대우는 없다며 독하다고 성화다, 모 건설 회사가 전속으로 데려가겠다며 백지수표를 내밀었는데 거절했다더라. 소문만 무성하니 만나고픈 이들의 애만 타들어갔다. 재림의 소문을 들은 이들은 섭외고 취재고 우선 만나보고 싶어했다. 만나서 던질 질문은 하나였다. 한 치 앞도 보이지 않고 10분 뒤 벌어질 일도 알 수 없는 이 세상, 어떻게 살아가야 하느냐고.

바이러스의 시대로 접어들면서 만들어질 날만 기다리던

이야기들의 운명도 바뀌었다. 결국 「무속의 시대」도 기획안으로만 남았다. 이후 한 번 더 정권이 바뀌고 한반도에 다시 무속의 시대가 찾아오자 예능국 임원 중 한 명이 "왜 있잖아, 그 무당 나오는 기획"을 찾기도 했지만, 어떤 무속 관련 기획을 가져온들 뉴스를 이기기는 힘들어진 상황이라는 걸 인정해야만 했다. 그는 이런 말을 남겼다.

"제목 하나는 기깔나게 지어놨네."

따지고 보면 무속의 시대가 아닌 적이 없었던 한반도는 무당의 나라이기도 했다. 무당에 관한 수많은 속설 중 가장 강력한 것은 '내림빨 3년'이다. 아이돌에게는 계약이 1차 종료되는 마의 7년이 있듯이, 신내림 후 3년까지 무당의 신기가 최고조이고 이후로는 내리막을 탄다는 속설. 재림아씨는 그런 속설은 가볍게 비껴가다 못해 거슬러 갔다. 3년을 기점으로 서울권 무당으로 도약한 이후 내리막은커녕 5년 만에 전국구 무당이 되어 혼자 일하기 어려울 정도로 손님이 몰려왔다. 학부모가 되자 워킹맘으로서 일과 일상의 양립이 쉽지 않았다. 여의도 재림신점이 자리 잡기 시작할 무렵, 재림은 자신에게 신을 내려준 혜량보살에게 부탁해 사람을 하나 고용하기로 했다.

"끼는 있는데 신가물(신의 부름을 받은 사람)까지는 아니고."

본격적으로 제자를 키우거나 무리를 만들 생각이 애초에 없던 재림에게는 오히려 괜찮은 조건이었다. 그에게 서린 애매한 기운은 이 업계에 붙어 있는 걸로 얼추 풀어질 것이니, 서로 나쁠 게 없었다. 이름은 문강은. 생시로 간단한 사주를 본 뒤, 강은을 생각하며 기도했다. 외롭구나. 가족이라는 짐이 무겁구나. 면접 온 강은의 얼굴을 찬찬히 뜯어보았다. 생이 드러나긴 어린 나이인데도 고생이 읽혔다.

"신당 일도 일이지만, 내가 일상생활에 별로 재능이 없어요. 비서이면서 집사 일도 해야 할 텐데 괜찮겠어요? 딸이 하나 있는데 애를 좀 챙겨줘야 해요. 내가 운전을 안 해서 운전을 할 수 있으면 더 좋고요."

운전면허가 없고 정리할 일이 있다던 강은은, 사흘 뒤 임시 운전면허증을 들고 다시 찾아왔다. 재림은 주상복합 아파트 꼭대기층에 있는 신당 입구에 강은의 자리를, 같은 아파트 중간층에 있는 자신의 살림집에 강은의 방을 마련해주었다.

이름과 생시면 충분했다. 재림신점은 격일로 손님을 받았다. 하루는 다음 날의 손님을 위해 종일 기도했고, 해가 밝으면 바로 그 손님을 맞았다. 강은은 재림이 기도만 할 수 있게 신당과 집 일을 전담해 관리했다. 기도하는 동안 재림의 기분은 다채롭게 변했고, 감정이 요동쳤으며, 눈을 감아도 앞이 보이고 귀를 막아도 소리가 들렸다. 한 번도 맡아본 적 없는 냄새를 맡을 때도 있었다. 때로는 몸 어딘가가 아프거나 불편했다. 재림은 보이고 들리는 것, 느끼고 떠오르는 것을 전달하기만 해도 용한 무당이 될 수 있었다. 거의 대부분의 문제, 상황, 궁금증에 대해 대답할 수 있는 무당. 재림에게는 오히려 이런 종류의 질문이 어려웠다.

어떻게 살아야 할까요?

어떻게라니? 조심히, 무언가를 피해서, 어딘가를 향해서, 재림아씨가 일러준 선택을 하면서, 그렇게 살면 되는 것 아닌가. 힘이나 돈, 배경이나 직업 같은 건 상관 않고 누구에게나 해야 할 말을 하고 들리는 말을 전해주는 재림을 유일하게 침묵하게 만드는 질문이었다. 사실 언제나 이렇게 말하고 싶었다.

제가 알려드렸잖아요? 그렇게 살아가세요.

그러나 문제의 그날 이후로 재림도 다를 바가 없었다. 어떻게 살아야 하는지를 알려주던 신령님을, 모시던 신을 잃은 무당. 하지만 재림은 질문을 바꿨다. 어떻게 찾아야 할까요? 신령님을 되찾고 나면 살아갈 방법이나 이유, 의미에 대한 질문은 어차피 사라지게 되리라고, 재림은 경험으로 알았고 마음으로 믿고 있었다. 인간의 뜻대로 되는 건 없다. 오직 신의 뜻대로. 재림의 지난 삶이 그 증거였다. 이미 지나가버린, 그날 이후로는 다시 오지 않는 삶.

그날, 하늘이 컴컴해지던 순간, 막 굿을 시작하려던 재림의 머릿속에 문득 신내림 받은 날이 떠올랐다. 반도에 무당이 아무리 많다 해도 신내림 사연에는 저마다의 우여곡절이 있기 마련이다. 재림에게 내림굿을 해준 혜량보살만 해도 그랬다.

"아휴, 말도 마요, 말도 마."

말을 말라고 해놓고선 앞서서 풀어놓는 혜량의 신내림 사연은 풀 때마다 매번 더해지는 양념 때문인지 도시 전설 같기도 했다. 혜량은 어릴 때부터 귀신을 봤다고 했다. 어릴 때야 귀신인 줄도 몰랐지! 아부지가 고향에서 한의원을 했으니까는, 아픈 사람을 워낙 많이 봐서 그냥 좀 흐리게 봬도 어디 아프고 다쳤나 보다 그랬어요. 그때부터 우리 장군님이 나를 만나시려고, 응? 내가 시집을 일찍 갔잖아. 신혼 때 들어서라는 애는 안 들어서구 자꾸 헛배만 부르고 아파. 지금은 상상도 안 되겠지마는, 그땐 내가 아주 인형 같았다구. 신혼여행 때 한복 입은 걸 보고 공주 마마 같다고 외국인들이 그렇게 사진을 찍어 가고 그랬어. 근데 배가 아프다가 갑자기 뭐가 먹고 싶으면 한도 끝도 없이 들어가는 거야. 고기를 몇 인분, 국수를 몇 그릇, 그러다 몸이 두 배가 됐지 뭐야. 이거는 아무래도 이상하다 해서 병원에 가봐도 답이 없대구 진맥을 짚어도 통 모르겠다잖아. 그러다 입맛이 싹 사라지면 열이 펄펄 나고 두통에 머리가 깨져. 그런 밤이면 꿈을 꿨는데, 그때야 꿈인 줄 알았지마는 돌아보면 꿈이 아니지. 장군님이 나를 부르신 거야. 내가 안 보이느냐?

신내림 사연은 이유 모를 신병神病과 평화로운 일상을 침범하는 온갖 사건 사고, 불길한 전조가 생겨도 운명을 한사코 거부하는 내용으로 이어진다. 되돌릴 수 없는 비극을 겪고서야 그것을 받아들이는 클리셰를 밟지 않았다면 좋았으련만. 혜량은 언제나 비극 직전에 이야기를 끊었다. 이윽고 이렇게 되었다네. 건너뛴 시절에 대해 묻지 않아서, 혜량은 재림에게 신을 내려준 것이라고 했다.

재림의 입장은 달랐다. 혜량의 사연이 궁금하지 않았음은 물론이고 굳이 혜량일 필요도 없었다. 신은 이미 재림에게 와 있었기에 형식적인 절차로서의 굿이 필요했을 뿐이다. 인맥이나 무당들 사이 알력 다툼과는 상관없이 내림굿을 해주고 비용을 업계 시가에 비해 매우 적게 받는다는 게 혜량을 선택한 이유였다.

재림에게는 과거가 중요하지 않았다. 신이 재림에게로 들이닥친 날부터 그랬다.

스무 살, 갓 백일 지난 아기를 품에 안고 신의 말을 쏟아내기 시작한 후로, 이전의 삶은 말 그대로 과거가 되었다. 재림의 인생은 신의 것이었고, 이제는 신이 재림을 쓰고 싶은 대로 쓸 것이므로 앞날을 위한 계획을 세울 필요도 없었다. 지금 재림 안에 신이 생생하게 살아 있기에, 준비된 운명으로 신이 점지해주었다는 서사는 필요 없었다. 줄다리기를 하다가 필연적으로 이기게 되어 있는 신 앞에 인간이 무릎 꿇는 항복 선언이 신내림이라면, 재림과 신은 다른 편이었던 적이 없었다. 그러니 신내림은 그저 앞으로 무당으로서 일을 하겠다는 신호, 다른 어디도 아닌 한국, 이 반도의 뿌리 깊은 무속 신앙의 배경 아래에서 무당으로 살아가겠다는 퍼포먼스 정도였다. 굿이 이어지고 두 밤을 보낸 셋째 날, 내림굿의 마지막에 접어들던 그 시간에, 맡길 데가 없어 유모차에 태워 데려온 미래의 작디작은 몸에서 열이 끓어오르지 않았다면, 재림도 다른 강신무들처럼 때마다 철마다 굿을 하며 살았을지 모른다. 산기슭에서 시작된 굿이 병원 응급실에서 끝났다. 겨우 열이 내린 아기 미래가 재림이 손에 든 것을 달라 재촉했다. 재림은 굿이 끝나갈 때 초라한 굿상에서 돌잡이하는 아기처럼 꽉 움켜쥐었던 포도 모양의 무령을, 딸랑이처럼 흔들었다. 모녀를 한참 지켜보고 있던 혜량은 제 눈에는 아기만큼이나 어린 재림의 뒤통수에 대고 중얼거렸다.

"니는 가 못 구한다. 가가 니를 구하지."

혜량이 모시는 신의 말이라는 걸, 재림은 뒤돌아보지 않고도 알았다.

그 이후로 재림에게 굿은 아주 드문 일, 피치 못할 사정이 있고 신령님이 반드시 해야 한다고 할 때만 마지못해 오르는 무대가 되었다.

"우리 같은 강신무가 굿을 안 한다는 거슨 무당의 3요소! 신병, 신당, 신굿! 거서 하나가 빠진 거란 말이여."

혜량은 굿을 끝까지 미뤄두는 재림을 못마땅해했지만, 그래서 재림을 믿는 고객들도 있었다. 소문이 바람을 타고 풍문이 되자 용한 동네 무당 시절을 순식간에 과거로 보내버린 재림은 금세 서울 바닥에 이름이 자자한 무당이 됐다. 점사비로도 모자라 한도 없는 부적값에 기도비, 제사비, 게

다가 여의도 바닥 회사원 연봉쯤은 우스워지는 굿 비용까지 받아내는 룰을 따르지 않는 재림을, 그 돈을 턱턱 내놓을 수 있는 이들이 도리어 미더워했다. 그 어떤 무당보다 빠르게 고객이 가진 부의 규모를 파악해 돈이 스스로 몸집을 불려갈 길을 안내하면서도, 떨어지는 부스러기 받아먹을 생각은 하지 않는 태도가 돈 있는 자들을 안달나게 했다고 할까. 이런 태도로 인해 재림은 소위 떼돈 대신 명성을 얻을 수 있었다. 그 이름을 믿고 찾아온 이들은 재림의 신내림 사연을 궁금해하곤 했다. 비극적일 게 분명한 사연에 호기심을 갖는 인간 본성에는 잔인한 구석이 있다. 재림은 신병을 앓지도 않았고 그저 신이 내게 온 것을 알았다는 말 대신, 비밀을 숨기듯 모호한 반응만 남기곤 했다.

재림에게 신내림은 결코 비극일 수 없었다. 몸을 빌려주고 생을 내어달라는 신의 줄기찬 괴롭힘 대신, 신과 함께 재림의 품으로 온 미래가 있었으므로.

그날, 신과 함께인 날들 내내 밝고 투명했던 머릿속이 안개가 낀 듯 흐릿해지고 사위가 어두컴컴해졌다. 희디흰 무복을 입고 선 재림이 굿을 막 시작한 참이었다. 미래가 없었더라면, 신이 찾아오지 않았더라면. 가끔 떠올라도 비눗방울처럼 사라지곤 하던 의미 없는 가정이 재림의 안에

차오르자, 재림을 작두 위로 둥실 올려주던 기운이 몸 밖으로 빠져나갔다. 몸, 밖으로.

재림의 신은 몸주였다. 말 그대로 몸의 주인, 몸이 느끼는 감각으로 생생하게 살아 있었다. 팽팽한 오감으로 다른 몸을 가진 고객의 현재를 느끼고, 신이 느끼게 하는 감정으로 여섯 번째 감각을 채웠다. 앞날은 기쁨, 행복, 벅차오름, 슬픔, 불안, 좌절, 공포, 때로는 이름조차 붙일 수 없는 감정으로 찾아왔고 바로 그 감정을 읽어 앞날을 점쳤다. 접신을 위해 요란한 절차를 거칠 필요도 없었다. 부채를 흔들고, 오방기를 뽑고, 칼을 휘두르지 않아도 기도를 하기만 하면, 기도와 닮은 마음을 먹기만 하면 재림에겐 신이 깃들었다. 그랬었는데……

작두에 오르지 않고 점점 더 어두워지는 무거운 회색빛 하늘 멀리를 바라보는 재림의 이마 위로 똑, 빗방울이 하나 떨어졌다. 물방울이 피부에 닿는 느낌도, 차가운 감각도 들지 않았다. 잽이들이 연주하고 있을 음악에 귀를 기울였다. 굿이 시작되고 절정으로 향해갈 때까지 끊임없이 고조될 선율이 들려와야만 했다. 그 소리 역시 아득히 멀었다. 재림은 손에 든 포도송이 모양의 무령을 내려다보았다. 재림이 느끼지 못하는 사이 떨리는 손이 무령을 흔들며 내고 있을 찰랑이는 맑은 소리도, 들리지 않았다.

신이, 떠났다.

벼락이 몸을 꿰뚫듯 내리찍는 고통도, 귀와 몸을 터뜨릴 듯 울리는 천둥 같은 파열도 없이, 이토록 고요하게. 세계가 무너지는 소리도 들리지 않았고, 세상이 터지는 감각도 느껴지지 않았다. 조용한 재난이었다.

재림은 생각했다. 그 어느 때보다 명확하게, 인간이 가진 뇌로, 머릿속에 엉켜 있는 복잡한 배선을 타고 흘러가는 신호의 연쇄로서, 인간으로서 생각했다. 이 재난을 누구에게도 들켜서는 안 되며, 굿을 끝내야 한다. 그 순간 귀가 뚫린 것처럼 굿판의 어지러운 소리들이 들리기 시작했다. 빗방울이 굵어지며 바닥에 점점이 얼룩을 만들었다. 재림은 잽이들 방향으로 손을 들어 음악을 멈추게 했다. 우르릉, 하고 멀리서 하늘이 울리고 있었다. 그 사이로 억지로 톤을 높인 강해진의 목소리가 끼어들었다. 오늘 굿의 의뢰인이었다.

"큰일 있을 때 비가 오면 좋다던데, 굿이 아주 잘되려나 봐요. 기운이 좋네!"

"때마다, 날마다, 사정마다 다르지요."

무당으로 살면서 처음으로, 재림은 자신의 목소리가 떨

리지 않기를 바랐다.

"오늘의 사정에는 비가 도움이 되지 않겠습니다. 날을, 다시 잡지요."

마침내 사람들이 선 쪽으로 돌아선 재림은, 그야말로 인간의 얼굴을 하고 있었다. 그날의 재난이 굿판에서 끝나지 않았음을 몇 시간 뒤 텅 비어 있는 신당에서 확인하게 될, 인간의 얼굴이었다.

첫인상은 닮은 데가 없어 보였다. 생김새보다는 분위기의 차이 때문이었다. 양기와 음기를 주로 조도의 차이로 인식하지만, 습도도 그에 못지않게 중요하다. 강은을 햇볕에 잘 말린 뒤 따뜻하고 좋은 음식을 먹이고 푹 쉬게 하면 강우와 조금 닮아 보일지도 모른다.

"됐고, 본론이 뭡니까? 속고 속인 건 나중에 얘기하고요. 여기 왜 오셨어요?"

목소리는 비슷했다. 목소리 지문이라는 게 있다면 형태가 닮았을 것이다. 말투는 동생 쪽이 훨씬 버릇없었지만.

"내가 누군지 모르는 건 아니죠?"

"자기소개 하셨잖아요. 누나랑 일했다고."

"문 실장이, 나는 문강은 씨를 문 실장이라고 불렀는데,

내 얘기를 한 적이 없어요? 재림신점 현재림이랑 일한다거나 그렇게."

"네. 난생처음 듣는데."

"그래서 프로필에 이름을 써놨는데도 나인 줄 몰랐구나?"

"프로필이요? 아, 그 재…… 어쩌고."

강우는 그제야 '재' 다음 글자를 알게 됐다. '림臨'이구나. 희한하게도 생겼네. 강우가 한자를 읽지 못했다는 걸 깨달은 재림의 입에서 허, 하는 작은 헛웃음이 터져 나왔다. 싯가 리즈너블 남이었지, 참. 재림은 골치가 아프다는 듯이 손가락으로 저절로 찌푸려지는 미간을 꾸욱 눌렀다. 굳이 가운뎃손가락으로 누를 필요가 있었나. 마치 테니스라도 치는 것처럼 한 마디씩 주고받는 둘을 고개만 돌리며 관람하고 있던 미래의 눈에는 그 와중에도 그런 게 들어왔다.

"엄마, 본론."

미래는 백팩에서 서류 봉투를 꺼내 테이블 위에 놓으며 다시 재림을 재촉했다. 봉투는 한눈에도 꽤 두툼했다. 재림이 그 안에서 인화된 사진을 몇 장 꺼내 강우 앞에 놓았다. 비어 있는 캐비닛, 비어 있는 금고, 그리고 제단처럼 꾸민 큰 장식장을 찍은 사진들이었다. 자세히 들여다보니 물건

몇 개가 빠진 자리가 보였다. 자연스럽게 강우는 비어 있던 자신의 지갑을 떠올렸다.

"문강은 씨의 재산 절도 및 사기 행각에 관한 증거 자료들이에요. 내가 자리를 비웠던 날, 금고를 털어 갔어요."

"크게 당하신 거 같은데 왜 신고를 안 하셨습니까? 그랬다면 누나 잡고, 저도 개털이 되지 않았을 텐데요."

"순서가 바뀌었어요. 문강우 씨가 먼저 털린 거예요."

강은의 사기 행각은 치밀하면서도 치사한 구석이 있었다. 강우의 가족으로서 발급받을 수 있는 모든 서류와 신분증을 도용해 강우의 전세금을 갈취한 뒤, 강우가 잠들었을 때 휴대폰을 이용해 불법 대출을 받았다. 그다음 자신의 계좌로 모든 돈을 옮기고 흔적을 지웠다. 재림에게서는 현금을 노렸다. 고객의 비밀을 보장해주려면 돈의 이동 경로를 남기지 않아야 한다는 재림의 원칙을 알기에 가능한 시도였다. 신당으로 쓰는 주상복합 아파트 꼭대기층 사무실은 월세였고, 재림과 미래, 강은이 함께 지내던 중층 48평 아파트 한 채만 재림의 공식적인 재산이었다. 강은은 비공식적인 재산인 현금을 노렸다. 피해 사실을 밝히려면 강우는 자신이 아닌 누나의 행각임을 증명해야 했고, 재림이 현금이 없어졌다고 신고하려면 그게 있었다는 사실을 공식화해야 했다. 무엇보다 강우는 누나를, 재림은 강은을 어떤 형태로든 신뢰했던 과거를 인정해야 했다. 강우는 가족이라 쉽지 않았고, 재림은 자존심 때문에 인정하기 어려웠다. 그런 부분이 치사했달까.

"금고를 털었든 전 재산을 가져갔든, 그쪽하고 누나하고 해결 볼 일 아니냐고요."

강은이 이 무당의 금고에서 털어 간 현금은 얼마 정도일까? 로또 된 거랑 비슷하려나? 그 돈만 가져가면 됐지 내 전세금은 왜 빼 가고, 대출은 왜 한 걸까. 흘러넘치는 질문은 일단 접어두고, 또 다른 사기꾼처럼 보이는 눈앞의 모녀에게 말리지 말자고 강우는 결심했다. 하지만 강우는 몰랐다. 이미 한참 전에 말렸고, 재림에게는 돌돌 말린 강우를 꿀떡 집어삼킬 패가 있다는 걸.

"왜 문강우 씨가 먼저였는지는 궁금하지 않아요?"

솔직히 궁금해서 미쳐버릴 것 같았다.

"시간이 늦었으니까 간단히 말해줄게요. 내 아파트 계약서로 문강은 씨가 사기를 하나 더 쳤어요. 문강우 씨 신분증으로."

"네?"

"물론 수사가 들어가서 잘잘못을 따지면 공인중개사 잘

못도 나올 거고, 문강우가 아니라 문강은이 저지른 일이라는 게 드러날 거예요. 시간이 아~주 오래 걸리겠지만."

"누나가…… 미쳤었나요?"

재림은 웃었다. 어딘지 부적절하게 느껴질 만큼 길고 데시벨이 올라간 웃음이었다.

"문강우 씨, 재밌으시네. 코미디 연기도 잘하시겠다. 오랜만에 웃었네."

"전 진지한데요."

"그러니까요. 안됐지만, 너무 제정신이었어요. 그러니까 복수를 저지를 수 있었던 거죠."

"도대체 누나에게 무슨 짓을 했길래 복수까지 합니까? 직장 내 괴롭힘 이런 거예요?"

이번에는 미래가 풋, 하고 비웃는 소리를 냈다. 재림의 얼굴에도 계속 웃음기가 남아 있어서 대답도 농담 같았다.

"무슨 말을 하는 거예요? 복수는 문강우 씨에게 한 거예요. 내 돈이야 금방 내가 다시 벌 수 있을 거라 생각하고 가져간 거고. 그땐 문 실장도 이렇게 꼬일지 몰랐을 테니까."

"저에게 복수를요? 왜요?"

"이유는 천천히 생각해보세요. 힌트는 문 실장에게는 발급할 청구서가 있었다는 거. 여기까지. 오늘 중요한 건 그게 아니라서."

"엄마, 제발 본론!"

청구서? 다시 혼란스러운 표정이 되어버린 강우와, 졸려 죽을 것 같다는 표정의 미래를 한 번씩 번갈아 본 재림이 테이블에 놓아둔 핸드백을 집어 들었다. 명함집을 꺼내 까만 종이로 된 명함 한 장을 강우 앞으로 미는 손가락이 유난히 길었다.

앞면 정중앙에는 재림신점再臨神占이라는 한자가 금박으로 반짝였다. 강우는 읽을 수 있게 된 앞 두 글자만 읽고 뒤집었다. 뒷면에는 익숙한 한글이 나왔다. 문강은 실장. 누나가 명함을 준 적은 없었는데. 삐까뻔쩍한 게 누나 성격이랑 안 맞아 남사스러웠을지도 모른다.

"몇 글자나 된다고 그걸 영원히 쳐다보고 있어요?"

"다섯 글자 아닙니까. 문강은 실장."

재림이 또 미소 지었다.

"오늘 웃을 일이 많네. 내가 운이 좋으려나 보다. 다시 읽어보겠어요?"

"문강……우 실장?"

"누나랑 돌림자면 굳셀 강強이겠지만, 우는 한자를 몰라서 한글로 했어요. 마음에 들어요? 명함 디자인은 누나가 한 건데."

누나에 대해 아는 게 하나라도 있었나? 강우는 의심 속에 자꾸 마르는 목을 가다듬고 물었다.

"여기 왜 제 이름이 들어가 있는 건데요? 무슨 사기를 치려는 겁니까?"

대화를 빨리 끝내고 싶은지 미래가 끼어들었다.

"엄마가 아까 중요한 얘기를 하나 빼먹었어요."

"내가 뭘?"

"강은 이모가 이 아저씨 이름으로 사기를 쳤다고만 했잖아. 누가 사기를 당했는지 말해야지. 제가 당했어요. 그 아파트가 제 명의거든요."

인생에 갑자기 나타난 지갑 소녀, 행운의 여고생인 줄 알았던 현미래가 또 하나의 시한폭탄을 강우 앞에 내려놓았다.

"아, 그걸 빼먹었네. 그래서 우리는, 그러니까 여기 내 딸 미래는 언제든 문강우 씨를 고소할 수 있어요. 그런 일이 발생하기 전에, 일을 같이 해보자는 거죠."

"협박이네요."

"너무 섭섭하다. 협상이죠."

한강이 보이는 아파트 한 채만 어떻게든 지켜내면 모녀 단둘의 남은 인생, 어떻게든 살 수 있다는 걸 재림이 모를 리 없다. 다만 그런 방어적인 태도로 살아갈 생각이 없을 뿐이다. 나, 현재림이야. 재림은 이 재난을 적극적으로 복구할 심산이었다. 10년간 쌓아온 명성이 신빨이 떨어졌다는 소문에 잡아먹히지 않게 신속히 사라져버린 것도 그 때문이었다. 제발 돌아와달라고, 무엇이든 할 테니 다시 내려오시라고 수단과 방법을 가리지 않고 기원하는 날들로 반년을 채웠다. 신을 되찾을 방법에 관한 조각난 힌트를 받은 날로부터 또다시 반년 동안, 전에는 오로지 신령님께 맡겼던 앞날에 관한 계획을 세워야 했다. 지금 자신이 가진 것부터 정리해보았다. 10년 동안 수많은 사람을 만나며 얻은 눈치와 순발력, 언변, 그리고 미래가 있었다. 재림은 미래에게 아파트 한 채보다는 나은 것을 주고 싶었다. 그러려면 돌아가야 했다. 원래의 자리, 자신의 무의식이 제자리라고 믿고 있는 꼭대기로. 무연맨션과 강우를 찾아낸 건 계획의 첫 단계로, 운수 좋은 날 만들기는 일종의 시뮬레이션이었다. 나쁘지 않았다. 강우가 강은에 비해 좀 말귀를 못 알아듣는 걸 빼면.

"복잡해요? 정리해드려요?"

인상을 잔뜩 쓴 채 관자놀이를 누르고 있던 강우가 손바닥이 보이게 손을 들었다. 잠깐 입을 다물어달라는 의사 표현이었다. 제스처도 무식해. 이래서 남자와 일하는 게 별로인 건데.

"그러니까 저 문강우가, 그쪽이랑 같이 일을 해야 한다는 거죠? 고소를 안 당하려면."

"이해가 빠르시네."

강우는 반어법을 눈치챌 상태가 아니었다.

"그럼 전 선택권이 없는 거 아닌가요? 무슨 일을 해야 하는데요?"

"물어볼 것 같아서 오늘을 운수 좋은 날로 만들어준 거예요. 똑같은 방식으로 사람들의 운명을 만들고 이끌어주는 일을 하면 돼요. 갈 길을 알려주고, 살짝 밀어주는 느낌으로?"

"사기꾼 무당의 허드렛일을 하라 이겁니까?"

단어 선택으로 기싸움을 걸어봤자 꿈쩍할 재림이 아니었다. 이미 한참 전에 말렸대도 그러네.

"나는 무당이에요. 미래를 점치는 게 내 일이죠. 대부분의 인간은 내 점괘에 따라 살려고 해요. 차와 물을 조심하려고 하고, 중요한 결정을 다시 돌아보고, 용기를 내고, 결단을 하죠. 인간은 원래 그렇게 사는데, 내가 바라는 길로 살짝 밀어주는 게 뭐가 나쁘죠? 그쪽, 재능도 있잖아요.'생각보다 일을 잘하던데."

궤변이라는 걸 알면서도 강우는 흔들렸다. 재능이라는 단어에 유난히 약한 데다 고소를 면하는 게 우선이라는 계산도 끝난 상태였다. 무엇보다 강은이 왜 동생인 자신을 이런 처지로 몰아넣었는지, 무당은 그걸 왜 자신에 대한 복수라고 하는지 이유를 알고 싶었다.

"일단 제안은 받아두죠. 저도 생각을 할 시간이 필요하니까, 날이 밝으면 다시 이야기하는 걸로."

대화의 마침표는 내가 찍는다는 멘트를 던지며 자리에서 일어났지만, 살짝 무릎이 굽혀지며 기우뚱거리고 말았다. 다리까지 저릴 정도로 어지간히 긴장한 모양이었다. 쪽 팔리게.

"좋아요. 스톰맨 의상은 나중에 필요하면 말할 테니까 가지고 있어도 돼요. 근데 그거 지금 맞아요? 작을 것 같은데."

재림의 노골적인 시선이 강우를 머리끝에서 발끝까지 훑다가 배에서 멈췄다. 요새 푸시업을 소홀히 해서 그런가. 수치심에 이런 생각을 하던 강우의 머릿속에 뒤늦게 의문이 떠올랐다. 스톰맨 의상? 그럼 당근도?

"그것도 그쪽이?"

"제 그림이죠. 아주 작은 스케치."

옆에 있는 미래가 당근 흔들듯 폰을 흔들며 덧붙였다.

"전기자전거는 저요."

미친 모녀다. 운수 좋은 날을 만들어줬다는 게 이런 뜻이었구나. 강은의 추가 사기 행각 얘기를 들었을 때보다 더 충격적이라 눈앞이 번쩍, 하기까지 했다. 극심한 스트레스 증상 중에 이렇게 눈앞이 번쩍거리는 것도 있나. 강우가 살짝 비틀거렸다.

"현미래, 뭐 하는 짓이야. 플래시 꺼."

눈가 뼈를 어루만지고 있던 강우가 실눈을 떴다. 미래가 휴대폰 플래시로 화장실 쪽을 비추고 있었다. 그래서 눈앞이 번쩍였나 보다. 또 무슨 미친 짓이지? 와, 정말 싫다, 이 모녀.

"엄마, 저거 깨진 거울인가 봐."

강우가 신문지로 싸서 화장실 앞 바닥에 둔 욕실 거울의 끄트머리가 삐져나와 있었다. 미래가 거울 조각에 플래시를 반사시키자 반사광이 어지럽게 떠다녔다. 황급히 몸을 돌린 재림이 손바닥으로 눈 옆을 가렸다.

"깨진 거울을 집에 두는 사람이 어딨어요? 아주 운을 갖다 버리는 일만 하네. 어서 가지고 나가요!"

그러고 보니 잘 어울렸다. 미신 그 자체인 건물에 찾아온 무당이라니. 내 일이 아니었다면 재미있었을 텐데. 더는 대거리를 할 기운이 없는 강우가 순순히 깨진 거울 더미를 집어 들자, 미래도 플래시를 껐다. 여전히 실내등이 켜져 있는데도 어두워진 느낌이 드는 게 마법 같기도, 귀신의 장난 같기도 했다.

"아까부터 물어보고 싶었는데요. 여기 살던 여자분이 나가게 된 거, 그것도 혹시……"

"내가 한 거 맞아요."

"그 개새끼를 부른 건 아니죠?"

"미쳤어요? 난 그 사건 이후에 여자분에게 이 맨션을 떠나는 게 좋겠다고 일러줬을 뿐이에요. 모든 걸 지우고, 찾을 수 없는 곳으로 가라고. 그 방향으로 살짝, 밀어준 거죠."

머리에 붕대를 감고도 미안하다는 말뿐이던 과거 이웃의 야반도주를 도운 사람이 한 명 더 있었던 셈이다. 그렇다면 괜찮을 것도 같았다. 그 정도로 밀어주는 거라면. 그런 운명을 만들어주는 거라면. 강우가 현관문을 열고 나가며 말했다.

"좋은 사람이었어요. 냉장고를 치우고 갔거든요."

그러니까 썩어가는 게 없고 냄새도 나지 않는 집에서 잠들 수 있을 거라고요. 밀어준 방향으로 밀려 간 사람이 좋은 사람이었던 덕분에. 강우는 굳이 이렇게 덧붙이지는 않았다. 하지만 그래서, 맨션에서의 첫날 밤, 재림과 미래 둘 다 악몽 없는 잠에 빠질 수 있었다.

오래된 동상이몽

엄마의 신이 떠났다는 걸 아는 사람은 나뿐이다.

미래는 문장에 마침표를 찍고 소리 내어 한번 읽어보았다. 나뿐이다. 한 번 더 중얼거린 뒤, 빨간 펜으로 마지막 두 글자 사이에 브이 표시를 하고 한 글자를 더 적었다. 엄마의 신이 떠났다는 걸 아는 사람은 나뿐이었다. 오늘까지는. 한 글자로 오늘도 과거가 됐다. 앞집 남자까지 둘이 될 가능성이 열린 기념으로 자기 전에 일기를 쓰기로 했다.

일기는 아침의 일. 미래에게는 그랬다. 기억하고 기록하고 싶은 일은 모두 꿈에서만 벌어졌다. 아직 읽고 쓰는 법을 몰랐던 어린 미래가 재림을 깨워 꿈 이야기를 들려준 날이 시작이었다. 조각난 미래의 말을 조립해보니, 재림의 머릿속에 험한 형상이 그려졌다. 어제 어린이집 오가는 길에 뉴스라도 본 걸까. 재림은 머릿속을 기도로 가라앉히며 미래에게 새로운 단어를 가르쳐줬다.

"악몽."

나쁜 꿈. 꿈은 눈을 뜨면 사라져. 진짜가 아니야. 해몽이 업의 일부인 재림에게는 거짓말인 셈이었지만, 어린 딸에게 악몽을 설명하기란 어려운 일이었다. 미래를 점치는 일에는 점점 전문가가 되어갔으나, 미래를 기르고 돌보는 일에는 도통 숙달이 되지 않았다.

미래가 유난히 엄마에게서 떨어지지 않으려 했던 아기 시절, 재림은 점사를 보는 대신 혜량에게 무속의 이론과 실제를 배웠다. 그 후 본격적으로 점사를 보게 된 지 반년 만에 옥탑방 재림아씨에 관한 소문이 세월보다 빨리 퍼졌다. 고객이 줄을 서고 이름과 얼굴이 알려진 이들이 기웃대기 시작했는데도 옥탑방을 떠나지 않은 건, 미래 때문이었다. 다른 아이들의 몇 배는 어려웠던 어린이집 적응 과정을 또 겪게 할 수는 없었다. 인간의 과거를 기억하고 감정을 읽어내고 내일을 보는 신이었지만, 우는 아기 어르는 일만은 할 수 없어서, 미래를 돌볼 때만큼은 재림 또한 그저 인간이고 엄마였다. 미래가 꾸었다는 꿈의 불길함은 신의 계시가 아닌 엄마의 감으로 느꼈다.

미래의 꿈은 현실이 됐다. 종일반이 끝나는 시간에 맞춰 어린이집으로 향하던 재림 옆으로 구급차가 지나갔다. 어린이집 앞은 경찰차 불빛과 모여든 사람들의 소음으로 어수선했다. 구경꾼들이 하얗게 질린 젊은 엄마에게 곧바로 사정을 알려주었다. 여기 어린이집 선생이 애들을 데리고 나오려는데 어떤 사내새끼 하나가 갑자기 달려들었다지 뭐야? 목소리가 작아진다. 칼을, 들었다나 봐. 다행히 다친 애들은 없대요. 너무 걱정 말어. 얼굴이 눈에 익은 학부모들이 나지막한 어린이집 대문을 여는 일을 두고 옥신각신하는 동안, 재림이 풀썩 주저앉았다. 이곳을 떠날 때가 되었다는 임박한 현실보다 더 두려운 질문이 남아 있었다. 미래는 왜 그런 꿈을 꿀까?

미래는 그날 밤을 기억한다. 집으로 돌아가는 길에 미래가 좋아하는 아이스크림을 사준 엄마가 입을 꾹 닫고 있다. 미래는 마치 모든 인간에게 사정이 있음을 일찍 깨달은 아이처럼 잠자코 혼자 논다. 하늘이 깜깜해지자, 엄마가 묻는다.

"미래야, 오늘 아침에 일어나서 엄마한테 꿈 얘기 했잖아."

 긴 하루였다. 미래는 아침이 아주 먼 일 같다. 선명한 건 딱 한 장면뿐이다. 새싹반 선생님이 누워 있다. 빨간 물, 피도 보인다.

 "새싹반 선생님이, 확실해?"

 미래는 새싹반 선생님을 좋아했다. 선생님은 잘 웃고, 엄마가 오면 엄마의 손을 잡고 미래가 오늘 뭘 했는지 이야기해줬다. 악몽이라는 단어는 발음하지 못해도 악의와 호의를 구분할 수 있는 나이였다. 재림은 고개를 끄덕이는 미래를 물끄러미 바라보았다. 처음 보는 표정. 어린 미래는 그 얼굴이 신의 얼굴이라고 생각했다. 엄마의 신, 미래는 알지 못하는 할머니의 얼굴.

 그 일 직후 방과 부엌만 분리되어 있던 작은 옥탑방에서 커다란 통창으로 한강이 보이는 주상복합 아파트로 이사를 갔다. 둘만 사니 남는 방 하나에 신당을 모실 수 있었지만, 재림은 사무실 용도의 공간을 따로 임대했다. 인간과 신의 공간을 떨어뜨려야 한다는 듯이. 미래가 신의 세계에서 분리되어야 한다는 듯이.

 이후에도 미래는 가끔 현실이 되곤 하는 꿈을 꿨다. 악몽일 때도 아닐 때도 있었지만, 꿈속에서 폭력을 목격하면 며칠을 비몽사몽인 채로 보내야 했다. 자주 벌어지는 일은 아니라 견딜 수 있었다. 낮에 조는 일이 가끔 있다는 걸 제외하면 미래는 조용하고 주목받기 싫어하는 아이로 자랐다. 글자를 배운 후로는 꿈을 기록해두는 버릇이 생겼다. 가끔 재림이 그 노트를 읽는다는 걸 알았지만, 딱히 비밀도 아니라 상관없었다.

그래서 미래에게 일기는 아침의 일, 타인이 주인공인 꿈의 기록이었다. 꿈은 혹시 모르니 기억해야 하는, 잊지 않아야 하는 일이었다. 혹시라도 악몽의 뒷부분에 반전인 현실이 계속될지도 모르니까, 현실이 되었을 때 꿈을 기억하는 사람이 필요할지도 모르니까 기록하고 있다는 건, 미래 자신조차 알지 못하는 마음이었다. 아주 가끔 자기 전에 쓰는 일기에만 비밀이 담겼다. 이를테면 이런 문장. 엄마의 신이 떠났다는 걸 아는 사람은 나뿐이다. 그날, 저절로 알게 됐다.

그날, 아무도 자유롭지 않은 야간 자율학습이 진행되는 교실은 조용하게 소란했다. 갈 수 있는 대학은 이미 결정되어 있다는 고등학교 2학년 여름방학은 이미 지나갔지만, 임계점을 넘어 끓고 있는 지구의 여름 기운이 여전히 남아 있었다. 소리 없이 끓고 있는 10대들에게는 냄새가 났다. 창가 쪽 마지막 자리에 헤드폰을 끼고 앉아 있던 미래가 창문을 조심스레 열었다. 엄마를 닮았는지 대부분의 감각이 발달한 미래는 특히 후각이 예민했다. 불쾌한 냄새를 맡지 않으려고 자꾸 숨을 참는 버릇이 별로 좋지 않다고 했지만, 이런 교실에서는 어쩔 수 없었다. 열린 창틈으로 몰래 숨을 쉬는 사이, 작은 진동이 모여 교실이 짧은 파도처럼 출렁였다.

소란의 정체는 카톡이었다. 전날 앱을 지운 미래의 폰에는 어떤 알림도 뜨지 않았다. 미래의 짝이자 유일한 친구인 여은이 어깨를 두드리는 손길에 고개를 돌리자 교실의 모든 눈이 미래를 향해 있었다.

딩동댕동. 쉬는 시간을 알리는 벨이 울렸다.

"현미래가 2반인가?"

뒷문이 열리고 어쩐지 들뜬 느낌의 남학생 목소리가 교실에 퍼졌다. 여은의 몸이 작게 놀라는 것을 느끼며 미래는 그대로 앉아 있었다. 여은이 자기 폰을 미래 앞으로 밀었다. 이 학교 2학년의 80퍼센트는 들어와 있을 오픈 카톡방의 마지막 메시지에 미래의 이름이 있었다.

지희안 스토커. 2반 현미래

미래는 헤드폰을 빼 목에 걸고 가방을 챙기기 시작했다.

"미친년, 도망가냐?"

남학생의 목소리는 들리지도 않는 것처럼.

"안 들려? 개무시네, 이거."

"하지 마."

미래의 등 뒤까지 다가온 남학생 둘을 여은이 막아섰다. 미래는 몸을 돌려 여은을 옆으로 밀었다.

"넌 상관없잖아. 가만히 있어."

여은의 상처 받은 얼굴을 보는 게 여은이 다치는 것보다 나았다. 눈물 나는 우정이네, 떠들어대는 목소리가 무섭다기보다는 귀찮았다. 따돌림에는 이력이 났다. 무당 딸과 놀면 꿈에 귀신이 나온다며 몰아가는 분위기에 휩쓸려 미래를 외면한 여덟 살 꼬맹이들이 정작 자신의 이름조차 모르는 걸 알게 됐을 때부터, 의미 없는 인간의 이름은 기억하지 않기로 했다. 이후로 의미 없는 타인은 그때그때 번호를 붙여 구분했다. 안 어울리는 피어싱을 뚫은 왼쪽 후드티가 1번, 덩치는 더 크면서 뒤에 숨어 있는 쟤는 2번. 당연히 1번부터 타격해야 한다.

"어깨 위에 애기가 울어. 너, 동생 있지?"

순간 움찔한 1번이 본능적으로 어깨 쪽을 곁눈질했다. 아무 말이나 던져도 미래의 정체를 알고 있다면 흠칫하게 되어 있었다. 무당 딸이라는 걸 숨기려 한 시절도 있었지만, 그럴수록 퍼져가는 게 소문이었다. 사춘기에 접어들고 나서야 미래는 비밀의 힘을 가지고 놀 수 있게 되었다. 재벌의 숨겨진 딸이라는 소문이 있는 학생을 막 대할 수 있는 선생도 학생도 없듯이, 무당 딸도 마찬가지였다. 그것도 소문 속에서 그 용함과 위력이 부풀려진 무당의 딸이라면, 어쩐지 비슷한 능력이 있는 것처럼 느끼고 마는 것이다. 가벼운 함정에 1번이 걸려드는 걸 보자마자, 미래는 인간이 다시 한 번 시시해졌다.

"이 미친년이 뭐래. 동생 같은 거 없거든?"

한마디로 분위기를 바꾼 미래의 기세에 잠시 주춤했던 1번이 대들었다.

"그럼 넌 모르는 동생인가 보다. 니네 엄마는 알걸?"

1번이 얼빠져 있는 사이 헤드폰을 쓴 미래가 교실을 나섰다. 복도 끝에 또 한 무리의 학생들이 모여 있었다. 아무리 의연한 척해도 몸이 떨려왔다. 학교라는 공간 안에서 미래는 계속 작아졌고, 그러다 사라질 것 같은 느낌에 사로잡히곤 했다. 엄마가 물려줬을 직감이 그 어느 때보다 정확하게, 날카로운 경고음을 울리고 있었다. 오늘이 사라지게 될 그날이라고.

"헤이, 스토커."

목소리와 함께 흩어진 무리 맨 앞에서 팔짱을 끼고 있던 여학생이 미래에게 다가왔다.

"진짜야?"

희안과 같은 반이었던가. 넌 3번. 속으로 번호를 붙인 미래는 질문을 무시하고 무리 옆 복도 끝 계단으로 내려가는 길을 택했다. 첫 계단을 딛자마자 몸이 뒤로 넘어갔다. 누군가 후드를 잡아채 끈 것이다.

허공에 떠 있던 발이 애매하게 꺾여 복도 바닥에 끌렸다. 미래는 몸을 웅크리고 발목을 잡았다. 머리를 툭 치는 손은 아마도 3번. 이 학교 학생들은 학폭 가해자가 되는 일을 두려워하지 않거나, 어떤 짓을 하든 가해자가 되지 않는다는 걸 알고 있었다. 증언이니 진술이니 하는 귀찮은 일에 휘말리는 목격자가 되기도 싫어서 구경조차 곁눈질로 하는 10대들 사이에서 용케 살아남았구나 싶었다. 네가 있어서, 견딜 수 있었는데.

"진짜냐니까?"

고개를 들자 호기심 위에 걱정을 살짝 뿌린 비슷비슷한 표정들 사이, 울기 직전인 여은의 얼굴이 눈에 들어왔다. 나서지 말라는 의미로 여은에게 고개를 흔들어 보이고 3

번 쪽으로 눈길을 돌렸다.

"뭐가 진짜냐는 거야?"

"정확히 말해줘? 니가 지희안 스토킹해놓고 사귀었다고 했다며. 진짜냐고."

"걔한테 물어봐."

"너 땜에 자퇴한다는 애한테 뭘 물어봐. 연습생들 소문 얼마나 빠른지 알아? 데뷔 망치려고 작정을 한 것도 아니고……"

소문은 모르겠고, 3번보다 1번이 빨랐다. 3번의 말이 끝나기도 전에 무리를 헤치고 나온 1번이 앉아 있는 미래를 발로 차 계단 아래로 밀쳤다.

"이예담 미쳤어?"

번호들끼리는 서로 아는 모양이었다. 1번 이름이 예담이야? 예수님을 닮으라는 뜻의 이름이라던데, 그런 애가 폭력을 쓰네. 계단 중간쯤에서야 겨우 난간을 붙잡은 미래 위로, 힘의 우위를 증명하고 다름을 징벌하려는 10대들의 분노가 폭탄처럼 떨어졌다. 미래는 시야 바깥쪽부터 어두워지는 것을 느꼈다. 잠에 빠져드는 익숙한 흐름과는 다른, 낯선 느낌이었다. 그렇지만 죽음은 아니다. 어두워지는 구멍 속으로 빠져들며 미래는 오랜만에 다시 꿈을 꾸었다.

어릴 때처럼 경계가 흐릿해, 절박하게 미래의 이름을 부르는 재림의 목소리가 꿈과 현실 중 어디에 속해 있는지 분간이 되지 않았다. 마치 처음 악몽을 꿨던 그날처럼.

눈을 떴을 때는 꿈을 기록할 일기장이 없었다. 거슬릴 정도로 하얗고 차가운 조명 아래에서 미래는 다시 눈을 감았다. 꿈의 일부를 되감고, 다시 재생하며 기억할 수 있는 시간을 늘리려고 애썼다. 몸을 움직이고 현실을 감각할수록 덧없이 잊어버리게 되는 게 꿈인 걸 알아서 손가락 하나 까딱하지 않았다. 꿈속의 할머니가 뭐라 말한다. 할머니, 마지막 부분이 잘 안 들려. 뭐라고?

"미래야, 안 들려?"

미래가 꿈속에서 외친 말에 대답해준 사람은 재림이었다. 병원이었다. 움직이지 않으려고 했지만 움직일 수도 없었다. 온몸의 감각이 둔했다.

"괜찮아. 엄마가 왔잖아. 이제 다 괜찮아."

머리를 넘겨주듯 이마부터 쓰다듬어주는 재림의 손이 차가웠다. 눈동자만 굴려 주변을 둘러보던 미래가 물었다.

"강은 이모는?"

재림은 대답하지 않았다.

재림신점이 문을 닫았다는 소문이 빠르게 퍼졌다. 단골들 사이에서 어디 재벌집 전속이 됐는데 비밀로 부치기로 했다는 말이 오갔다. 물론 징그러운 욕망과 무당을 낮춰 보는 시선이 뒤섞여 추잡한 소문도 돌았다. 그래봤자 소문이었고, 곧 사그라들었다. 아쉬워하는 사람은 많지 않았다. 한국에는 아무래도 무당이 너무 많았다.

그날 밤, 재림은 사라지기로 했다. 신빨이 떨어진 무당이라니, 용납할 수 없었다. 그 무당이 나라는 걸 인정할 수도 없었다. 이전 같으면 비어버린 금고를 다시 채우는 데 긴 시간이 걸리지 않을 테지만, 이 상태로 계속 무당 일을 한다는 건 도박이나 마찬가지였다. 차라리 사건이 되는 게 나았다. 잘나가던 무당과 그의 가족, 제자까지 하루아침에 증발해버린 사건. 장르는 미스터리. 재림은 이야기를 알았다. 갑작스럽게 끊어야 속편이 나올 수 있었다.

미래는 재림을 따라갔다. 어차피 학교를 더 다닐 수도 없었고, 다니고 싶지도 않았다. 그날 이후로 생긴, 시도 때도 없이 쓰러지는 증상도 문제였다. 미주신경성 실신. 예방을 위해서는 잘 먹고, 잘 자고, 스트레스를 받지 않아야 했지만 아무래도 실천하기는 어려웠다. 은은한 따돌림을 견디며 학창 시절을 보낸 데다 첫사랑의 지독한 배신 직후

폭력에까지 노출됐으니. 미래가 응급실에 누워 있던 그날, 재림은 미래의 피 묻은 이마에 손을 댔지만 아무것도 느낄 수가 없었다. 그 순간 딸의 이마에 남은 상처와 똑같은 흉터가 엄마의 마음에도 새겨졌다. 그 흉터를 어루만지며, 재림은 미래와 함께 떠돌았다.

"실신 전에는 전조 증상이 있습니다. 다행한 일이죠."

석 달 넘게 사찰과 기도터를 돌던 모녀가 잠시 머물게 된 작은 섬마을 보건소 의사의 말이었다. 섬에 와서는 처음, 모두 합하면 여섯 번째 실신이었다. 전조 증상이 있다는 건, 보이지 않는 주먹이 예기치 않은 펀치를 날린 것처럼 갑자기 쓰러지지는 않는다는 의미였다.

"그렇다고 안 쓰러지는 건 아니라면서요. 그런데 왜 다행이죠?"

"쓰러지면서 다치는 걸 막을 수는 있으니까요. 전조 증상이 생기면, 무조건 주저앉거나 가능하면 누워야 합니다. 평평한 곳이 좋아요. 균형을 잃을 것 같다면 무언가 잡아도 좋은데, 버텨줄 만큼 튼튼한 것이어야 합니다. 그 상태에서 아주 깊게 심호흡을 하세요. 무조건 바닥과 가까워지세요."

그날 밤, 미래는 바닥과 가까워지는 일에 대해 생각했다.

쓰러지는 건 괜찮다, 다치지만 않으면 된다. 그 말이 위로가 됐다. 어쩔 수 없는 일들이 많았다. 의지와 상관없이 꾸는 꿈, 엄마의 삶과 직업, 마주 앉아 밥을 먹고 일상을 챙겨주던 사람의 실종, 끝났다는 걸 알면서도 사그라들지 않는 그리움, 쓰러질 때마다 조금씩 무너지는 세계. 이 모든 일에도 불구하고 다치지 않을 수 있다면, 그러고 싶었다.

미래 옆에 누운 재림은 의사의 다른 말을 곱씹었다. 전조 증상. 문제의 그날 벌어진 일에도 전조 증상이 있지 않았을까? 비로소 되짚어보고 싶었다. 신과 함께일 때 재림이 몸으로 느끼는 모든 증상은 타인의 것이었다. 재림은 기도로 연결된 사람들과 같이 아팠고, 앓았고, 느꼈고, 나아졌고, 회복했다. 그중 재림의 몫, 재림의 전조 증상도 있었을 테니 그걸 가려내면 된다. 강은이 몰래 계획해 저지른 일도, 미래가 겪은 폭력도 미리 느끼지 못한 데에는 이유가 있을 것이었다. 그걸 찾아내면 된다고 생각하니 마음이 가벼워졌다. 하필이면 그날 한꺼번에 벌어진 일들을 잇다 보면 빠진 고리가 보일 테고, 그 부분을 연결하면 신령님이 돌아오실 것이다. 그러면 미래도 나을 것이다. 그날 이후 처음으로 해야 할 일이 선명해졌다.

그 일을 실행에 옮기기 전에 긴 기도를 하기로 했다. 기도 여행이 길어질 때마다 찾았던 절에서 모녀에게 작은 방 한 칸을 내주었다. 신내림을 받은 직후에도, 옥탑방을 떠나 여의도에 신당을 열기로 했을 때도, 재림은 꼬박 100일 동안 기도를 했었다.

"왜 100일이야? 100일을 꼭 채워야 해?"

미래가 물었다. 아무래도 단군의 자손이기 때문일 테지만, 100이라는 숫자가 가지는 완결성도 이유일 것이다.

"요새는 죽는 아기가 드물지만, 옛날에는 아기가 100일까지 살아남기가 어려웠어. 그래서 100일까지 살면 장하다고 잔치를 해줬거든."

이상한 대답이라고 생각하면서도 미래는 굳이 토를 달지 않았다. 살리고 싶은 게 있나 보다 했다.

절에 머무는 사이에 미래는 두 번 정도 더 쓰러졌다. 한 번은 절 기둥을 끌어안고 미끄러져 다치지 않았고, 또 한 번은 시야가 완전히 깜깜해지기 전에 주저앉아 심호흡을 다섯 번 했더니 가까스로 정신을 차릴 수 있었다. 운이 좋았다. 경사가 있는 좁은 숲길을 걷던 중이었으니 운이 좋지 않았다면 굴러떨어지거나 돌 위로 넘어졌을 수도 있었다. 그 운을 믿고 엄마에게 하지 못했던 말을 하기로 했다. 100일까지는 열흘 남짓 남아 있었다.

"꿈을 꿨어."

오후 기도를 마친 재림이 노을을 보고 있다가, 미래 쪽으로 돌아섰다. 얼굴에 그림자가 드리워 표정이 보이지 않았다. 처음으로 꿈 얘기를 했을 때 봤던 그 표정과 같을까, 다를까. 미래는 궁금했다.

"언제?"

"그날. 병원에서."

응급실의 창백한 조명 아래 누워 기억하려고 애썼던 꿈이었다. 재림은 재촉하지 않고 기다렸다.

"엄마의 엄마를 봤어."

미래는 재림의 엄마를 본 적이 없었지만, 꿈속의 그 사람이 할머니라는 걸 알았다. 할머니가 말했다. 너희 엄마가 마지막 문제를 풀면 말이다. 그리고 입 모양. 잘 들리지 않는다. 잘 안 들려! 되감는다. 마지막 문제를 풀면…… 다시 되감는다. 할머니, 뭐라고?

"엄마가 마지막 문제를 풀면, 돌아오실 거래."

재림은 더 묻지 않았다. 왜 이제 말하냐며 미래를 혼내지도, 서두르지도 않았다. 소리 없이 앓기만 했다. 꼬박 일주일을 앓는 재림을 절의 보살님들이 지극정성으로 보살피는 동안, 미래는 재림의 곁을 떠나지 않았다. 깨어난 재림을 바라보는 미래의 눈이 부어 있었다.

"이번에는 진짜 떠나는 줄 알았어."

"엄마 현재림이야. 이렇게 쉽게는 안 떠나지."

너 때문에 살기로 했는데 내가 널 두고 어떻게 떠나니. 기운을 차릴 새도 없이 재림은 남은 사흘을 마저 기도했다. 100일을 채운 마지막 밤, 절 방의 소박한 요 위에 미래와 나란히 누운 재림이 말했다.

"미래야, 네가 당분간 엄마를 좀 도와야겠다."

재림은 몰랐겠지만, 미래에게 이 말은 신이 떠났음을 인정하는 엄마의 자백이나 마찬가지였다.

다음 날 절을 떠나기 전 재림이 중간 탑에서 마지막 기도를 드리고 있을 때, 한 스님이 쭈뼛거리며 다가왔다. 주변을 둘러보다가 들릴 듯 말 듯 한 소리로 속삭였다.

"큰스님 선거, 어떻게 괜찮겠습니까?"

덕을 품은 사람 곁에서 딴생각 중인 소인배였다. 이런 사람에겐 원래 예언을 들려줄 수 없지만, 이제 재림을 통해 예언하는 존재 자체가 없었다. 하지만 재림에게는 수많은 사람을 보고 그들의 내밀한 이야기를 들으며 벼려진 인간으로서의 느낌이 있었다. 그래서 웃었다. 재림이 웃으면 남자들은 보통 눈을 피했다. 스님의 눈동자가 바닥을 향했다.

재림도 따라 눈을 내려보니 스님이 신은 명품 운동화 로고가 선명했다.

"되실 겁니다. 걱정은 중생의 몫이지요."

이 두 마디로 여의도 시절 시가 절반쯤 되는 현금이 들어 있는 봉투가 재림의 몫이 되었다. 마지막 문제를 풀기 위한 재림의 계획이 처음으로 실행된 순간이었다. 아무래도 서울에서 지내려면 현금을 준비하는 게 우선이었다.

내림 신빨 무시 못 하지, 암만. 반지하였던 혜량의 신당이 다세대 빌라 2층까지 올라올 수 있었던 데는 재림의 공이 컸다. 여의도 재림아씨에게 내림굿을 해줬다는 소문이 지하에서 지상으로 올라올 만큼 혜량의 등을 밀어주었다.

"그래봤자 첫 끗발이 개끗발이로구나. 꽃은 꽃인디, 이게 뭐다냐."

화투 패로 점을 치는 혜량이 눈을 가늘게 뜨고 손을 멀리 뻗어 첫 패를 확인했다. 알록달록한 얼룩이 모란과 나비로 형체를 갖췄다. 6월 모란. 좋은 듯 나쁘고 나쁜 듯 좋은 패였다. 실은 어떤 패나 마찬가지였다. 무조건 좋은 사주도 없고, 마냥 나쁜 점괘도 없었다. 거진 40년을 무당으로 살아온 매일, 아침마다 떼어보는 운세 점이 알려주는 진실은 하나였다. 삶도 운도 살아갈 날들도, 좋은 듯 나쁘고 나쁜 듯 좋은 것이다. 이걸 깨닫고 나자 혜량은 서글퍼졌다. 겨우 이 정도 깨달음을 얻자고 겪지 않았어도 좋을 고통들을 삶과 몸에 새겨가며 무당이 되었다니. 꼭 장미같이 생긴 6월 모란에 날아드는 나비 그림을 게슴츠레한 눈으로 보다가, 나비가 나인지 내가 나비인지 몽롱해진 혜량은 깜빡 졸고 말았다.

"꽃이 많네. 내가 와서 그런가."

나이가 들수록 자꾸 앞으로 굽어지는 몸과 무거운 머리가 책상에 닿기 직전에야 눈을 떴다. 눈앞에 또 어른거리는 것을 게슴츠레 바라보자, 모란 빛깔의 립스틱을 바른 재림의 얼굴이 선명해졌다.

"꿈이냐. 아니믄 내가 귀신을 보는 거냐."

"내가 죽을병 걸렸다는 소문을 믿었어요? 재림아씨 유일한 스승도 끗발 다 됐다."

끗발이 다 된 건 옛날인데 이제 다 됐다고 하니 칭찬 같기도 하고. 혜량은 그새 흐른 입가의 침을 닦고 물을 떠 와 다시 자리에 앉았다. 재림이 패 두 개를 더 떼어내 낡은 책상 위에 가지런히 모아두었다. 6월 모란과 나비, 3월 벚꽃 광, 12월 비광.

"겉으로는 아주 유혹적이나 속은 어떨지 알 수가 없구나. 위험하다, 위험해."

나름 위엄이 깃든 목소리로 혜량이 패를 해석했다.

"재림이 너는 어떻게 읽을 테냐?"

"미혹될 만큼 아름답지만 위험하고 불확실하니, 통과해 봐야 알 수 있겠구나."

재림은 패를 도로 화투 더미 속으로 넣고, 가방에서 작은 상자를 꺼내 혜량 앞으로 밀었다. 상자 안에는 단검이 들어 있었다. 혜량이 홀린 듯 단검을 바라보았다.

"유혹적으로 아름답죠?"

"이거를 어, 어디서 났냐. 아니지, 이거를 왜 나한테 주는 거여. 1년 만에 나타나 무슨 속셈이여!"

어울리지 않게 더듬다가 갑자기 불호령을 내리듯 혼내는 말투로 변했다. 무당들에게는 좋은 무구巫具가 명품이었다. 그들의 기준에서 귀해도 너무 귀한 물건이라 혜량의 가슴이 진정되지 않았다.

"쌤은 무속의 기본이 뭐라고 생각하세요?"

"말 돌리지 말고!"

"저는 기브 앤 테이크라고 생각하거든요. 무당은 그냥이라는 게 없잖아요. 결과에는 원인이 있고, 주는 게 있으면 받는 게 있고."

재림은 한 번 더 혜량 쪽으로 칼이 든 상자를 밀었다.

"중요한 칼을 쥐고 계세요."

문강은이라는 칼. 강은으로부터 시작된 문제를 풀면서, 그날의 마지막 손님과 연결된 고리를 찾아야 했다. 이 마지막 문제를 풀면 돌아오신다고 했다.

강은은 원래 혜량의 손님이었다. 통 잠을 못 자 밤에 눈을 뜨고 있으면 헛것이 보인다는 강은의 말에 혜량이 대꾸했었다.

"나이가 헛들었네. 일을 많이 했구먼."

직업전문학교를 다녀 성인이 되기도 전에 일을 시작했다는 강은이 고개를 끄덕였다. 아버지 노름빚을 갚느라 엄마가 악명 높은 사이비 집단에 빠진 걸 몰랐다가, 뒤늦게 알게 되어 빼내려고 용을 썼는데 쉽지 않았다. 빚은 시간과 힘을 합쳐 몸을 불렸고, 나이 차이가 나는 동생은 사정도 모르고 예체능을 하겠다고 나서 짐만 더했다.

"동생에게 너도 나처럼 살라고 하고 싶진 않았어요. 어릴 때 가난을 알게 되면 시야가 좁아지더라고요. 걔라도 멀리, 넓게, 길게 봤으면 했어요."

그럴수록 강은의 세계는 좁고 어두워졌다. 고향을 떠나

서울로 와서도 이 일 저 일 하면서 집으로 돈을 보냈다. 동생이 성인이 될 때까지는 책임을 지고 싶었다. 좁은 고시원에 살다가 천장이 짓누르는 꿈을 꾼 후 며칠을 발품 팔아 언덕배기 건물에 살게 됐는데, 그다음은 낭떠러지 같았다. 그래서 헛것을 보나 봐요. 타고나기를 보이는 것 너머에 예민한 인간이었다. 풀 데가 필요할 텐데. 혜량은 헐값에 부적을 써주었다. 강은이 세 번쯤 찾아오자 재림이 떠올랐다. 재림보다는 미래와 잘 맞을 것 같았다.

"암만, 나도 감이라는 게 있지. 여의도에서 떵떵거린 너만 있는 게 아녀."

재림이 이미 다 아는 사연이었다. 지난 10년 동안의 강은에 대해서라면 더 많이 알았다. 커피 취향, 운전할 때의 버릇, 하루의 루틴을 알았다. 점사가 길어지면 CCTV 녹화 상태만 확인하고 졸 때가 있다는 것도 알았다. 가족에게 쓴 돈을 모두 더해 동생에게 건넬 청구서를 만들고 있다는 것을 알았다. 무당이 될 운명이 아니라는 걸 알았고, 미래를 아낀다는 것을 알았다. 아는 건 됐고, 모르는 게 궁금했다.

"문 실장이 살았던 곳이 이 동네인 거잖아요."

"맞어. 저 꼭대기 귀신의 집."

재림도 무연동 귀신의 집에 대해 들은 적이 있었다. 혜량은 아는 바를 이실직고하기로 했다. 기싸움을 해서 무얼 하나. 친히 무연동까지 행차하셨으니 어차피 알게 될 일이었다.

"거기 지금 문 실장 동생이 산다. 그 재수가 옴 붙어가지고 자꾸 지 운을 남들에게 주고 온다는 아 있잖어."

"이렇게 또 다 연결이 되네?"

차 떼고 포 뗀 재림의 뜬금없는 한마디에 수상한 기운을 감지한 혜량이 목소리를 낮췄다.

"너 이상한 생각 말어. 기도해. 무당한테 다른 답은 없어."

혜량의 얇은 갈매기 눈썹 끝이 내려가며 억울한 팔八 자를 만들었다. 그 눈썹이 처진 딱 그만큼 재림의 입꼬리가 올라갔다.

"미래 줄 부적 하나 그려줘요. 그 검은 어디다 팔지 말고 잘 챙기시고."

"팔긴 무슨!"

큰소리는 쳤지만 목소리가 울렁거렸다. 월세가 궁하면 명절 때마다 재림이 챙겨 보낸 선물 몇 개를 팔아넘겼던 기억 때문에. 하여간 귀신 같은 것. 마주한 이들을 속 시끄럽게 만들어놓고 저만 산뜻하면 되는 줄 아는 귀신.

　미래는 서울에서 멀어질수록 마음이 편해지고 잠도 잘 잔다는 말을 재림에게 하지 않았다. 그래서 언젠가는 서울이 깨어날 때 잠들 수 있는 곳에 살고 싶어 계획을 세우고 있다는 말도 하지 않았다. 그래도 더 이상 자기 마음을 읽었을까 눈치 볼 필요가 없었다. 엄마는 이제 말을 하지 않으면 모르니까.
　서울의 장점이라면 중고거래가 활발하고 여은이를 만날 수 있다는 것 정도다. 딸이 아무 데서나 아무 때나 기절할 수 있다는 사실을 알게 된 후, 재림은 미래가 어디 있는지 알지 못하는 상황을 불안해했다. 이 얼마나 인간답고 또 엄마다운 감정인가. 하지만 모녀는 이 갑작스러운 관심과 염려에 서로 낯설어하는 중이었다. 그나마 여은의 이름을 대면 엄마는 안심했다. 그래서 엄마가 혜량을 만나러 간 사이, 미래도 여은을 만나러 가겠다고 했다. 거짓말은 아니었다. 여은을 만나기 전에 할 일이 있을 뿐.
　미래의 꿈에서 신의 전언을 읽은 재림이 인간의 계획을 그려가고 있을 때, 미래도 계획을 세웠다. 실행을 위해서는 돈이 필요했다. 가방에 되는대로 쓸어 담은 물건들 중 가격대가 나가는 것부터 팔기 시작했다. 가장 아끼는 노이즈 캔슬링 헤드폰을 제외한 거의 모든 브랜드 제품을 팔았다. 급하게 챙겼던 재림의 무구도 사진을 찍어 중고거래 앱에 올려놨다. 다른 지역에서는 통 관심이 없었는데, 서울에 올라와 앱의 지역 설정을 서울로 바꾸자마자 '반값 택배 원합니다' '팔렸나요?' 같은 메시지가 쏟아졌다. 거래는 직거래, 무조건 현금. 원칙대로 사겠다는 사람이 딱 무연역에서 거래를 원했다. 약속 시간에 모자를 쓴 남자가 다가와 "당근……" 하며 말을 걸어왔다. 가방에서 탱화부채를 꺼낸 미래가 능숙하게 펼치자 촤라락, 열 맞추는 소리가 났다. 탁, 닫으며 왼 손바닥에 부채를 치자 남자가 눈을 들었다. 외국인이었다. 미래는 놀랐지만 티를 내지는 않았다. 사정이 있겠지. 무당의 딸로 살면서 주문처럼 외는 한마디였다.

"현금만 돼요."

"네고…… 안 될까요?"

외국인이 발음하는 네고라는 단어가 어찌 그리 착 붙는지, 그래서 더 단호해질 수 있었다.

"쿨거래하시면요."

미래는 검지를 살짝 들어 보였다.

"깎아드릴게요."

"일쩜오?"

쩜오까지 알면서 무구를 사 모으는 외국인이라면 컬렉터일 테니, 더더욱 네고는 안 될 말이었다.

"더는 안 돼요. 이 부채, 한정. 리미티드 알죠? 무당만물상닷컴 솔드 아웃. 재입고 미정."

남자가 만 원만 빼고 넘겨준 흰 봉투를 챙겨 약속 장소로 향했다. 여은에게 휘핑크림 위에 초코드리즐을 뿌리고 초코칩을 얹은 초콜릿 크림 프라프치노를 사줄 생각을 하면서. 수시에 합격한 고3답게 여은은 사복 차림에 꽤 티가 나는 화장까지 하고 나타나 보고 싶었다며 호들갑을 떨었다.

"우리 어제도 페탐했거든?"

여은은 시큰둥한 반응에도 아랑곳 않고 미래의 팔을 잡고 매달렸다. 겁이 많은 다람쥐 같은 여은이. 내 비밀을 모두 알고도 내 편인 여은이. 그런 여은이 곤죽이 된 초코 음료를 쭉 빨아 마시는 걸로 모자라 휘핑크림까지 떠먹는 걸 보고 있자니 뭔가 달라졌다는 게 느껴졌다.

"너 단것 원래 좋아했나?"

"요새 땡기더라?"

"썸을 타면 달달한 게 필요해지나 봐. 쌤이랑 썸 타는 건 어때?"

놀리는 미래의 말에 새침해진 여은의 얼굴이 붉게 물들었다.

"몰라. 쌤 연락도 되다 말다 해. 아, 딴 얘기 하자! 부채사 간 네고남 잘생겼어? 외국인인데 왜 무당 물건을 살까?"

"인종만 다른 한국인일 수도 있지."

"현미래 역시 편견이 없어. 괜히 인티제가 아니야."

미래는 자퇴 후 1년이 되어가는데 아직도 MBTI가 인기 있다는 걸 믿을 수가 없었다.

"그딴 거 맹신 좀 하지 말라니까."

"그것까지 딱 인티제야. 잘 맞으니까 지금 불편한 거거든."

"됐다그래."

"여기서부터 중요한데, 니네 엄마가 엔팁 같거든? 완전 자기애 쩌는 타입. 지는 거 제일 싫어해. 근데 인티제랑 엔팁이 찰떡궁합이라는 게 포인트지."

"적당히 해라. 너…… E 뭐더라?"

"친구 MBTI는 기억해주는 게 매너거든요? 엣프제. E-S-F-J. 이렇게 상담도 잘해주고 현실적이면서 엄청 사교적인 스타일."

"이런 거에 미친 김여은이 신점은 안 보는 거, 진짜 신기하단 말야?"

여은의 표정이 다시 새침해졌다. 분신사바에 환장해 연필을 쥐어본 어린이, 온갖 미신에 혹해 저만의 징크스를 목록으로 만들어 지키는 10대는 어디에나 있는 법이다. 여은이 그랬다. MBTI에 집착하기 전에는 일본식 별자리 운세를 매일 봤고, 지금은 또 타로에 빠져 있었다.

"아직도 무서워?"

"신점은 그렇잖아. 귀신이 들어올 수도 있대."

귀신이 듣는 것도 아닌데 속삭이는 여은의 목소리에 괜히 귀가 간질거렸다. 미래는 살짝 입을 가리며 똑같은 톤으로 놀리듯 속삭였다.

"그 귀신 들어온 사람이 우리 엄마야."

"그게 아니잖아!"

아니긴, 뭐가. 미래는 어깨를 으쓱하며 웃었지만, 이 말만은 여은에게 할 수 없었다. '지금은 진짜 아닐 수도 있지만.' 다시 새침한 얼굴이 된 여은이 쇼핑백을 내밀었다. 아는 동생에게 빌렸다는 무연여자고등학교 교복이 들어 있었다.

"이게 왜 필요한데?"

"몰라. 엄마가 계획이 있대. 앞으로 무연동에 살 거래."

"무연동에 진짜 잘나가는 별자리 점성술사 있는 거 알아? 너 이사 가면 거기 한번 가봐야겠다."

"그러시든가."

미래의 심드렁한 대답에도 신난 표정인 여은이 문득 생각난 듯 주어 없는 문장을 꺼냈다.

"교복 콘셉트 티저 떴더라."

누구? 묻지 않고도 미래는 알았다. 데뷔할 때가 됐나, 벌써. 벌써가 아니겠다. 만 열아홉 살 전에는 꼭 해야 한다고 했으니 세어보면 얼마 남지 않았다. 그 애에 관해서라면 모든 걸 기억하고 함께 나눈 모든 이야기를 떠올릴 수 있다는 게 여전히, 그래, 희한하게 느껴졌다.

"지희안, 데뷔만 해봐. 내가 진짜 안티 된다."

미래가 계속 대꾸가 없자 말을 돌릴 타이밍이라는 걸 느낀 여은이 다시 하던 얘기로 돌아왔다.

"니네 엄만 그렇다 치고, 니 플랜은 변함없는 거야? 꼭 여길 떠야겠어?"

"어."

그날 이전에 재림에게 신이 없었던 날이 있었을까? 미래가 기억하는 한 그런 날은 존재하지 않았다. 적어도 미래가 태어난 뒤로는 없었을 것이다. 재림도 그렇게 말했으니까. 미래와 신은 같이 왔다고. 그 신이 떠났다면, 그렇다면.

"난 엄마가 망했으면 좋겠거든."

미래도 떠날 차례였다.

프로 무당과 아마추어 탐정

 무연맨션에 '귀신의 집'이라는 별명이 붙은 데에는 여러 가지 이유와 우연이 있다. 재림은 이유를 밝히는 게 자신의 몫이라고 생각했고, 우연은 믿지 않았다. 재림은 대가 없는 운도, 우연도 없는 세계에 살았다. 운명이 재림을 무연맨션으로 이끌었다. 마지막 문제, 모든 게 잘못된 그날 남겨진 문제를 풀어야 하는 장소이자 정답의 배경인 장소로.

 그날 굿에서 풀고자 했던 문제가 미래의 꿈에 나온 마지막 문제라고 재림은 확신했다. 옥탑방 신당 시절 마지막 손님이기도 한 럭키즈엔터테인먼트 대표 강해진의 의뢰였다. 옥탑방에서 해진은 신점을 많이 보러 다니는 사람 특유의 어디 한번 맞혀보시지, 하는 태도로 입을 꾹 다물고 있었다. 인간이 입을 다물어봤자 신의 목소리가 들리는 무당 앞에서는 무용지물인 걸 모르고.

"다들 만년 2등 사주라고 하던가요? 어떻게 해도 1등은 못 하고, 아무리 독하게 살아도 남자 놈들 그림자에 가려진다고."

재림이 직구로 던지자 고집 세 보이는 해진의 눈썹이 살짝 꿈틀거렸다.

"사주로는 틀린 말 아닙니다. 인간의 통계니까요."

"젊은 친구가 뜬다고 해서 왔더니, 엄청 새로운 건 없구나?"

"젊고 새로운 거 좋아하시니 일하시는 업계와 잘 맞긴 하겠습니다."

막내에게 정보를 들었을 수 있으니, 이 정도야 뭐. 해진은 더 해보라는 듯 살짝 턱을 들었다.

"인간의 통계쯤은 넘어설 운을 발로 뛰어 만들었으니, 스스로 빛나시면 되지요. 곧 시작할 친구들이 한 계단 올라가게 도와줄 겁니다. 방향을 무대 쪽으로 돌리세요."

무슨 의미인지를 재보는 해진의 좁아진 미간에 눈을 두고, 재림이 말을 이어갔다.

"박차고 나가면 다시 2인자입니다. 그 자리에서 버티시면 올해 안에 대표 되실 겁니다. 그때 다시 오시지요. 원하신다면, 이후로는 같이 올라갈 수도 있겠습니다."

고졸 출신 로드매니저로 시작해 빠른 승진을 거듭하며 규모가 작지 않은 기획사의 이사 자리까지 올랐다. 거기서부터는 위가 훤히 보이는데도 올라갈 수가 없었다. 차라리 나가서 회사를 차릴까 싶어 용하다는 무속인들을 찾아다녔지만, 하나같이 만류했다. 말리는 이유가 똑같이 '거기까지가 최선'이라는 걸 특히 참을 수가 없었다. 해진보다 더 발로 뛰어다닌 매니저가 없었고, 해진만큼 더러운 꼴을 이 악물고 견딘 실무자가 없는데 도대체 왜 안 된단 말인가. 될까 말까 한 자리긴 하지만 기원은 해보자며 만난 어느 박수무당이 터무니없는 굿값을 부르는 꼴에 신당을 박차고 나왔는데도 분이 풀리지 않았다.

옥탑방 애기무당 소문은 남자 아이돌 데뷔조를 맡고 있는 신인개발팀 막내에게 들었다.

"애들 잘된다디?"

"네. 돈의 단위가 다를 거라던데요? 좀 이상한 말도 했어요. 저 말고 지금 엉뚱한 데 찾아다니는 사람이 와야 한다고요. 예약해놓고 가라고 해서 얼떨결에 걸고 왔는데, 이사님 가실래요?"

'노피눈'. 피도 눈물도 없다는 별명의 해진을 처음부터 무서워하지 않았던 막내였다. 그 당돌함이 딱 사회 초년생 때 자신 같았다. 손해 볼 건 없겠다 싶어 예약했다는 날 마실 삼아 들렀건만, 스물 언저리로밖에 안 보이는 무당이 더 당돌한 말을 꺼낸 것이다. 같이 올라가자니, 내가 어디까지 올라갈 줄 알고? 코웃음을 쳤지만 이상하리만치 당당한 태도, 한 번의 깜빡임도 없이 꿰뚫어 보는 듯한 눈, 차갑고 가라앉은 기운이 계속 신경 쓰였다. 새파란 무당을 만나고 얼마 지나지 않아 천년만년 해먹을 것 같던 대표가 뇌졸중으로 쓰러졌다. 목숨에는 지장이 없었지만 요양원행을 면하긴 어려운 상황이었다. 배우 중심 중소기업에서 대기업으로 넘어가느냐 마느냐의 기로였다. 이사들끼리 폭탄 돌리기라도 하듯 대표 자리를 돌리다 해진에게 기회가 왔다. 이 업계는 안 터지는 게 폭탄이지. 해진은 덥석 받아들었다. 케이팝은 이미 레드오션이라며 전 대표가 반대했지만, 우여곡절 끝에 데뷔시킨 남자 아이돌 그룹이 엉뚱하게 해외에서 터졌다. 바트 혹은 루피아가 억, 10억, 100억 단위로 늘어났다. 돈의 단위가 다를 거라던 말이 뒤늦게 떠올랐다. 0의 개수인 줄만 알았는데 화폐 단위였구나? 옥탑방 애기무당이 지금은 어디 있는지 급히 수소문했다.

딱 1년 만에 여의도 오픈런 무당 재림아씨가 되어 있었다. 주상복합 아파트 엘리베이터의 꼭대기층 버튼을 꾹 누르며, 이렇게만 같이 올라갔으면 싶었다. 이번에는 대답할 것이다. 같이 올라가자고, 진심으로 원한다고.

곧 10년. 재림의 신령님이 해진의 신이었던 시기는 그중 딱 절반이었다. 그렇게 재림을 다시 만난 뒤 전 대표가 제 뇌 속 혈관마냥 꽉 막아뒀던 돈줄이 해진에게로 흘렀고, 해진이 손을 대면 사업은 못해도 중박은 쳤다. 이열치열, 불은 불로 풀라며 동남아 시장을 강조한 재림의 마케팅 조언은 시장 상황과도 맞아떨어졌다. 해진의 손을 거친 또 다른 남자 아이돌 그룹이 어느 동남아시아 국가에서 국민 아이돌로 성장하며 무럭무럭 회사를 키웠고, 드라마 OST 음원 수익으로 어느 회사의 현상 유지를 책임지고 있던 솔로 가수를 데려오니 회사 살림이 피었다. 풍채가 있고 사람 좋아 보이는 웃음을 지으며 억척스럽게 일하는 해진을 두고 해외 유력지가 'K-엔터의 엄마 리더십'이라는 비평 기사를 내자, 쌈마이라며 해진을 은근히 무시하던 업계 엘리트들의 시선도 달라졌다. 당연히 이 성공에 재림의 몫도 있다고 생각했다. 다만 굿을 해주지 않는 게 불만이었다. 업계 최상위권으로 치고 올라갈 수 있는 초대박이 간절하건만, 재림은 때가 아니라는 말로 막아섰다. 운때를 맞추는 게 얼마나 중요한데. 해진은 다른 무당을 찾기 시작했다. 올 때마다 다음 예약을 잡아도 그 사이가 길어지는 걸 못 참는 성미도 한몫했다.

"이러다 1년에 한 번도 못 보겠어요? 아니, 회사라는 곳은 분기별 계획이 있는데 나랑도 발을 좀 맞춰줘야지."

은근히 특별 대우를 바라며 찌르는 말에도 재림은 꿈쩍하지 않았다. 어차피 그렇게 제 입맛에 맞는 신을 찾아 떠돌아다닐 운명과 기질을 타고났으니 신경 쓸 일이 아니었다. 재림을 통해서 신을 만난 이들이 또 다른 선택을 하려 해도 내버려둔 것은 결국 돌아올 것을 알아서였다. 재림은 자신을 찾는 이들을 신도라고 부르지 않았다. 그들은 재림의 신을 믿지 않았고, 신 또한 그것을 요구하지 않았기에 신도는 재림 하나로 족했다. 무속이 종교가 되면 사기가 되는 게지. 다들 손님이란다. 신엄마 혜량의 가르침은 딱 그거 하나였고 그걸로 족했다. 왔다 떠날 사람들을 붙잡을 필요는 없다. 때가 되면 돌아온다.

해진도 돌아왔다. 그럼 그렇지. 늦은 밤 시간을 억지로 예약해 쳐들어온 해진은 재림 앞으로 사진 열여섯 장을 내밀었다. 고만고만하게 피부가 하얗고 갸름한 소녀들의 프로필 사진이었다. 배경에는 생년월일시가 적혀 있었다. 재림은 별말 없이 그중 네 장을 골라냈다. 해진은 남은 사진 중 하나를 재림 앞으로 슬쩍 밀었다.

"얘는? 잘하기도 하고, 해외파야."

"집안도 좋고요."

"요새는 그게 팔리거든."

네 명이어야 했고, 데뷔 시점에 성년이어서는 안 됐다. 2004년생. 재림은 고운 이름의 소녀 얼굴이 보이지 않게 사진을 뒤집었다. 명백하게 안 된다는 의미였다. 해진은 뒤집힌 사진을 자기 앞으로 당기며 입을 뗐다.

"재림 선생 예약이 너어무 힘들어서 좀 멀리 보살님에게 다녀왔거든. 그런 거 괜찮죠?"

재림이 살짝 고개를 끄덕이자, 본격적인 사연을 풀었다.

"애들 데뷔도 시켜야 하고, 신사옥 부지도 찾아야 하는 이렇게 중요한 때에 액운이 들었다지 않아요? 액막이굿을 좀 해야겠는데, 난 재림 선생 아니면 안 할라구. 이것도 업계 탑이 막아줘야 막지, 어디 흔한 굿판으로 되나?"

재림은 미소 지었다. 아무 때나 찾아드는 액운을 막자는 말은 언제 해도 얼추 들어맞으니, 그 보살이 굿값이 필요했나 보다 싶었다. 재림이 재미있다고 느낀 건 해진이 재림을 치켜올리는 방식이었다. 그리고 신사옥. 어제 해진의 이름을 부르며 기도할 때 남향의 건물이 보이더라니. 재림은 초를 켠 뒤 리모컨으로 신당의 불을 껐다. 재림 등 뒤 통창으로 펼쳐진 한강의 야경이 선명해졌다. 재림이 포도 무령을 들자 잔잔히 흔들리는 방울 소리가 신당을 채웠다. 별다른 무구도 쓰지 않고 특별한 퍼포먼스도 없이 진주 쌀알을 던져 괘를 그리는 재림에게는 드문 일이었다. 해진은 옥탑방에서 재림을 처음 만났을 때처럼 차갑고 파란 기운이 몸을 감싸는 것을 느꼈다. 열이 많은 몸이 서늘할 정도였다. 재림이 눈을 감았다. 해진도 눈을 감았다 그래야 할 것 같았다. 방울 소리, 차가운 공기, 코끝을 스쳐가는 잎과 풀의 내음. 그리고 목소리.

"옳다! 굿으로 만나보자!"

해진이 눈을 떴다. 재림은 이미 눈을 뜨고 있었다. 무령의 맑은 울림이 잦아들었다.

"신령님이 그렇게 말씀하시네요."

해봐라. 잔잔한 발밑의 진동을 느끼며 재림은 분명하게 들었다. 잘못 들었을 리 없다. 그래서 굿판을 열었을 뿐인데. 그 밤의 만남은, 그날 그 순간은 재림의 머릿속에서 여러 번 다시 재생됐다. 그 진동이 전조 증상이었을까. 그게 아니면 해진의 액운이 재림에게로 온 걸까. 아니, 그것도 아니다. 그렇다면?

힌트는 미래의 꿈으로 왔다. 마지막 문제를 받은 게 그 밤이라면. 그래야 말이 됐다. 해진에게 신사옥을 찾아주어야 그날의 꼬인 매듭이 풀릴 것이다. 재림의 가설은 무연맨션과 거기 살고 있는 강우를 찾아내고 확신으로 변했다. 여기가 바로 해진의 럭키즈엔터테인먼트 신사옥이 올라갈 자리였다. 지나치게 높은 고도와 불편한 교통 같은 건 둘째 치고 귀신이 나오는 터를 대체 누가 살까 궁금해할 수 있겠다. 누가 사긴. 귀신이 대박을 부른다고 믿는 사람이 사지. 해진은 귀신이 나오는 터를 마다하기는커녕 환영할 것이었다. 하지만 무연맨션에는 아직 사람들이 살고 있었다. 재림은 그들을 내보낼 궁리를 했다. 사람이 살지 않는 집은 순식간에 폐허가 된다. 귀신이 나오는 데다가 사람의 온기마저 떠난 건물을 신사옥 터로 헐값에 해진에게 넘기면, 문제가 풀리면,

"돌아오실 거래."

미래의 목소리로 그려지는 과거로의 회귀. 현재림은 다시 재림아씨로 남은 생을 신과 더불어 살면서, 미래에게 이유 모를 질환과 불투명한 앞날 대신 더 나은 것을 물려

줄 것이다. 미래 나이의 재림이 결코 가질 수 없었던 것, 상상조차 못 했던 것들을. 여기까지가 바로 무연맨션에 도착한 재림의 계획이었다.

 강우는 오늘도 동트는 시간에 맞춰 무연산 대신 계단을 올랐다. 503호와 505호 사이 계단을 다 오르면 무연맨션 옥상이다. 텅 비어 있어야 할 평상에 웬 여자가 가부좌를 틀고 앉아 있다. 간밤의 일이 꿈이 아니라는 증거다. 어젯밤 505호 문을 닫고 나와 503호 문을 열자마자 재 모 고객님, 아니 현재림이라는 저 사기꾼 무당이 보낸 메시지가 폰에 떴다.
 평소 등산하는 시간에 맞춰 옥상에서.
 추신. 깨진 거울은 건물 밖에 버릴 것.
 추신이라니. 나중에 마이클이 보면 또 단어장에 추가할 만한 단어였다. 어려운 단어를 쓰는 게 취미나 허세가 아니라면, 손편지를 보내던 시대에 머물러 있는 건지도 몰랐다. 그렇다면 귀신보다는 요괴인 건 아닐까? 알고 보면 몇백 살 구미호, 뭐 그런 거.
 구미호를 연기했던 배우를 닮은 것 같기도 한 재림은 인기척이 느껴질 텐데도 꼼짝하지 않았다. 괜히 큼큼, 헛기침을 해봤다. 올라오기 전에 스톰맨 유니폼을 입어봤다가 배와 허벅지가 끼는 느낌에 플랭크를 해서 그런가. 슬쩍 배가 땡겼다. 기침 소리를 듣고서야 가부좌를 틀고 있던 재림이 반짝 눈을 떴다. 반짝이라는 표현을 절로 쓰게 되는 커다란 눈이 강우 쪽을 향했다.

"기척만 내지 말고 말을 해요. 어차피 임시, 단기, 시한부 공조지만, 일이니까 효율적으로 합시다."

"공조, 뭐 수사 같은 거라 이건가? 저도 안 해본 건 아니니까, 그러시죠. 효율적으로다가."

애매한 반존대를 쓰며 평상 앞에 와 앉는 강우를 보며, 재림은 이번에는 속으로 웃었다. 제가 예약해서 제 돈을 쓰며 제 앞날을 물으러 와놓고도, 기싸움이라도 하는 것처럼 스스로를 부풀리며 상대를 낮춰 보는 시선을 숨기지 않았던 손님들, 죄다 남자였다. 지금 강우가 딱 그 꼴이었다.

"어렸을 때부터 누나에 비해 모자라다는 말 많이 듣고 자랐죠?"

"에?"

얼떨결에 되다 만 발음으로 되묻는 강우는 그런 남자 중에서도 하수에 속했다.

"뒤로 자빠져도 코가 깨지고, 뭘 고른다 싶으면 꽝이고,

잘 풀린다 싶으면 꼬이고."

급격히 어두워지는 강우 얼굴과 반대로 등 뒤로는 찬란한 오늘의 태양이 떠올랐다.

"내가 문 실장과 아는 사이라는 걸 그쪽이 몰랐다고 치죠. 그런데 문강우 씨 얼굴을 보자마자 이런 말을 했어요. 그럼 사람들이 날 어떻게 생각할 것 같아요?"

"용…… 하다? 족집게다?"

강우는 무당을, 점쟁이를 찾는 한국인들의 전형적이고도 틀에 박힌 대사를 자신이 읊고 있는 줄도 몰랐다.

"어제랑 다르게 원했던 답이 빨리 나와서 좋네요. 이런 걸 같이하자는 거예요. 최대한의 정보를 가지고 고객을 만날 수 있게 유도해줘요. 당분간만."

"그러니까 그건 사기……"

재림이 제일 싫어하는 단어였다. 재빨리 잡아채서 끊어 버려야 하는 단어.

"그런 게 아니라니까. 차차 알게 되겠지만, 지금은 사정이 있어요. 그래서 임시, 단기, 시한부라고요. 이렇게 봐준 점사로 돈 받을 생각 없고, 기껏해야 몇 명 정도? 일단 이 건물, 무연맨션에 사는 사람들부터 시작하죠."

실은 그 사람들이 전부였지만, 재림은 자신이 지게 된

빛이 어디로부터 온 것인지도 모르는 이 해맑기만 한 남자에게 가진 패를 전부 보여줄 생각이 없었다.

"그 정도라면 뭐, 어렵진 않은데. 목적이 뭡니까? 이유가 있을 거 아니에요."

"그쪽은 모르는 하늘의 사정으로 내가 무연맨션에 사는 사람들을 좀 도와야 해요. 도와서 잘 살게 해줘야만 쌓을 수 있는 선업이 있어요. 이 이상은 천기누설이라 무당으로서 일개 인간에게 터놓을 건 아니고요."

재림의 입장에서는 딱히 거짓말이 아니었고, 강우로서는 천기누설까지 나왔는데 트집을 잡기는 어려웠다. 무당이라고 사정이 없지는 않겠지. 그리고 맨션에 사는 사람들을 잘 살게 해주기 위한 일이라지 않나. 강우 또한 주민이었다. 게다가 이제 도통 알 수 없는 존재가 되어버린 강은이 누구였는지 알아가는 기회가 될 수도 있었다. 손해 볼 장사는 아닌 것 같으니 협상안을 제시할 차례였다.

"저도 조건이 있습니다."

말해보라는 듯 재림이 고개를 까딱했다.

"심부름 일을 도와주시죠. 일도 비슷한 것 같고, 여자 캐릭터가 필요할 때가 있어서요."

의외의 요구를 재보는 재림의 눈이 가늘어졌다.

"아, 그렇구나. 태풍심부름에서도 조작을 하시나 보네."

'조작'이라는 단어를 발음하는 강세에 미묘하게 빈정이 상했지만, 강우 역시 그 단어를 사기로 대체하고 싶진 않았다. 썩 마음에 들지는 않아도 그 정도가 타협점임을 인정해야 했다.

"무리하지 않는 선에서, 오케이."

재림이 요구를 받아들였다.

"또 있습니다."

"협상을 하려면 가진 패의 수준이 비슷해야 하는 건 알죠? 요구가 과한데."

이래서 아까 플랭크를 했다. 아랫배에 힘주고 당당한 표정으로 말하면 좀 덜 구차해 보일 것 같아서. 기세가 전부라고, 봉준호가 그랬다.

"누나가 저에게 줬던 부적도, 받겠습니다."

'써주시면 안 될까요?'는 너무 부탁 같아서 뭔가 좀 더 괜찮은 표현을 쓰고 싶었다. 마치 권리가 있는 것 같은 느낌으로. 받겠습니다? 귀를 의심하는 듯 잠시 심각해졌던 재림의 얼굴에 바람 새는 소리와 함께 미소가 번졌다. 비웃음의 비중이 큰 것 같았지만, 강우는 연습한 대로 했다.

"원 플러스 원이라고 생각하시고요."

골 때리는 남자였다.

"도와주실 태풍심부름 의뢰는 오늘 한 건 있습니다. 점심시간에."

맨션 앞 내리막길을 함께 자전거를 타고 내려가느니 걷고 말겠다는 재림의 항의는 앞서 했던 자신의 말로 기각되었다.

"일이니까 효율적으로 합시다. 그러셨잖아요?"

재림은 바퀴가 달린 어떤 것도 운전하지 않았다. 미래가 어릴 때 유모차조차 길게 태우지 않았고, 그 흔한 장난감 자동차나 씽씽이, 세발자전거도 사주지 않았다. 세상 사람들은 이런 행동을 트라우마라고 했지만, 재림처럼 세계를 보는 이들은 액운을 피하는 방법이라고 한다.

운전은 강우가 맡으니 문제가 될 건 없었지만, 재림이 한 번도 자전거 뒷자리에 타본 적이 없는 건 문제였다. 초반에는 균형을 잡지 못하고 휘청대다가 본격적으로 내리막에 들어서자 갑자기 목숨줄이라도 되는 듯 강우의 허리를 끌어안았다 옷을 끌어당겼다 했다. 그런 재림 때문에 강우는 심정적으로 목숨의 위협을 느꼈고, 그 바람에 실제로도 사고를 낼 뻔하다가 아슬아슬하게 피했다. 간신히 무연역 근처에 도착해 뒤를 돌아보니, 아까 스타일 망가진다며 헬멧을 거부했던 재림의 긴 머리가 엉망으로 흐트러져 있었다.

"그러니까 헬멧 쓰시라고 했잖아요."

어제부로 보물 1호가 된 전기자전거 레오를 무거운 자물쇠 여러 개로 단단히 묶으며, 강우가 퉁명스레 내뱉었다. 그 말은 들리지도 않는 듯 불법 주차된 차 백미러에 얼굴을 박고 머리를 정리하는 재림을, 강우는 잠시 서서 기다려주었다.

"가까워요."

"네?"

"사물이 보이는 것보다 가까이 있습니다."

백미러에 굴림체로 적힌 글귀를 재림이 또박또박 읽었다.

"그쪽이 보이는 것보다 가까이 있다고요. 거리 유지 좀 합시다."

한 발자국 뒤로 물러선 강우의 심장이 뒤늦게 거세게 뛰었다. 아무래도 위험한 질주였다. 다시는 타인을 태우고 외줄 타기 하듯이 달리지 말라는 몸의 경고가 이렇게 오는구나. 시차를 두고 온 신호를 강우는 일단 넘겨짚었다.

역할 대행이야말로 강우의 심장을 뛰게 만드는 일 중 하나였다. 카메라나 관객이 없을 뿐, 역할이 주어지고 연기를 할 수 있다는 것이 좋았다. 살아 있는 누군가를, 혹은 한 사람이 구체적으로 바라는 인물을 연기하는 것이야말로 진짜 메소드 연기가 아닌가. 유치원 체육대회에 젊은 아빠로 참석해 달리기로 1등 상을 탔던 날은 반나절 아들이 기뻐하는 모습에 얼마나 뿌듯했던지. 오늘은 그런 뿌듯함을 느끼기 어려울 듯했지만, 끝나고 나면 보람은 있을 것 같은 역할이었다.

"안전 이별 서약서를 받아내는 변호사, 법무법인 태마의 서정우입니다. 이름 어때요, 괜찮죠?"

"나라면 본명에 있는 글자는 안 쓰겠지만, 명함까지 판 정성이 있으니 그렇다 치죠."

호텔 로비 카페에 어울리지 않는 후줄근한 트레이닝복을 벗고 수트로 갈아입고 나온 강우의 옷태가 재림의 눈에 이상하게 낯설지 않았다.

"수트 보는 안목이 이 정도로 높을 것 같진 않고, 문 실장이 사준 거 같은데."

"맞아요. 마지막으로 만났을 때."

용하다거나 어떻게 알았느냐거나 하는 칭찬의 의미가

담긴 감탄을 꺼내려던 강우가 멈칫하고 말았다. 재림이 손으로 겉옷 자락 한쪽을 여는 시늉을 해서였다.

"뭐예요?"

"비언어적 소통이 아예 안 되는데 어떻게 배우를 했나 몰라. 재킷 열어서 안주머니 확인해보라고요."

안주머니를 뒤적여봤지만 아무것도 없었다.

"원래라면 지갑은 거기 넣는 게 센스고, 뭐 만져지는 거 없나 잘 봐요."

의아한 표정의 강우가 계속 안주머니를 더듬었다. 주머니의 가장 깊은 안쪽에서 얇은 종이를 접은 듯한 네모난 형태의 무언가가 만져졌다. 꺼낼 수 없게 단단히 박음질이 되어 있는 위치였다. 손끝에 닿는 느낌이 무엇인지를 알려주고 있었다.

"부적?"

"원 플러스 원."

놀랐다가 복잡한 생각에 빠져드는 강우의 표정을 지켜보며, 재림은 생각했다. 강은을 떠올렸겠지. 인간은 왜 그럴까. 마지막에 만났을 때라면 이미 동생에게 빚을 떠넘길 계획을 실행 중이었을 텐데, 그 와중에도 행운을 비는 부적을 건네다니. 무직자나 다름없는 배우 지망생에게 턱도 없이 비싼 고급 브랜드 수트는 꼭 필요한, 중요한 날에만 입는 옷일 테니까, 그런 날에는 운이 깃들기를 바라는 마음이었을 것이다. 가족은 뭐고, 인간은 왜 이럴까.

"시간 얼마 없다면서요. 본론. 내가 정확히 뭘 해야 돼요?"

테이블을 톡톡 쳐서 1년 전 병실에 머물러 있는 강우를 불러왔다. 시계를 가리키니, 그제야 강우가 정신을 차렸.

"맞다. 그게 제가 오늘 대본을 못 외워서요."

역할 대행 의뢰가 태풍심부름에 접수되면 강우는 대충의 시나리오를 짜고 준비물을 정리해 마이클에게 넘겼다. 알뜰한 마이클은 중고 마켓에서 구할 수 없는 물건만 싸게 제작해 투입 비용을 줄였다. 이번 건에서 제작한 건 명함. 딱 서류만 들어가는 가죽 케이스는 중고로 샀다. 마이클이 준비물을 챙기는 사이 강우는 나름의 공부를 하며 그럴싸한 대사를 넣은 시나리오를 완성한다.

"그런데 이번에는 법이라 그런지 단어도 어렵고, 그쪽 때문에 준비 시간이 부족하기도 해서……"

"내 평계로 커닝을 하겠다?"

속세로 돌아와 처음으로 하는 일이 '싯가'남의 커닝 페이퍼 역할이라니 기가 찼다. 강우의 목소리가 들리는 자리에 등을 지고 앉은 재림이 시나리오를 따라가면서 필요한 대사와 단어를 보내면, 급한 연락이 온 척하며 메시지를 확인하겠다는 계획이었다.

"이게 빵점 맞다가 100점 맞으려고 하는 게 아니고요, 숙지는 했지만 단어 같은 게 어색할 수 있으니까 80점에서 만점을 향해가는 느낌?"

들을 가치가 없다는 듯이 자리에서 일어난 재림이 뒷자리로 가며 선글라스를 썼다. 이런 호텔 로비라면 강우보다는 재림을 알아보는 사람이 있을 확률이 높았다. 싯가남은 모르는 세계겠지만.

안전 이별을 위한 합의서에 구 연인의 서명을 받기를 원하는 의뢰인은 선금으로 용역비의 절반을 입금했다. 강우 앞에 뻐딱한 자세로 앉아 있는 30대 남자 기현수가 합의 상대였다. 2주 뒤 결혼을 앞두고 있다던데, 예비 신랑치고는 안색이 밝지 않았다. 강우는 명함을 건네며 바로 조건을 제시했다. 연인으로 지낸 시기의 일들을 상호 발설하지 않기, 그리고 기만에 대한 소정의 대가가 합의 조건이었다.

"저희 의뢰인은 상호 깔끔한 마무리를 원하십니다. 폭로와 고소가 난무하는 그런 상황은, 피차 원하는 그림이 아닐 테니까요."

아슬아슬했다. 슬쩍 폰을 내려두는 척하며 '난무'라는 단어를 확인한 강우는 매끄럽게 나간 문장에 만족하며 미소 지었다.

"소정의 대가라면 합의금을 달라는 건데, 제가 왜 그래야 하죠?"

"기만과 기망의 차이는 아시죠? 여기서 끝나면 기만, 법적으로 가면 기망. 혼인빙자로 넘어가기 전, 기만 단계에서 마무리하실 기회를 드리는 겁니다."

짜증이 서린 현수의 얼굴을 마주 보며 강우가 짧은 눈싸움을 하는 사이, 뒤집어뒀던 폰에 진동이 왔다. 강우는 바쁘고 할 일이 많아 긴 시간을 쓰고 싶지 않다는 태도를 유지하며 울리는 휴대폰을 집어 들었다가, 통화 상대의 말을 짧게 듣곤 곧 다시 연락드리겠다는 말로 마무리했다. 마지막 키 대사를 날릴 타이밍이었다.

"기현수 씨, 하객 명단이 화려한 결혼식이 얼마 남지 않으신 걸로 알고 있습니다만."

단어 몇 개가 추가된 대사를 들은 현수의 얼굴에서 감정이 빠져나갔다. 정확히 먹혔다.

10분 전, 그럴싸한 단어로 현수를 상대하는 강우의 목소리를 들으며, 재림은 기현수라는 이름을 어디서 들었는지 되짚어보았다. 기㱔는 아무래도 희성이라, 연결되는 사람은 한 명뿐이었다. 기중기 의원. 아니, 전 의원이라고 해야 할까.

"어질 현, 빼어날 수. 이름에 들어가는 한자는 무난하게 했어요. 우리 기 대표님이 워낙 튀니까, 눌러준다고."

신당에 찾아온 여성이 혼인으로 맺어진 남성을 남편, 바깥사람, 우리 아저씨, 애 아빠 등등 중에서 무엇으로 부르느냐를 보면 알게 되는 정보가 있다. 한미순이 재림을 처음 찾아왔을 때, 기중기를 대표님이라 부르고 본인은 한 권사로 소개했다. 당시 기중기는 꽤 건실한 건설사의 대표였다. 자기 남편을 대표님이라고 부르는 치들에게 제일 중요한 건 사회에서의 권위와, 이를 과시할 수 있는 권력이었다. 재림은 시나리오의 마지막 대사가 나오기 직전에 통화 버튼을 눌렀다.

"그냥 결혼식 말고, 하객 명단이 화려한 결혼식이라고 해요. 하객 명단을 강조해서."

강우가 현수와의 대화를 마무리 짓는 동안, 재림은 기중기의 근황을 검색했다. 미순이 재림을 찾아온 이후, 중기는 재림의 점괘에 따라 파격적으로 정계에 뛰어들었고 야당의 전략 공천 자리를 받아 국회의원이 됐다. 미순은 꺼림칙하다며 부적은 피하면서도, 교회에 다니기 때문인지 기도에 집착해 기도비를 후하게 주는 편이었다. 당선 뒤에도 정기적으로 찾아와 공적이고 사적인 고민을 털어놓곤 했는데, 사적인 고민의 주인공은 주로 아들이었다. 야만의 시대에 맨손으로 토종 건설사를 쌓아 올린 아버지의 이글거리는 기운을 누르라는 이름을 주었건만, 시종일관 비실거리며 제 몫을 못 한 아들. 너무 쉽게 세상만사에 중독되어버리는 나약한 영혼. 강우와 마주 보고 있을 현수를 머릿속에 그려보자, 미순의 예약을 앞두고 머리가 아플 정도로 코끝을 맴돌던 단풍 닮은 풀 냄새가 훅 끼치는 것도 같았다. 잠시 혹시나 하는 기대가 부풀어 올랐다 꺼졌다. 재림은 알고 있었다. 신은 직유로 오지 않고 은유로 온다는 것을. 오는 것처럼 느껴지거나 올 것 같은 게 아니라, 왔거나 와 있다. 그러니 다시 눈을 감고 이렇게 되뇔 수밖에. 올 것이다. 오게 되어 있다.

왔다. 일을 마친 강우가 재림 앞자리에 와 앉았다. 현수에게 받은 봉투부터 올려놓는 것부터 잔뜩 올라간 입꼬리까지, 공을 물어 왔으니 칭찬해달라는 개 꼴이었다. 개띠였던가? 아닐 텐데.

"하객 얘기 꺼내니까 바로 표정이 굳더라고요. 어떻게 알았어요?"

"기현수. 성이 특이하잖아요. 부모가 손님이었어요. 부친은 정치인이고."

"아, 진짜요? 세상 좁구나!"

터닝 포인트에 찾아낸 귀신의 집에 강은의 동생인 당신이 살고 있다는 걸 알았을 때 같은 생각을 했다는 말은 굳이 하지 않고, 재림은 봉투를 가리켰다.

"얼마예요? 이것도 시가로 받나?"

"배분이죠. 7 대 3."

"오늘은 6 대 4? 아니다, 5 대 5도 괜찮겠어요."

"무슨 기준으로요? 이것도 사업이거든요. 기준과 원칙에 따라서 운영이 돼야……"

"진짜 변호사 안 쓴 이유가 뭘 거 같아요? 더 비싸겠지만 변호사 쓰면 깔끔한데. 나중에 문제 생겨도 법적으로 해결할 수 있고, 다 대리시키면 되고."

"진짜 가짜 나누지 맙시다. 대행이라는 단어가 있잖아요."

일단 찔리는 구석부터 정정했지만, 과연 강우가 생각지 못한 부분이었다. 왜 대행을 썼을까?

"켕기는 구석이 있으니까. 법적으로 가면 안 되는 상황에 엮여 있다든가. 지은 죄가 있으면 변호사를 쓰기 어렵겠죠. 자기 잘못도 말을 해야 하니까. 대행을 쓰면 불편한 얘기는 쏙 빼놓고 원하는 걸 얻을 수 있고요."

"그걸 어떻게 아세요? 우리 의뢰인이 법으로 해결하는 걸 무서워할 수도 있는 거 아닙니까?"

재림은 아무 데나 '우리'를 갖다 붙이는 강우가 우스웠다. 의뢰인이라는 사람을 본 적도 없고, 만난다 해도 어떤 사람인지 알지도 못할 거면서. 일을 맡겼다는 이유로 같은 편이 된 줄 아는 막무가내의 이분법이, 긍정적으로 보자면 순수한 사고방식이라 신선하기도 했다. 어떻게 이렇게 다를까. 무엇이 강은에게 있고, 강우에게는 없을까. 혹은 그 반대인 걸까.

"그 남자, 중독 문제가 있었어요."

"헉! 알코올이요? 술 냄새는 안 나던데."

세상에 알코올중독만 있고, 그들이 술 냄새에 찌들어 있으리라고 믿는 종류의 단순함은 그래도 좀 너무했다.

"대마초. 결혼을 앞둔 남자에게 내연녀가 합의서를 요구한다는 건 가정과 사회생활에 물의를 일으킬 수 있는 범죄를 알고 있다는 얘긴데, 엮여 있으니까 상호 발설 금지인 거예요. 그런데도 돈을 요구한다? 여자보다 남자가 잃을 게 더 많다는 결론이 나오죠. 정리가 돼요? 이렇게 차근차근 정리를 해줘야 이해를 하시던데."

마지막 한마디에 담긴 빈정거림을 또 놓친 강우의 눈이 커졌다. 상상조차 하지 못한 내막에 받은 충격에다가 재림의 추리에 대한 무의식적인 경탄이 섞인 표정이었다.

"그러니까 5 대 5도 그쪽 의뢰인에게는 남는 장사라고요. 기준을 세우고 싶으면 비밀 유지 조항에 대한 비용 처리라고 해요."

프로와 아마추어. 재림과 강우의 차이였다. 재림이 만난 사람 수만 해도 몇 명인가. 그들의 직업과 처한 상황, 갖가지 사연, 신이 전달하는 감정과 정보로 문제를 해결하며 쌓인 수천, 수만 건의 사례가 재림에게 입력되어 있었다. 비상한 기억력을 타고난 재림은 만나본 사람이라면 그 누구도 잊지 않았다. 그들의 사연과 비밀도 잊지 않았다. 재림이 사라졌을 때, 단골들이 염려하고 아쉬워하면서도 남몰래 안도한 이유였다. 그들에게 재림의 귀환은 어떤 의미가 될까. 재림은 마음 한구석에서 분명 안도했을 누군가의 반응을 살피러 가서, 지금 자신이 보여줄 수 있는 위력의 정도를 조만간 시험할 생각이었다. 시간이 많지 않았다.

"입만 벌리고 있지 말고요. 이번에는 내 차례예요. 맨션에도 결혼 앞둔 주민이 있죠?"

재립과 자신의 차이를 머리로 이해했다기보다 기운으로 느낀 강우가 정신을 차리려는 듯 짧게 머리를 흔든 뒤 대답했다.

"네. 203호 황민영 씨도 2주 뒤에 결혼이에요."

"그분으로 시작하죠. 알고 있는 정보나 새 소식을 정리해주고, 자연스럽게 점사를 보러 올 수 있도록 유도해줘요. 빠를수록 좋아요."

어차피 나갈 사람으로 시작하는 게 맞았다. 신혼집을 산꼭대기에 꾸릴 리는 없을 테니 일단 예비 신부부터 확실하게 나가게 해야 했다.

"제가 소통하고 있기는 하지만, 박길순 사장님에 대해서도요. 사소한 거라도 상관없어요."

"제 자전거 바퀴에 소주를 뿌리는, 미신에 미친 사람이라는 것도 정보가 됩니까?"

"아, 그래서 사고가 안 났나 보다. 그렇게 아슬아슬하게 모는데 용케 어디 안 부딪힌다 싶었어요. 사장님이 잘하셨네요."

자전거 뒷자리에서 손끝이 하얗게 질리도록 강우의 트

레이닝 점퍼를 끌어당길 때의 공포가 되살아난 듯, 재림이 슬쩍 몸서리를 쳤다. 바람 한 점 없는 쾌적한 호텔 로비에서 긴 머리를 다시 쓸어 넘기는 재림을 보며, 강우는 갑자기 가슴이 답답해지는 느낌을 받았다. 아까는 심장이 제멋대로 뛰더니, 부정맥인가? 병원 가야 하는 거 아니야? 단정하게 매고 있던 넥타이를 슬쩍 풀고 와이셔츠 맨 위 단추까지 끄르고 나니 좀 나았다.

"더워요?"

"아뇨, 이런 옷은 좀 답답해서요."

"그럼 갈아입어요. 운동복이 더 어울리니까."

"아, 넥타이!"

자리에서 일어나던 재림은 맥락 없이 던져진 한마디에 다시 강우를 바라봤다.

"그, 무연여고 넥타이요. 여고생한테 관심 있고 그런 거 진짜 아니거든요. 저, 스톰맨이에요. 비록 영세하지만 슈퍼히어로의 프라이드라는 게 있는 사람입니다."

프라이드는 모르겠고, 정말 골 때리는 사람이라고 재림은 다시 한 번 생각했다. 예상대로 행동하지 않는다는 의미에서, 누나처럼 뒤통수를 칠 것 같지는 않지만 언젠가 다른 충격을 줄 것 같다는 예감으로.

야근하다 눈떠보니 신부가 되었습니다만

 귀신은 뭐 하는 거지, 저 새끼 안 잡아가고. 황민영은 자신이 다니는 홍보대행사의 직속 팀장을 바라보며 생각했다. 1991년생이지만 입춘 전에 태어나 백말띠에 속하는, 무연맨션 203호 주민인 민영은 팀장이 수습하지 못하는 온갖 실무를 처리하느라 야근이 일상이었다. 두고 봐, 이따위 구멍가게만도 못 한 회사 곧 관둬버릴 테니까. 민영이 되뇌는 주문은 여타 회사원들의 퇴사 기원과는 달리, 곧 현실이 될 일이었다. 2주 뒤 결혼식을 올리고 남은 연차를 모조리 끌어다가 연휴까지 붙여 2주간 신혼여행을 다녀오고 나면, 딱 두 달 더 일하고 퇴사였다. 지난 미팅에서 결혼과 동시에 퇴사할 예정이라는 말을 어렵게 꺼내자, 대표의

낯빛이 잿빛이 되었다.

"황 대리 아니었으면 딸 수도 없었던 프로젝트야. 내가 조 팀장을 어떻게 믿어."

그 말에 두 달 더 일해주기로 했다. 무능한데 성격도 나쁜 팀장 아래서 온갖 잡무를 해온 수고를 인정해주는 것 같아서 마음이 흔들리고 말았다. 대표가 축의금 봉투에 몰래 보너스를 넣겠다고 해서 그런 건 아니고. 한국인이라 정에 약한 거지. 민영은 자신마저 속이며 마음을 다잡았다.

대행이라는 단어가 어디에 갖다 붙여도 말이 되는 게 문제였다. 홍보도, 마케팅도, 기획도, 실행도, 대행조차도 대행할 수 있었다. 한 기획사에서 블라인드 공모 형식으로 받은 아이돌 세계관 피칭에서 민영의 아이디어가 채택되어 엔터테인먼트 쪽 일까지 맡게 되자, 민영의 일상마저 대행이 필요할 지경으로 바쁘게 흘러갔다. 밤마다 끄적여둔 웹소설 공모용 판타지 로맨스 콘셉트를 남자 아이돌 그룹 멤버들에게 공들여 녹였다. 대중은 들어도 모를 단어로 만들어낸 세계의 복잡하고 비밀스러운 관계도가 개중에도 마이너한 취향의 케이팝 덕후 일부의 팬심을 정확히 저격했다. 돈을 쓰는 이들의 마음만 살 수 있다면 실패하지 않는 시장이었다. 이 경력을 기반으로 대감집이라고 불리는 대형 기획사나 하나의 갑만 상대하는 대행사로 이직할 수도 있었지만, 민영은 일과 삶의 균형은 바라지도 않으니 삶이 있는 삶을 택하자 결심했다. 연애를 시작한 이유였다.

곧 남편이 될 남자친구는 론칭 파격가라는 말에 혹해 친구 따라 등록한 결혼정보회사의 소개로 만났다. 처음 프로필을 받았을 때는 의아했다. 몇몇 동료들이 선심 쓰듯 알려준 결혼정보회사의 기준과 여성 커뮤니티 익명 게시판 정보를 종합했을 때, 민영의 학력과 소득 수준에서 만날 수 있는 조건이 아니었다. 외모, 배경, 최종 학력, 졸업한 학교와 전공, 다니는 직장, 부모의 직업과 재산, 무형의 자산까지 전부 수치화되는 대한민국 결혼 시장에서 민영의 조건은 대체로 평균 수준이거나 그 미만이었다. 동세대 여성 평균보다 큰 키는 역으로 평균 이하의 등급으로 매겨졌다. 고등학생 때 돌아가신 아버지는 지역의 명망 있고 존경받는 자선활동가였지만, 수치화될 수 없는 데다 과거의 조건이었다. 고향에서 홀로 사는 어머니는 한의원을 운영했다. 이 조건이 올린 등급은 아버지의 부재라는 조건이 깎아먹어 부모 등급 또한 평균 이하 언저리에 머물러 있을 것이 분명했다. 초기 몇 번의 매칭에서 초라한 등급만 확인하고는 결혼정보회사의 존재마저 잊었다. 띠동갑도 넘게 어린 아이돌 멤버들을 상상의 세계에서 왕자로, 대공으로 만들어주면서 살 운명인가 보다 체념하고 지냈는데 다시 매칭 소식이 들려와 놀랄 수밖에 없었다. 아무리 봐도 등급이 달랐다. 그래도 만나고 싶었던 이유는 취미 칸에 독서라고 적혀 있어서였다. 민영의 취미는 진짜 독서니까, 확인해보고 싶었다. 책을 읽는 남자가 멸종한 게 아니었는지를.

"낯짝에 반하는 게 제일 문제거든. 그게 파이야. 민영이 넌 그걸 조심해야 돼."

디저트가 유명한 데 비해 의외로 조용한 카페에서 남자를 처음 봤을 때, 엄마의 절친이자 무당인 고골보살이 했던 말이 떠올랐다. 잘생긴 것도 아니고, 호감형이라고 보기도 어려웠다. 객관적으로 보자면 피곤해 보이는 인상에 말라도 너무 마른 축에 속했다. 하필이면 민영의 취향을 꿰뚫었다는 의미다. 길고 가는 손가락을 가진, 다크서클이 진한 병약한 남자라는 특이 취향을. "2차 갈까요?"라고 묻는 목소리에 힘이 하나도 없었다. 그것도 좋았다.

집 앞까지 바래다주겠다는 걸 완곡히 거절하고 언덕길 초입에서 헤어진 뒤, 중간쯤 올라왔을 때 '다음에는 어디서 볼까요'라는 메시지를 받았다. 야근한 날이면 중간에 두 번, 세 번까지도 쉬는 언덕길을 한 번도 쉬지 않고 올랐다는 걸 맨션 앞에 도착해서야 알았다. 연애의 시작이었다.

정식으로 교제를 시작했고, 오래지 않아 결혼 이야기가 나왔다. 일과 결혼 둘 다 잡기엔 아무래도 기력이 달렸다. 사회생활이 앗아가는 기력은 체력과는 또 달라서, 다른 방식의 충전이 필요했다. 이를테면 정말로 원하는 일 같은. 민영은 결혼 후에 회사를 그만두고 웹소설을 본격적으로 써보고 싶었다. 남자는 하고 싶은 대로 해도 좋다고 했다.

"어차피 우리 어머니는 회사 다니는 거 안 좋아하실 거예요."

남자가 큰일 하려면 여자가 집 안에서 할 일이 얼마나 많은지 모른다는 말을 달고 산다는 예비 시어머니 이야기에, 근본적인 의문이 따라왔다.

"아버님이 어떤 큰일을 하시는데요?"

프로필을 보면 남자의 조건은 학력과 학벌, 저축 수준뿐 아니라 집안 재산에 있어서도 민영보다 몇 등급 위였다. 민영과 크게 차이 나지 않는 키는 평균 등급이었고, 연봉은 차이가 있지만 엄청난 정도는 아니었다. 어머니는 가정주부, 아버지는 지역사회 봉사. 지역마다 있는 착하고 바르게 사는 중장년 남성 중심의 협회 같은 데 이름을 걸쳐놓으셨나 보다 하고 넘어갔지만, 결혼 이야기가 나온 지금은 확인할 필요가 있었다.

"아, 얘기 안 했었구나. 정치하세요."

민영의 남자 기현수의 아버지는 전 국회의원 기중기. 지역사회 봉사가 아닌 건 또 아니었다.

"말할 타이밍을 놓쳐서."

타이밍이 중요했다. 늦기는 했지만, 숨긴 시간이 거짓이 될 만큼 늦은 것은 아니라고 민영은 생각했다. 연인으로서, 인간으로서 상호 공유해야 할 정보라는 게 있다면, 부친의 직업은 포함이 되기도 하고 안 되기도 할 것이다. 상대의 아버지가 정치인이라는 사실을 일찌감치 알았다 한들 자신이 관계의 진전을 중단했을 것 같지는 않았다. 예정대로 상견례를 진행하기로 했다. 현수의 가족이 민영의 고향으로 왔다. 한 명이 움직이면 될 걸 뭐 하러 멀리서 넷이 오냐며 손사래를 치던 민영의 엄마 선옥은 시내의 가장 큰 횟집을 예약했다.

상견례 자리에서 처음 만난 기중기가 민영의 부친이 생전에 했던 지역 봉사며 장학 사업에 넘치는 관심을 보여 비즈니스 미팅 분위기가 조성되긴 했지만, 침묵이 끼어드는 것보다야 나았다. 중기가 급한 일정이 생겼다며 식사

후 먼저 일어나자 미순이 기다렸다는 듯 입을 열었다.

"사부인, 식 진행에 관한 건 저희 쪽에 다 맡기시지요. 비용 걱정도 마시고요."

"그래도 좀 보태는 게 맞지 않을까요?"

"호텔 식에 조금 보태신다고 큰 차이가 있을 것 같지는 않아서요."

신부인데 결혼식 장소를 그때 처음 알았다. 모멸의 감정이 지나가는 엄마의 표정과 그럼에도 참느라 일렁이는 목울대도 처음 보았다.

"말이 나와서 말이지만, 민영이도 퇴직할 생각이 있다고 해서 마음이 놓이더라고요."

"아, 어머님. 저는 퇴직해도 집에서 할 수 있는 일을 하려고……"

"소일거리야 누가 뭐라고 하니? 기저귀 값도 벌고 하면 좋지."

결국 선옥이 입을 뗐다.

"민영이가 공부를 참 잘했어요. 그래도 가까운 춘천 국립대학에 갔으면 했습니다만, 기어코 서울로 간다대요? 저와 먼저 간 남편이야 이 바닷가 동네가 세상 전부인 줄 알고 살았지마는, 애는 다른가 보다 하고 보냈습니다."

이번에도 처음 듣는 엄마의 마음이었다.

"홀로, 지 손으로 10년 넘게 앞가림하며 성실히 일하며 만든 세계가 있지 않겠습니까? 어른들이 믿어주면, 우리 자식들이 알아서 잘 선택할 겁니다."

마침 나온 코스의 마지막 메뉴인 매실차가 대화를 끊었다. 시고 달달하고 차가운 물에 섞인 짠 무엇이 민영의 목구멍을 울컥 넘어갔다.

오랜만에 장거리 운전을 했더니 피곤해서 대화에 집중하지 못했다는 현수의 말을 민영은 믿고 싶어서 믿었다. 민영은 사랑을 믿었다. 사랑을 믿지 않고서는 로맨스 판타지를 쓸 수 없었다. 민영의 검색 기록에 '정치인 호화 결혼식 논란' '드레스 투어 시어머니 동반' '낮은 굽 웨딩 슈즈' 같은 구절이 쌓여가는 동안 결혼식이 가까워졌다.

짐승 울음소리가 들리면 들렸지 사이렌 소리가 들릴 일은 없었던 무연맨션에 경찰차가 도착한 건 민영의 결혼 한 달여를 앞둔 어느 밤 자정 무렵이었다. 신입 가르칠 시간에 민영 씨가 파이팅해주면 속도가 두 배인데 사람을 왜 뽑느냐는 팀장의 말이 먹히는 회사라서, 결혼식 일정은 배려의 범위에 없었다. 야근을 안 하는 날이 드물다 보니 큰

맘 먹고 결제한 웨딩 스페셜 스킨 케어 회차가 너무 많이 남아, 이러다가는 결혼 열흘 전부터 매일 가야 할 판이었다. 야근으로도 모자라 집까지 들고 온 자료를 정리한다고 식탁 앞에 앉아 까무룩 졸고 있는데 뭔가 부딪히는 소리에 잠이 깼다. 다시 조용해졌나 싶을 때쯤 사이렌 소리를 들었다. 11시 53분. 민영은 휴대폰으로 시간을 확인했다. 목격자가 되려면 시간을 기억해야 한다. 민영의 독서 분야에서 꽤 큰 비중을 차지하는 추리소설에서 배운 생활 상식이었다. 바로 현관문을 열고 나가기 전에 커튼을 열고 창밖을 확인했다. 빨갛고 파란 빛의 경광등이 번쩍이는 경찰차가 언덕을 채 올라오지 못하고 삐뚜름히 주차되어 있었다. 현관 쪽 계단참이 소란했지만 소리가 명확하게 들리지는 않았다. 구옥의 장점이었다. 벽이 두꺼워 층간, 벽간 소음이 없었다. 소리의 방향으로는 위층이 확실했다. 4층이라고 부르지 않는 4층, 505호 문제일 거라고 막연히 예상했다. 2년 전 집을 보러 다닐 때 505호와 203호 중 203호를 택하길 잘했다는 생각이 다시 한 번 들었다.

풀옵션 3평 오피스텔 원룸에서 꽤 오래 살았다. 옆방에서 들려오는 신음 소리를 막아보려고 산 노이즈 캔슬링 이어폰 때문에 귀에서 진물이 흘렀던 날, 이사를 결심했다.

민영과 통화한 선옥이 봐둔 동네가 있다며 같이 임장을 가보자 했다. 무연동이었다.

무연산 방향 완만한 경사에 자리 잡은 빌라들은 실망스러웠다. 모든 집이 채광과 통풍을 원하면 웃돈을 달라고 외치고 있었다. 중년의 부동산 사장은 모녀의 반응이 탐탁지 않음을 보고, 다른 부동산에 전화를 넣어주겠다고 했다.

"박 사장님? 맨션에 빈방 있나?"

여기서 더 올라가서도 집이 있나 싶어지는 지점에서 길순이 기다리고 있었다. 길순에게 동네의 옛이야기를 들으며 천천히 걸을 때만 해도 나쁘지 않았다. 그 지점부터 딱 두 배 거리의 높은 경사길을 오르며, 민영은 보이지도 않는 집에 미리 질려버렸다.

"무연맨션이올시다."

숨을 헐떡이는 민영의 눈에 길순이 소개한 무연맨션이 들어왔다. 초봄의 햇살을 맞고 서 있는 건물. 비어 있다는 203호와 505호 중 계단을 덜 오르려고 203호를 선택했다. 505호에 사람이 들고 날 때마다 그들에게 예의가 아닌 줄 알면서도 운이 좋았다는 생각이 들었다.

바깥 소리가 잦아들고서야 확인차 현관문을 살짝 연 민

영은 계단을 올라오는 그림자에 마음이 덜컹했다가, 강우임을 확인하곤 안도의 한숨을 내쉬었다.

"무슨 일이래요? 505호?"

강우에게라면 물어볼 수 있었다. 중요한 회의 자료를 집에 두고 출근했는데 택시로 왕복할 시간도 안 났던 날, 반쯤 포기한 채 길순에게 연락했더니 강우를 연결시켜주었다. 볼 때마다 트레이닝복 차림이라 503호에 더부살이하는 백수인가 했는데 동네 심부름 일을 한다고 했다. 백수의 진화형 아닌가 싶었지만, 긴급한 용무 해결에 도움을 받고 나니 마음이 너그러워졌다. 그날 이후 강우는 민영을 만나면 목례 대신 소리 내어 인사를 했고, 언덕에서 마주칠 때면 자전거를 끌며 같이 걷기도 했다. 단순무구하고 운동을 잘할 것 같은 해맑은 남자라니, 민영의 이상형 정반대 지점에 있어서인지 긴장감이 느껴지지 않아 대화하기도 편했다. 계단에서 마주친 강우의 표정은 지금까지 본 중에 제일 어두웠다. 그늘이라곤 없을 것 같더니.

"전 남친이라는데 술 처먹은 스토커죠, 뭐. 근데 추가 신고를 안 한다고 해서 일단 경찰이 데리고 갔어요."

신고를 원하지 않았다던 505호는 며칠 뒤 이사를 나갔다. 들어온 지도 몇 달 되지 않았고 짐을 뺄 때 소란도 없어서 마치 살지도 않았던 것 같았다. 거의 곧바로 505호에 새로운 주민이 들어왔다. 이사 날 소음이 없어 길순이 맨션 주민에게 공지 사항을 전하는 단체 톡방에 알리지 않았다면 들어온 줄도 몰랐을 것이다. 며칠 뒤 출근 시간이 강우의 심부름 길과 겹쳤다. 민영이 언덕길을 내려가는 속도를 맞춰주며 강우는 결혼을 축하한다고 했다. 민영은 고맙다고 답하며 생각했다. 청첩장을 줘야 하나? 그 정도 사이는 아닌 것 같았다. 맨션에 청첩장을 줄 만한 사이는 옥상 메이트인 303호 유경, 그리고 길순 정도였다. 괜히 어색해져서 주제를 바꿀 겸 민영이 물었다.

"505호에 모녀가 들어왔다면서요? 이번에는 얼마나 지낼까요?"

"기간이 정해져 있다던데요?"

"부동산 계약이요? 그거야 저희도 다 기본 2년이잖아요. 박 사장님이 무기한 연장을 해주신다고는 하지만."

"아, 그게 아니고 딱 1년이래요. 이건 사실 막 믿는 건 아니라 말하기 좀 그렇긴 한데…… 505호 엄마가 엄청 유명하더라고요."

무당이라고 했다. 그것도 여의도에서 엄청 잘나가던 탑 무당. 비밀리에 무연맨션으로 안식년을 지내러 왔다는 말에 흥미가 생겼다. 선옥의 오랜 친구인 무당을 보살 이모로 부르며 자라와서 딱히 편견은 없었다. 무속과 미신에 정통한 선옥은 집을 보러 왔던 날에도 손 없는 날이니 어쩌니 하며 길순과 죽이 맞았더랬다. 그런데 무당도 안식년이 있었나? 생각해본 적은 없지만 있을 법했다. 노동자라면 그 누구라도 안식년이 주어져야 하니까. 회사 일과 결혼 준비의 피로가 쌓여 사라지지 않는 다크서클을 매단 민영에게는 절실한 문제였다.

"저도 안식년 있었으면 좋겠네요. 생각 없이 쉬고 싶어요."

"신혼여행 가서 푹 쉬시면 되잖아요. 어디로 가세요?"

이 질문이 컵 가득 차오른 물 위에 떨어진 물 한 방울처럼, 쌓여 있던 순간들을 넘쳐흐르게 했다. 얼굴만 아는 사람이라서, 따지고 보면 타인이라서, 굳이 잘 보이고 싶은 것도 아니라서 하게 되는 이야기가 이렇게 쌓여 있었는지 몰랐다. 결혼 준비는 선택의 연속인데 그 선택이 정작 자신의 것이 아니라서 '너는 정해진 답만 해'인 상황이 답답했었다. 종교를 강요하지 않는다고 해놓고서 교회에 인사를 가야 한다는 은근한 압박, 연애할 때는 장점 같던 애인의 수동적인 태도로 인한 속 터짐, 그 와중에 무능한 상사 때문에 일이 도돌이표라 잠잘 시간을 줄이다 보니 살은 빠지는데 피부가 엉망이라 결혼식 당일이 걱정이라는 말까지 하고 나니, 문득 별 얘기를 다 한다 싶어 귀가 붉어졌다.

"제가 뮤지컬 배우할 때 무대화장도 해봤고, 축가 알바 하면서 신부 화장한 분들도 많이 봤거든요? 다 커버되더라고요. 한국 화장 기술이 세계 최고라잖아요. 너무 걱정 마세요."

앞에 쏟아놓은 말들에는 관심도 없는 듯 피부 고민만 툭 가볍게 쳐 넘겨주는 강우 덕분에, 민영의 마음도 잠시지만 둥실 가벼워졌다.

"고마워요."

"뭘요. 지하철로 가시죠? 저도 이제 자전거로."

갈림길에서 인사를 하고 돌아서려던 민영을, 갑자기 강우가 불러 세웠다.

"이거."

강우가 검은색의 명함을 내밀었다.

"새벽 운동하다가 505호 선생님이랑 잠시 대화할 기회가 있었거든요."

안식년이라고 기도를 쉬는 건 아니라서 무당은 동틀 녘 맨션 옥상에서 기도를 드린다고 했다. 해가 떠오르기 직전이 가장 정결해지는 때라 그때 맞춰 찾아오면 가볍게 대화 정도는 나눌 수 있다며 줬다는 명함이었다.

"저보다는 민영 씨가 더 필요할 것 같아서요. 쿠폰 같은 거죠, 뭐. 안 써도 되지만, 쓸 기회가 있다는 걸 알아서 나쁠 건 없잖아요."

자신에겐 대수롭지 않은 타인의 일을 대충 넘기지 않는 강우의 태도가 마음에 들어 명함을 받았다.

"그런데 왜 무연맨션으로 왔대요? 산이 있어서?"

아, 그거! 강우의 추임새는 집중시키는 힘이 있었다. 뮤지컬 배우를 했다는 게 거짓말 같지 않았다.

"우리 맨션이 터가 좋대요. 무연산이 그렇다는 뜻 아닐까요? 아니면, 계룡산이 다 찼나?"

신혼여행에 연차를 몰아서 붙인다고 결혼식 전날도 반차만 냈는데 그것까지 눈치 주는 팀장을 귀신이 잡아가지 않은 그날, 민영은 또 일을 싸 들고 와 집 식탁에 펼쳐두었다.

하다 하다 식탁에서 잠드는구나. 휴대폰 메시지 수신음에 깨어난 민영은 식탁에 엎어져 있던 몸을 겨우 폈다. 창밖이 푸르스름한 걸 보니 동이 막 트려는 것 같았다. 며칠 전부터 새벽기도를 가면서 메시지를 연달아 보내오는 한 권사가 민영을 깨운 셈이었다.

일어났니?

다음 주에는 새벽기도 같이 나가면 좋겠구나.

여자들이 만일 정숙함으로써 믿음과 사랑과 거룩함에 거하면 그의 해산함으로 구원을 얻으리라. 디모데전서 2장 15절 말씀.

한 달 가까이 계속된 가슴 언저리의 답답한 감각이 코끝까지 올라왔다. 숨이 잘 쉬어지지 않았다. 창을 열었더니 바람이 들어와 좀 살 것 같았다. 멀리 푸르게 번지는 빛, 동이 트는 시간이니 무당은 옥상에서 기도를 하고 있을 것이다. 뭔가에 홀린 사람처럼 민영은 출근용 가방을 탈탈 털었다. 검은색 명함에 금박 글씨. 쿠폰을 써야 한다면 지금이었다. 잠옷에 가디건 하나만 걸치고 현관문을 열고 나가 계단을 올랐다. 스트레스가 심할 때만 담배를 피우러 올랐던 계단 끝 옥상으로 연결된 철문이 낯설었다.

문을 열자, 무당이라는 말을 듣지 않았다면 요가 강사 정도로 생각하지 않았을까 싶은 차림의 여자가 고요히 눈을 떴다. 어둠과 빛의 경계에 있는 시간과 여자에게서 느껴지는 차가운 기운이 뒤섞여 다가가기가 어려웠다. 괜히 온 걸까. 그 순간 여자가 민영 쪽으로 고개를 돌리며 입을 뗐다.

"아멘."

민영의 시어머니가 될 한 권사는 항상 성경 구절에는 아멘으로 먼저 답하라고 했었다.

민영의 결혼식 전날, 무연맨션에 두 번 벨이 울렸다. 503호의 벨을 누른 사람은 민영이었다. 강우가 재림의 명함을 건넸을 때 의례적으로도 건네지 않았던 청첩장만 주러 온 게 아니었다.

"혹시 축가를 불러주실 수 있을까요?"

"내일 당장이요?"

내일 결혼하는 사람치고는 지나치게 피로해 보이는 민영의 얼굴에 절박한 심정이 비쳤다. 원래 신랑, 정확히는 신랑의 어머니가 다니는 교회의 찬양팀이 축복의 노래를 부른다고 했는데, 짝이 되는 신부 측 축가도 있어야 한다고 며칠 전 갑자기 요청했다는 것이다. 말이 요청이지 시어머니가 말을 꺼낸 이상 명령을 이행해야 했다. 갑작스러운 부탁을 할 만큼 가까운 친구들은 모두 고향에 있었고, 실력이 검증되지 않은 직장 동료나 사회에서 만난 이들에게 부탁하고 싶지는 않았다. 급히 축가 전문가수를 찾으려다 떠오른 게 강우였다. 뮤지컬 배우였다고, 축가 알바도

해봤다고 했었다. 하객의 호감을 살 외모라는 계산도 섰다. 그 와중에도 교회 찬양팀에게 기죽는 사람을 세우고 싶지는 않았다.

"갑작스럽다는 건 알지만, 부탁드릴게요. 비용도 축가 가수 이상으로 드리고요."

503호 거실에 어색하게 마주 앉은 둘 앞에 허브티를 내놓으며, 마이클이 헛기침을 했다.

"You can do it. He is a good singer."

앞 문장은 강우에게, 뒤 문장은 민영에게 하는 말이었다. 땡큐, 하고 작은 목소리로 감사를 표한 민영은 다시 간절함을 담은 표정으로 강우를 봤다. 거절을 못 하는 성격에 잘 맞는 직업도 있을까. 그래서 심부름센터를 하게 된 걸지도 모른다. 무슨 일이든 최선을 다해 돕겠습니다! 강우는 태풍심부름의 메인 카피를 되새겼다.

"제가 돕겠습니다. 이웃사촌이라는 말도 있고요."

안도한 민영이 503호를 나와 203호 자기 집으로 돌아간 지 10분 만에, 505호의 벨이 울렸다.

"알고 있었습니까?"

재림이 문을 열자마자 눈앞에 민영의 청첩장이 들이밀어졌다.

"결혼, 내일이잖아요. 그걸 모르겠어요?"

짜증스러운 재림의 대답에도 아랑곳 않고 괜히 비어 있는 복도와 계단을 빠르게 살핀 강우가 혹시 누가 들을까 작게 속삭였다.

"신랑이 그 새끼인 거 알았냐고요."

강우는 청첩장을 펼쳐 한가운데를 콕 짚었다. 신랑 기현 수. 재림은 눈 하나 깜빡하지 않고 문을 열어둔 채 안으로 들어갔다. 따라 들어오라는 의미였다.

3주 남짓한 사이에 전 주인처럼 아기자기하고 따뜻했던 느낌은 사라지고, 전체적으로 어둡고 차가운 분위기가 내려앉은 505호가 낯설었다. 천장이 무너지냐는 재림의 한마디에 엉거주춤 소파에 앉은 강우가 민영이 부탁한 내용을 전했다.

"축가야 하면 되잖아요. 심부름 세 건 값은 줄 텐데. 나랑 곡 선정도 논의할 거예요?"

"그게 아니고, 승낙을 하고 청첩장을 딱 펼쳤는데 그 이름이 보이잖아요."

"그 이름이 왜요."

강우의 눈이 믿기지 않는다는 듯이 휘둥그레졌다.

"그 새끼잖아요. 바람피우고, 대마까지 한다는."

"맞아요. 알고 있었어요. 나한테는 청첩장을 줬거든요. 어차피 못 가지만."

"그럼 지금이라도 말려야 하는 거 아닙니까?"

"뭘 말려요? 결혼을?"

"파혼하라고 해야죠. 상대가 쓰레기인데."

재림은 웃었다. 의뢰인도 우리 편, 같은 건물 주민도 우리 편인 강우답다고 해야 할까. 저래서는 누나인 문 실장이 자신에게 복수한 이유를 끝까지 모를 것이다. 결혼은 내일이고, 민영은 타인이다.

"사람들의 일상에 연루되는 걸 좋아하네요."

재림이 던진 한마디에 강우의 표정에 의심과 의문이 같이 떠올랐다.

"좀 어려운 단어를 많이 쓰는 거 알고 계시죠? 유식한 척하는 단어라고 해야 되나?"

"원래 유식한 거라는 생각은 왜 못 하지? 연기와 흉내가 직업이라 모두 척하는 거 같아요?"

"그게 아니고요, 이건 참견이나 오지랖이 아니고 상식! 정의! 뭐 그런 문제 아닙니까?"

신과 인간, 그 사이 말고는 재림은 어디에도 선을 긋지 않았다. 별의별 인간의 사연을 켜켜이 쌓은 탑을 돌며 기도하다 보면 선과 악, 옳고 그름만큼 모호한 문제가 없었다. 인간이 가야 할 길, 도래할 미래가 반드시 옳고 선하지는 않았다. 모든 일이 필시 옳은 결론을 향해가지도 않았다. 인간의 운명에 개입하는 것은 신이었다. 돕는 것도 신이었다. 지금은 그 방식을 알 수 없지만.

"황민영 씨가 다 아는데도 결혼하는 걸 수도 있잖아요. 그런 생각은 안 해봤어요?"

안 해봤다. 강우는 얼빠진 표정과 침묵으로 대답했다.

"그럼 지금부터 해봐요. 한 사람의 인생에서 가장 중요한 순간에 연루되어도 될지, 그 사람 인생이 바뀐다면 연루의 책임을 질 수 있는지."

강우는 무당이야말로 사람들과 연루되는 직업이 아니냐고 묻고 싶었지만, 그러면 안 된다는 걸 알았다. 보이는 것보다 가까이 가면 위험할 테니까. 갑자기 목이 타는 느낌에 강우는 마른침을 삼켰다. 내일 결혼식장에서는 물을 많이 마셔두어야겠다. 그 생각이 떠오른 순간, 강우는 재림에게 또 한 번 쉽게 설득된 것을 깨달았다. 매번 지는 것 같은데.

"신랑이 절 알아보면요."

"경고가 되겠죠."

그 정도까지의 연루라면 괜찮다는 의미로 강우는 받아들였다. 재림이 청첩장을 다시 찬찬히 보았다.

"축가 추가한 거, 아마 기 의원이 한마디 해서일 거예요. 신랑 측 신부 측 쌍으로 노래해야 보기 좋지 않겠어? 이런 식으로. 대표든 의원이든 윗대가리가 한마디 하면 알아서 기는 거죠."

"군대 같네요. 별 단 사람들 한마디로 운동장도 만드는."

"기 의원이 육사 출신이에요."

떠오른 경험을 말했을 뿐인데 통찰력을 인정받은 느낌에 잠시 우쭐해졌던 강우는, 이어진 재림의 말에 또 졌다는 느낌을 받을 수밖에 없었다.

"축가는 뭐 부를 거예요? 지금 이 순간?"

강우가 민영의 정보를 전해줬을 때부터 재림은 결혼 상대가 기중기의 아들인 것을 알았다. 희한한 우연이었지만, 맨션으로 온 과정을 생각하면 운명일 테니 재림은 놀라지 않고 신령님의 뜻으로 받아들였다. 결혼식 날은 중기의 길일이었다. 재림이 없을 때니 또 다른 무당에게서 받아 왔을 날짜가, 신랑 신부가 아닌 중기의 생시 기준이었다. 뻔한 그림이 그려졌다. 중독 문제도 여자 문제도 해결되지 않는 아들을 치우기 위해 애매한 수준의 결혼정보회사에 아들 이름을 올려놓고 적당한 신붓감을 물색했을 것이다. 왜 민영이었을까. 필요한 게 있을 테니까. 중기는 국회의원 재선에 나서지 않고 지자체장 자리로 눈을 돌렸다. 민영의 고향이 유력한 후보지였다. 돌아가셨다는 민영의 부친이 생전 닦아둔 기반이 발판이 될 수 있었다. 여기서는 아들, 저기서는 사위라고 외치던 중기는 이제 민영의 고향으로 가서 내가 아버지라고 외칠 셈이겠지. 딸 같은 며느리가 나고 자란 이 푸른 바다를 품은 고장을, 며느리의 아버지가 못 다 이룬 이 고장 번영의 꿈을, 내가 아버지가 되어 땀 흘려 일구겠다고 선언하는 그림. 민영은 간택되었다. 그 걸 모른다면 민영이 어리석은 탓이므로, 재림이 그 그림을 구태여 귀띔해줄 이유는 없었다. 결혼 후 무연맨션을 떠나주기만 하면 되었다. 연루되지 않은 재림은 민영에게 바라는 것도, 민영의 결정에 책임도 없었다.

　결혼식장에 가기 전에 들른 강우에게 머리를 넘겨 이마를 드러내라면서 덧붙였다. 현수를 마주치거든 처음 보는 사람처럼 대하라고, 정말 모르는 사람이라는 기세로 마주 보면 상대도 그런 줄 안다고.

　"슈퍼맨 변신 전후 알죠? 그거 비슷한 거니까 그런 느낌으로."

 이 조언을 스스로에게 새기면서, 신이 돌아오리라는 믿음이 신과 함께 있다는 태도로 드러나길 바라며 재림은 강남으로 향했다. 여의도와는 다른 분위기의 빌딩 숲, 길마다 보이고 또 숨겨진 신당이며 법당이 그렇게 많다는 무속인의 작은 수도에 목적지가 있었다.

 하루 전 재림의 연락을 받았을 때, 럭키즈엔터테인먼트의 손주아 기획실장은 손에 500원짜리 동전 하나를 쥐고 있었다. 성미에 안 맞는 무당을 만나고 와서 해진이 쥐여준 동전이었다. 해진은 화를 참아야 하거나 말실수를 할 때마다 주아의 손에 동전을 떨어뜨렸다. 말빚을 갚는 거라고 했지만, 받을 때마다 꺼림칙했다. 기획실장은 대표 직속 비서의 다른 말로, 해진의 영향 아래 사는 주아로서는 그 동전을 버릴 수도 없었다.
 매니저 시절 그렇게 무섭게 욕을 하고 소리를 치곤 했다던 해진은, 임원이 된 이후 다른 방식으로 불을 질렀다. 오직 실력, 노력, 근성으로 여기까지 오신 우리 손 실장님은 무엇이든 할 수 있잖아요, 그렇지? 날 실망시킬 리 없지, 더 잘하려고 이러는 거겠지. 그런 말들을 듣고 나면 신사옥 부지가 안 나오는 것도, 신인 걸 그룹 론칭 준비가 더딘 것도 모두 자기 탓인 것만 같았다. 숨을 못 쉬고 신물만 뱉는 구토를 거듭하는 증상으로 공황장애라는 진단을 받았지만, 약도 숨어서 먹어야 했다. 알약이 목구멍을 어렵사리 넘어갈 때면 500원짜리 동전을 삼키면 이런 느낌일까 싶었다. 물을 연거푸 두 컵 들이켜고, 한숨을 내쉬려다 억지로 참았을 때 휴대폰에 모르는 번호가 떴다. 손주아입니다. 이 말이 한숨처럼 나왔다.

"현재림입니다. 잘 지내셨어요? 아닌 건 알지만 여쭈게 되네요."

목소리와 말투가 여의도 재림아씨가 아닐 수 없는데도, 혹시나 싶어 몇 번이나 물었다.

"정말 재림 선생님 맞으신 거죠?"

재림은 계신 곳에 대표님을 모시고 가겠다는 주아의 말을 거절하고, 내일 바로 사옥을 봐야겠다고 했다. 신사옥 때문에 오는구나. 주아는 직감했다.

"요새도 매일 아침 오늘의 운세를 읽어드리고 있나요?"

여러 사주 앱에 해진의 사주를 넣고 결과를 조합한 오늘의 운세 작성하기. 대표 직속 기획실 신입의 기본 임무였다. 자료를 읽고 해석하는 능력과 이를 풀어내는 문장력을 기르도록 한다는 것이 표면적인 이유로, 브리핑은 실장인 주아의 몫이었다.

"그럼 내일은 한 문장을 덧붙여봐도 좋겠어요. 강 너머 북쪽에서 귀인이 온다고."

전화를 끊은 주아는 곧바로 VIP 방문 일정을 해진과 공유하는 캘린더의 내일 자에 입력했다. 문득 하루 일정을 통째로 비웠던 1년 전 그날 해진의 운세는 어땠는지가 궁금해졌다.

내일이 오늘이 되어, 기다리고 있던 주아의 안내로 건물에 들어선 재림은 익숙한 느낌을 받았다. 직접 와서 보지 않았을 뿐 로비에 걸 그림을 골라주고 포인트가 될 색을 정해준 사람이 재림이었다. 약속 장소인 대표실의 책상 위치도 재림의 조언에 따른 것이었다. 해진이 10분 정도 늦을 거라는 주아의 말에, 재림은 창가로 다가가 블라인드 너머 창밖을 내다보았다. 빌딩들 사이가 좁아 햇빛이 들 수 없는 구조였으나, 맞은편에 한참 유행했던 유리 외벽을 쓴 건물이 있어 반사광이 들어왔다.

"아니, 이게 누구셔. 손 없는 날 오는 손님은 귀인이라더니 그 말이 참말이네."

문이 열리는 소리와 함께 해진의 목소리가 뒤통수 너머

로 들려오는데도 재림은 뒤돌아보지 않았다.

"아직도 귀하다 생각해주시니 감사하네요. 신령님이 길게 붙잡아두셔서, 제가 좀 늦었습니다."

"뭘, 우리 사이에. 그렇게 완벽히 잠수 탔던 게 섭섭하긴 했지만."

재림이 돌아서서 마주한 해진의 얼굴에는 사업가의 미소가 떠올라 있었다. 눈은 절대 웃지 않는 반쪽의 미소가 재림은 차라리 반가웠다.

"떠도는 소문 중에 무얼 골라 믿으셨을지 궁금하기도 하지만, 그게 중요한 건 아니니까요."

"그렇지. 우리가 아직 서로 빚이 있잖아요? 천하의 재림 아씨가 굿값 떼어먹을 위인은 아닌 걸 아니까, 돌아오면 내가 제일 먼저 확인해보고 싶긴 했지."

굿값이라는 단어에서, 그날 온 세상의 침묵 속에 찾아왔던 상실이 재림을 둘러쌌다. 해진은 재림의 가라앉은 기운을 이전과 다르지 않다는 신호로 읽었다. 여전히 용하디용한 무당이라는 신호로. 그래도 확인이 필요했다.

"천하의 현재림인 건 내가 잘 알지만, 우리 같은 사람들은 봐야 믿잖아."

보지 않고도 믿어야 복된 것은 3대 종교의 일이었다. 무속에는 증거가 필요했다. 과거를 읊으며 공수를 시작하는 이유였다.

"자기가 한 말 중에 내가 정말 감동을 한 멘트가 있어. 무당이 과거를 못 맞히면 전문성 부족인 거고, 미래를 맞혀야 용한 거라고 했죠? 너무 맞는 말이잖아요."

미래로 안내하는 게 무당의 길이지요. 정확하게는 그렇게 말했었다. 무당이 푸는 것은 퀴즈가 아닌 삶의 문제이기에, 맞고 틀리는 길로 나뉘지 않았다. 하지만 이번에는 맞혀야 했다. 미래를, 앞날을 예지해 신빨의 위력을 확인시켜달라는 해진의 요구를 예상하지 않은 것은 아니지만, 직접 듣고 보니 새삼 막막했다. 보이지 않는 길의 안내자가 되려면 이토록 막막하구나. 이 심정을 들키기 전에 패를 내보여야 했다.

"기중기 의원, 만난 적 있으시죠? 지역구에 케이팝 타운을 만드네 공연장을 짓네 해서 업계 분들도 이리저리 연결되어 있는 걸로 아는데."

"만났었죠. 아, 오늘 그 아들이 결혼해요. 문제 될 수 있다고 마음만 받는다던데 연락은 굳이 왜 했나 몰라. 워낙 야망이 큰 사람이라."

재림이 시계를 확인했다. 결혼식까지는 한 시간 정도 남아 있었다.

"그 결혼 못 합니다."

"무슨 말이에요?"

적당히 알고 있는 사이, 빠르게 확신을 줄 수 있을 정도의 가까운 미래라면 도박을 걸기에 충분한 조건이었다. 재림은 해진이 자신을 믿어야만 풀릴 문제를 풀고 있었다. 모험이든 도박이든, 호랑이를 잡으러 호랑이 굴에 왔으니 이 정도는 감수해야지.

"늘 그렇듯이 보이는 대로 말씀드리는 겁니다. 불을 타고나신 우리 대표님은 빨리, 정확하게 확인시켜드려야 믿으실 테니까."

"역시 화끈하다. 내가 불인지 재림 선생이 불인지."

자리에서 일어난 재림은 다시 창가로 갔다. 블라인드 하나를 내려 앞 건물에서 반사된 빛이 들어오게 했다. 그 빛은 딱 해진의 발끝에서 멈췄다.

"스스로 빛나셔야 할 분이 반사되는 빛 아래 머물고 계셔서 이리 답답하신 걸 헤아리지 못했었네요. 높은 곳에 자리가 있습니다. 이제 내려다보셔야죠."

토요일 점심시간의 강남 교통체증과 광화문 주말 시위

를 모두 따져봤을 때, 재림이 제때에 결혼식이 열리는 호텔에 도착한 것은 기적이나 마찬가지였다. 입구에 들어서며 다시 한 번 강우에게 전화를 걸었다. 택시 안에서는 계속 음성 사서함으로 넘어갔던 전화가 드디어 연결됐다. 화를 낼 시간도 없어 이렇게만 말했다.

"어디예요?"

강우가 폰을 귀에 댄 채로 식장에서 뛰어나왔다. 예정된 식이 시작되기 5분 전, 대부분의 하객이 입장해 한산해진 홀 입구에 대기 중이던 신랑 현수가 강우를 유심히 바라보는 시선이 느껴졌지만, 신경 쓸 때가 아니었다. 재림의 다급한 목소리가 강우의 심장을 뛰게 만들었다. 고개를 두리번거리는 와중에 불쑥 나타난 재림이 다짜고짜 말했다.

"황민영 씨 어딨어요? 파혼시켜야 돼요."

"파혼이요? 지금 신부는 저쪽 대기실에⋯⋯ 아까 인사했는데⋯⋯"

재림이 시선을 돌리자, 드레스를 입은 민영이 대기실에서 나오고 있었다. 원래라면 차분히 부케를 쥐고 걸어 나와, 몇 분 뒤 버진 로드로 이어지는 문을 활짝 열어야 할 민영이, 드레스 앞자락을 들고 달리고 있었다. 드레스와 면사포 뒷자락을 양팔로 껴안은 도우미가 "신부님!" 하고 부르며 뒤따랐다. 강우가 붙잡을 새도 없이 재림은 도우미를 따라갔다. 이 진귀한 풍경을 만든 행렬의 목적지는 여자 화장실이었다.

제일 가까운 칸에 들어간 민영은 일단 문부터 잠갔다. 문 너머에서 자신을 부르는 목소리들이 몽롱해졌다. 눈물이 날 것 같았지만 화장이 망가질 게 뻔했다. 지독한 이명과 겨우 내쉬어지는 호흡 사이에서 가까스로 질문이 떠올랐다. 망가지면 안 되는 것이 오늘의 신부 화장일까?

대절한 관광버스 두 대를 타고 올라온 신부 측 하객과 어머니 선옥을, 드레스 차림의 민영 대신 현수와 중기가 마중하러 나갔다. 한복으로 갈아입고 나온 선옥이 사돈 부부께 인사드리러 간다고 자리를 떴을 때, 축의금 봉투를 받아주기로 한 고향 친구가 조심스레 말했다. 신랑과 시아버지가 남자 어르신들이 탄 버스에만 가서 인사를 했다고. 그때부터 민영은 배가 아팠다. 갑자기 신부 대기실로 들어온 한 권사가 천박해 보이니 환하게 웃지 말라고 한 이후부터는 숨도 잘 쉬어지지 않았다. 먹은 것도 없는데 점점 심해지는 아랫배의 통증을 참고 또 참다가, 도저히 참을 수 없어져 일단 화장실로 뛰어온 게 지금의 상황이었다.

"배가 아픈데 어떡해요?"

민영의 말에 웅성거리던 바깥이 순식간에 조용해지고, 도우미의 난처한 목소리만 들려왔다.

"신부님, 드레스를 벗으면 다시 입기가 어려워요. 정 급하시면 일 보시고 제가 들어가서 닦아드릴게요."

"뭘 닦아요?"

"드레스 입고는 뒤처리가 어려우세요. 누가 닦아드려야 해요."

도우미의 대답에 민영은 엉뚱하게 길순을 떠올렸다. 길순에게 청첩장을 줬던 날, 길순의 손녀 아론이 옆에서 그림을 그리고 있었다. 아론은 언제나 어디에나 그림을 그리는 아이였다. 종이에도, 바닥에도, 벽에도 그렸다. 길순은 아론을 위해 사람이 살지 않는 A동 벽 하나를 내주었고, 바닥에는 분필로 그림을 그릴 수 있게 해주었다.

"어디 보자. 아론이 오늘은 뭘 그려? 이건······"

"똥!"

차를 내오던 길순이 변명처럼 급히 덧붙였다.

"개만 훈련해야 하는 게 아니라 인간도 배워야 하거든. 그래서 애 관심이 여기에만 집중되는 거예요. 사람이 되려면 자기가 싸놓은 건 자기가 처리해야 되니까."

민영은 잠시 눈을 감고 이 말을 다시 떠올렸다. '사람이 되려면…….' 사람이 되어야겠다 생각하니 예비 시어머니 취향이라 끝까지 마음에 들지 않던 웨딩드레스를 벗을 수 있을 것 같았다. 다시 입을 일이 없을 테니까. 화장실 칸막이 문을 열었다. 도우미와 재림이 나란히 서 있었다. 민영이 도우미에게 말했다.

"대기실에서 제 옆에 붙어 있던 친구 있잖아요. 그 친구한테 짐 좀 챙겨 와달라고 해주세요."

사태의 심각성을 파악한 도우미가 나가자, 화장실에는 민영과 재림만 남았다.

"선생님, 이것 좀 풀어주세요."

재림은 돌아선 민영의 허리를 잘록하게 조이고 있던 코르셋을 풀어주었다. 긴 날숨을 내쉬며 민영의 몸에 힘이 풀렸다. 가슴을 부풀리고 있던 세 겹의 브래지어를 벗어 던지자, 민영은 드레스 더미에서 구출된 사람처럼 보였다. 재림은 입고 있던 트렌치코트를 벗어 민영의 맨몸에 입혀주었다. 민영의 매무새를 훑어보던 눈이 하얀 단화를 신은 발에서 멈췄다. 어울리지 않는 타이밍인 걸 알지만, 슬쩍 웃음이 비어져 나왔다.

"신랑이 작은 게 이럴 땐 좋네."

"굽이 낮아도 예쁜 웨딩슈즈를 신고 싶었거든요. 근데

시어머니가 신발이 사치의 척도라며 이걸 권해서…… 정말 신기 싫었는데 차라리 잘됐죠."

잘된 일은 맞았다. 이끈 방향의 반대로 돌아섰기에 잘됐다는 걸 아는 재림의 마음 어딘가가 쿡 찔렸다.

"선생님이 그러셨잖아요."

내가 뭐라고 했더라. 재림은 찔린 자리로부터 기억을 더듬었다. 결혼을 해야 맨션을 떠날 테니, 파혼하라는 말은 했을 리가 없는데. 즉흥적으로 갖다 붙인 사소한 말들은 잘 떠오르지 않았다.

"결혼이 저를 바꿀 수 없다고."

민영이 옥상 문을 열었던 그 새벽은, 재림에게 민영의 질문으로 남아 있었다. 결혼을 2주 앞둔 여성의 흔한 질문, 예를 들어 남편과 잘 살 수 있을지, 시댁과의 갈등은 없을지, 경제적인 문제는 없을지, 자녀는 언제 찾아올지 대신 민영은 이렇게 물었다.

"제가 저답게 살 수 있을까요?"

뚱딴지 같은 소리에 재림은 '황민영 씨다운 게 뭔데요?'라고 가볍게 되받으려다 마음을 가다듬었다.

"지금 황민영 씨답게 살고 있다면, 결혼이 민영 씨를 바꿀 수는 없어요."

답을 들은 민영은 자신이 강우에게 온갖 이야기를 털어놓았다는 건 까맣게 잊고서 "어머, 저 결혼하는 거 어떻게 아셨어요?" 하며 놀랐다. 시아버지의 속셈도, 남편 될 사람의 그림자도 모르는 것 같았다. 그렇게 정해진 대로 결혼하고, 아파트 입주일에 맞춰 무연맨션을 떠나면 재림의 계획대로 되는 것이었는데…….

이런 게 보통 사람들이 생각하는 운명인가. 민영의 머리를 고정시킨 수십 개의 핀을 빼주며 재림은 생각했다. 한 시간 전까지만 해도 재림은 민영의 무탈한 결혼을 바랐다. 신기를 가장하고 신빨을 과장하기 위해 새로운 계획을 급조하지 않았더라면, 지금 여기 있지도 않았을 것이다. 하지만 재림은, 그리고 민영은 운명의 방향을 틀었다. 결국 원하는 결과를 얻었는데도, 재림은 어쩐지 그 흔한 운명의 장난에 휩쓸린 기분이었다. 하지만 좋은 게 좋은 거다. 민영은 파국이 예정된 길을 맨발로 벗어났고, 해진은 이 그림을 재림이 그린 것으로 알 테니까. 자신은 붓도 대지 않았지만.

재림이 보탠 손길로 머리 장식까지 어렵사리 떼어낸 민영은 옷매무새를 다듬은 뒤 재림에게 고개 숙여 감사를 전했다.

"선생님, 저 잘 살 수 있겠죠?"

"이혼보다야 파혼이 낫죠."

잘 사는 것은 또 다른 문제지만. 버진 로드로 이어지는 웨딩홀 문 대신 화장실 유리문을 열고 나간 민영을 신랑 대신 고향 친구가 기다리고 있었다.

"폐병 걸린 남자가 취향일 때부터 알아봤어. 너 오늘 조상신이 도운 거야."

친구의 말이 맞았다. 이 과정에 엮이지 않고 나중에 결과만 들었다면 재림도 똑같은 말을 했을 것이다. 하지만 재림은 자신이 민영을 돕지 않았다는 것을, 심지어 조상신이 두 팔 펼쳐 거세게 막아설 방향으로 민영을 몰아넣으려 한 것을 알고 있었다. 그걸 알고 있는 또 한 사람, 강우가 다가와 민소매 원피스만 입은 재림의 어깨에 자기 재킷을 걸쳐주며 말했다.

"결론적으로는 잘된 거죠? 민영 씨가 도왔네요."

그럴지도 모른다. 그래도 인간의 도움은 달갑지 않았다.

"어차피 인간의 도움이 필요한 건 잠시가 될 테니까."

강우보다는 자신에게 하는 말이라는 걸, 그때 재림은 알지 못했다.

현수의 가족과 하객들이 혼란 속에서 파혼이라는 특이 상황을 받아들이는 사이, 민영은 관광버스에 올랐다. 얼마 지나지 않아 선옥과 신부 측 하객이 버스 안에서 트렌치코트를 입은 전 신부를 마주하고는 울지 못해서 웃었다. 선옥은 버스 앞 유리에 붙어 있던 종이를 떼어내어 '황민영 결혼식'이라는 글자를 매직으로 벅벅 지우고, '맹선옥 여사 효도여행'이라고 적어 넣었다.

"기사님, 돌아가는 길에 뭐라도 한 끼 먹게 들를 데가 있을까요?"

기사는 자주 가는 닭갈비집이 있다는 춘천을 경유지로 찍었다.

"노래방 연결도 하고, 조명도 좀 켜지요!"

선옥 말을 다 들어주던 기사가 난색을 표했다.

"요새 그거 불법이라서요."

"손님을 버스 한가득 불러왔는데 딸이 결혼식 시작도 전에 파혼을 했어요. 그 엄마가 노래 좀 부르겠다는데, 조명 좀 켠다고 그게 불법이 되나?"

고속도로에 들어서자마자 삼색 조명에 불이 들어왔다. 민영은 친구와 소찬휘의 〈Tears〉를 부르다가 '잔인한 여자라 나를 욕하지는 마' 직전에 친구에게 마이크를 넘겨주고 다시 자리에 앉았다. 찢어지는 고음 구간을 깔딱 고개 넘듯 질러 넘어가는 걸 듣고 나서, 선옥이 민영에게 물었다.
"너도 고음 불가지?"
"어, 엄마 닮아서."
"아니지. 엄마는 지르는 건 잘해. 니 아빠가 음치였다. 아빠 닮았구만."
그랬나? 너무 많은 것을 잊고 살았다는 생각을 하며 트렌치코트 주머니에 손을 넣으니 카드 모양의 종이가 만져졌다. 재림의 명함이었다.
"그게 뭐야?"
"우리 맨션에 들어온 무당. 용해. 나중에 엄마도 한번 봐."
"말이 나와서 말인데, 고골보살이 그러더라. 너 올해 문서운이 있다고. 처음엔 당연히 혼인신고서겠거니 했지. 근데 지금 보니까 고골이가 뭘 알았구나 싶어."
"뭘? 파혼을? 이건 이혼이 아니라 서류로 안 남아."
"아니, 이 사단 난 거 보니까 너 청약 될 모양이다. 남편 집 들어가 사는 게 아니라 네 집 생길 모양이라고. 이 무당한테 그거 물어보자."
민영은 어이가 없어서, 그 와중에도 솔깃하는 마음이 우스워서 웃다가 결국 울었다. 신랑 신부와 맞절할 때 눈물이 나도 크게 나지 싶어 선옥이 챙겨 온 손수건이 딸의 눈물을 닦고, 노래방 메들리가 민영의 목에 걸린 울음소리를 덮어주었다. 불법 조명과 음악을 켠 버스가 모녀에게만큼은 합법적으로 달렸다. 해 저문 소양강에 황혼이 지는 시간이 올 때까지.

운명을 바꾼 나의 이름은

 먹다 죽은 귀신은 때깔도 곱다고 했는데. 무연맨션 303호 거주자인 1990년생 백말띠 신유경은 애꿎은 와인잔만 만지작거렸다. 민영의 청첩장은 두 사람이 알게 된 맨션 옥상에서 받았다. 하루가 길었던 밤이면 옥상 평상에 앉아 텀블러에 담아 온 위스키 온더록을 마시곤 하던 유경은, 어느 날 담배를 피우러 올라온 민영과 마주쳤다.
 "스트레스가 심할 때, 가끔 밤에만 피워요."
 언제든 끊을 수 있다는 민영의 변명이 낯설지 않았다. 그러다 중독이 되는 거예요, 나처럼. 그렇게 말하는 대신 나란히 앉아 서로의 죄책감을 마시고 빨아들이며 아는 사이가 됐다. 친구와 이웃 주민 사이쯤. 꼭 오지 않아도 된다는 민영의 당부가 아니었더라도 결혼식까지 갈 사이는 아니라고 생각했다. 그날 선약 상대였던 의대 동창 은성이 유경의 아랫집 지인 결혼식 장소가 호텔이라는 말에 흥미를 보이기 전까지는.

"결혼식장이 자만추 장소 3위 안에 드는 거 알아?"

남자를 만나려고 생판 남의 결혼식에 가는 게 이미 부자연스럽지 않나. 민영의 예비 시아버지가 전 국회의원이라는 정보는 어디서 들은 건지, 은성은 머리부터 발끝까지 힘을 주고 나타났다. 이혼 후 새로운 인연을 만날 기회를 마다않는 은성을 알기에, 유경은 피로연이 따로 없는 동시 예식 식사 메뉴에 포함된 무제한 와인에만 집중하기로 했다. 첫 잔을 따르기도 전에 파혼을 하리라곤 상상조차 못 했지만.

식 취소를 알리는 안내 방송에 식장 안이 수군대는 소리로 가득 찼다. 식장을 나갈 때까지 들려온 단어 몇 개만 조합해도 가십과 루머 수십 개는 만들어낼 수 있을 것 같았다. 좋은 옷을 입고 좋은 날에 찾아온 사람들 사이에서 피어오르는 호기심이라는 악취를 느끼며, 유경은 진심으로 민영을 걱정했다.

"어? 안녕하세요!"

로비에서 마주친 남자를 처음에는 못 알아봤다.

"저, 503호. 심부름이요."

아, 민영이 축가를 부탁했다던. 늘 후줄근한 모습만 봐서 뮤지컬 배우였다는 말에도 의심부터 했는데, 꽤 비싸 보이는 수트를 걸치니 태가 났다. 유경이 어정쩡하게 인사하자 은성이 소개해달라는 듯이 유경의 팔을 끌었다.

"여기는 제 친구예요. 김은성이라고."

은성과 가벼운 목례를 나눈 강우도 옆에 서 있는 여자를 소개했다. 강우의 것으로 보이는 재킷을 어깨에 걸친 여자가 흰 손을 내밀어 악수를 청했다.

"이사 후에 인사를 못 드렸네요. 505호 현재림입니다."

강우와 재림이 멀어지자마자, 또 한 번 자기 팔을 잡아끄는 은성에게 유경이 말했다.

"저 남자는 자만추 안 돼. 왜 여자랑 왔는지는 모르겠지만, 내가 알기로는 게이야. 무슨 천사같이 생긴 외국인 파트너 있어. 진짜야."

타인의 불행 아니면 남자에만 관심이 있는 은성을 빠르게 쳐내려 던진 말에, 은성이 고개를 저었다.

"그게 아니고, 저 여자 말이야. 너 기억 안 나? 채 교수님 건물에서 고사 지낼 때 왔던 그 무당이잖아."

맞다. 민영이 505호에 들어온 사람이 무당이라고 했지. 전혀 그렇게 보이지 않지만.

"그냥 무당 아니야. 완전 탑 무당. 나도 그때 예약 걸렸다가 1년 대기라고 해서 못 했거든. 내 눈은 못 속여. 확실해."

눈썰미 하나는 기가 막힌 성형외과 의사 은성이 그렇다면 그런 거였다. 채 교수 건물은 유경도 잘 알았다. 외국인 의료 관광객, 그리고 의료보험을 알차게 사용하러 정기적으로 모국을 방문하는 외국 거주 한국인들이 코스처럼 돈다는 속칭 투어 병원이었다. 노교수의 노후 자금용 건물이라는 사람들의 뒷말이 쏙 들어갈 만큼 장사가 잘된다고 했다. 욕하면서도 다들 남몰래 부러워하던 중에 입주 고사 덕 본다는 소문이 돌았던 게 어렴풋이 기억났다. 그러니 뒷돈까지 내고 서로 들어가려고 하는데, 자기로선 엄두가 안 난다는 은성의 푸념을 들었던 날도 술을 마셨던가. 마셨겠지. 안 마신 날이 언제였는지 기억도 나지 않았다. 그나저나 저 무당은 고사비를 얼마나 받았을까. 얼마를 내면 인간이 마취된 채로 칼날 아래 눕는 일이 수백, 수천 건 벌어지는 건물의 안녕을 빌어줄까. 거기까지 생각이 닿자 또 술이 당겼다.

민영의 파혼 소식은 전혀 상관없어 보이는 사람들에게도 전해졌다. 예를 들어 무연맨션 505호 모녀 중 딸 현미래에게도. 무연맨션에 입주한 직후, 재림은 미래에게 네 일에만 집중하라고 당부했었다.

"이제 저 앞집 남자랑 해결할 테니까 넌 신경 쓰지 마. 그냥 검정고시 떨어지지 않을 정도로만 공부하고, 가끔 여은이 만나서 밥 먹고 차 마시고 그래. 보통 애들처럼."

이 특수한 미션에서 재림이 미래를 열외시킨 이유를 모르는 것은 아니었다. 하지만 재림이 강우와 같이 풀겠다는 문제는 미래의 꿈에서 출제됐다. 꿈의 유일한 목격자가 여기서 빠질 수는 없었다. 미래는 지금 무연맨션에 누가 사는지, 그들의 직업이 뭔지 알았다. 여은과 AI의 도움을 받아 무연맨션이라는 건물의 역사와 소문도 정리했다. 이 모든 정보를 동원해서 미래는 재림을 방해할 계획이었다. 엄마를 망하게 한 뒤, 엄마로부터 떠나기 위해서. 방법은 간단했다. 재림이 하는 모든 일을 반대로 할 것. 재림이 무연맨션 주민들을 내쫓으려고 한다면, 미래는 그걸 막을 것이다. 여은이 이 계획에 '청개구리 프로젝트'라는 이름을 붙였다.

203호 황민영의 인스타그램 계정 찾기는 너무 쉬워서

시시할 정도였다. 문제는 민영이 결혼할 남자의 얼굴이 교묘히 가려진 사진을 올리고 태그도 하지 않는다는 점이었다. 초등학교 때부터 케이팝 광인으로서 남자 아이돌 덕질의 유구한 역사를 이어온 여은의 표현에 따르면, 민영은 딱 '남돌 일반인 여친 스타일'이었다. 인스타 스토리에 아주 작게 글을 쓰는 것까지.

그냥 남친이 못생겼을 수도 있지만.

여은의 메시지에 미래는 고개를 갸웃했다. 그런 게 이유가 되나?

남돌일 리는 없지만, 유명인이라거나?

민영의 대학 동문회 게시판에 올라온 결혼식 공지와 모바일 청첩장 링크를 발견하면서 이 의문도 어렵지 않게 풀렸다. 신랑 아버지가 정치인이었다. 아무래도 공인의 가족이니까. 이때부터 미래는 자료 조사, 여은은 사이버 스토킹이라고 부르는 과정이 한층 수월하게 진행됐다. 예비 신랑이 황민영이 아닌 다른 여자와 호텔에서 찍은 사진쯤은 별 노력 없이도 찾을 수 있었다. 새로운 계정을 만들어 민영에게 DM으로 사진들을 보냈다. 이걸 본다고 결혼을 안 할까? 알 수 없었다. 그렇지만 뭔가 더 하는 건 꺼림칙했다. 미래는 선을 넘는 걸 무의식적으로 두려워했다. 타인의 인생에 함부로 연루되어선 안 된다고, 재림은 어린 미래에게 늘 말했었다.

일단 냅두자. 운명이지 뭐.

트렌치코트는 어디다 갖다 버린 건지 계절에 안 맞는 원피스 차림으로 결혼식장에서 돌아온 재림은 무척 피곤해 보였다. 민영의 파혼 소식에 미래가 속으로 쾌재를 부르는 줄은 상상도 못 하는 재림이 미래에게 부적 한 장을 건넸다.

"베개 아래 넣어둬. 이전 건 태우는 거 알지?"

알지. 보통 애들은 모르겠지만. 이런 걸 아는 내가 보통 애들처럼 살아가길 바라는 건 욕심 아냐? 예전에는 이런 진심을 재림이 훤히 들여다볼까 걱정하곤 했지만, 더는 그런 염려를 할 필요가 없었다.

맨션에서 지내면서부터 재림은 미래가 어디서 무얼 하는지 지나치게 날을 세우지 않았다. 오히려 미래가 시야에 있었던 지난 1년이 예외적으로 예민한 상태였고, 지금은 믿는 구석이 있는 것 같았다. 낡고 성한 데가 없지만 무너지지는 않을 것 같은 이 맨션의 견고함이든, 미래가 베고 잠드는 혜량보살의 부적이든. 미래는 매트리스 하나만 놓여 있는 작은 방에 누웠다. 베개 아래로 손을 넣으면 아주 얇은 종이가 손끝에 미세하게 걸렸다. 악귀가 얼씬거리지 않도록 막아주거나 나쁜 것으로부터 보호해주고 있다는 확신은 없었다. 그저 재림이 거기 있다고 느꼈다. 잠이 미래를 덮쳐 꿈속에서 곧 현실이 될 사건이 앞서 벌어질 때, 그때마다.

덮쳐온 잠에 짓눌리는 밤이었다. 끔찍이 싫은 감각이 느껴졌다. 맨션에서는 처음이었다.

가위에 눌렸다고 표현하는 현상은 의학적인 용어로 수면마비라고 하며, 그 원리는 이미 과학적으로 규명된 바 있다.

외워버린 문구를 반복해 읊었다. 같은 상황에서 사람들이 주기도문이나 반야심경 구절을 되뇐다면, 미래에게는 과학이 기도였다. 이유 없이 남겨진 빈칸을 채워주고 원인을 알 수 없는 사건과 증상을 설명해주는 건 과학뿐이다, 이렇게 엄마의 반대편만 믿었다. 청개구리 프로젝트를 시작하기 전부터 이미 청개구리였던 거야. 깨닫자마자 개굴개굴, 개구리 울음소리가 귀청을 찢을 듯이 들려왔다. 미래는 다시 읊었다. 가위에 눌렸다고 표현하는 현상은 의학적인 용어로 수면마비라고 하며……

쿵. 쿵.

날카롭고 부산한 소리가 잦아들며 바닥이 울렸다. 미래는 발가락과 손가락을 꼼지락거리려고 애썼다. 겨우 움직여지는 손을 베개 밑에 넣어 부적을 꺼냈다. 꼭 쥔 주먹 안에서 부적이 구겨졌다.

쿵.

손이 저절로 다시 펴졌다. 온 힘을 다해 문 쪽으로 기어가도 진동 한 번이면 매트리스로 돌아와 있었다. 몸을 옆으로 돌렸다. 쿵. 반대편으로 돌아갔다. 지독했다. 이게 모두 몸보다 먼저 깨어난 뇌의 장난이라니. 이런 날은 과학보다 재림이 필요했다. 재림의 손이 닿아야 가위가 풀렸다. 무당이라서가 아니라, 몸을 가진 사람이라서. 엄마를 부르려 해도 목에 걸린 소리가 나오지를 않았다. 땀이 났다. 가위인지 악몽인지도 분간이 되지 않았다.

"엄마!"

겨우 터져 나온 목소리에 귓가를 떠돌던 가짜 소리들이 감쪽같이 사라졌다. 세상이 고요했다. 재림이나 여은, 강은, 그리고 그 애의 도움 없이 가위에서 풀려난 건 처음이었다. 커튼이 없는 창문으로 새벽빛이 들어왔다. 재림이 옥상에서 기도 중일 시간이었다. 미래는 다시 베개 아래를 더듬었다. 부적은 그대로였다. 아까 구겼던 건 무엇이었을까. 쿵, 하고 바닥을 울리던 진동은 어디서 왔을까.

부적 끝만 쥐고 창가로 간 미래가 창을 열고 몸을 길게 빼 아래층 쪽을 내려다봤다. 진동이 진짜였다면 305호가 진원일 가능성이 높았다. 미래는 빼냈던 몸을 바로 세우고 구겨진 자국이 없는 부적을 하늘을 향해 들어보았다. 노란 종이 붉은 글씨 뒤로 푸르게 밝아오는 빛이 오묘했다. 찢으면 돌아올 수 없겠지. 이 빛이 진짜라면. 미래는 부적을 세로로 한 번 가로로 한 번, 그러고도 손톱만큼 잘게 남을 때까지 여러 번 찢었다. 건강과 안녕을 빌어주는 마음이 노랗고 빨간 종이 쪼가리로 부서졌다. 양손에 부적 조각을 담아 위로 들자 약한 바람에도 나풀나풀 날아갔다. 언젠가 여은과 함께 간 아이돌 콘서트장에서 봤던 컨페티 같았다. 중력이 있는 이 지구에서는 아무리 가벼운 물체라도 영원히 날아갈 수 없으며 결국 바닥에 떨어진다는 과학의 기본 원리, 중력의 법칙은 잠시 잊었다. 맨션에서 떨어지는 모든 것을 받아낼 수 있는 위치에 늘 길순이 있다는 것은 모른 채.

이런 일이 없어도 월요일은 그 자체로 지옥인데. 개인의원 원장이라고는 하지만 어마어마한 대출에게 사용자

자리를 내어준 노동자로 살고 있는 유경이 허탈한 표정으로 병원 문 앞에 서 있었다. 끔찍한 숙취와 발목의 통증까지 세트로 최악이었다.

2년 전 무연센트럴포레스트아파트 입주와 함께 개업한 상가 3층의 피어나여성의원 출입문 꼭대기에는 열쇠구멍이 하나 있었다. 병원은 보안이 생명이니 잠금장치가 하나 더 필요하다는 유경의 요청으로 달게 된 것이었다. 내가 왜 그랬을까. 이래서 사람 몸이 제 기능을 할 때를 기준으로 삼으면 안 되는 건데. 재활의학의 기본 원칙을 떠올리며 반성한다고 해서 까치발을 힘껏 들어야 하는 위치에 만들어둔 열쇠구멍이 낮아지는 마법이 벌어지지는 않았다. 어쩔 수 없이 압박붕대를 여러 번 감아둔 왼쪽 발목은 그대로 두고 오른발만 들었다. 손가락 두 마디 정도가 모자랐다. 맹세코 셔터맨을 바란 적은 없었지만, 그 순간 나타난 튼튼한 손은 그야말로 마법 같았다. 윗집 남자 강우의 손이었다.

"발목은 어쩌다 다치셨어요?"

차라도 한잔 하시겠냐는 유경의 권유를 덥석 받은 강우가 로비 소파에 앉으며 물었다. 커피 머신에 물을 보충하며 유경은 잠시 고민했다. 술이 문제였을까, 언덕이 문제였을까. 술 하나는 잘 마신다며 의대 시절부터 별명이 '아이언 간'이었는데, 나이가 들었는지 과음 좀 했다고 오르막 가장 가파른 지점에서 헛디뎌 발목이 꺾였다고 말해도 될까.

"살짝 헛디뎠죠, 뭐. 압박해서 잡아주면 괜찮아요."

그랬구나. 대수롭지 않게 넘긴 강우는 자기 마실 걸로는 믹스커피를 달라고 했다. 마주칠 때마다 조금 뻔뻔하고 태연한 구석이 있는, 그게 밉지 않은 남자였다.

민영의 결혼식이 파혼식이 되어버린 후, 재림은 계획에 속도를 내기로 했다. 신과는 달리 인간에게는 임기응변과 전략 수정이 필요했다. 재림이 맨션 주민들을 가능하면 미리 내보내려는 표면적인 이유는 귀찮은 일을 줄이기 위해서였다. 얽힌 사람의 수를 줄여야 거래가 수월할 것이다. 하지만 이제는 주민들을 내보내기 어려울 때의 대비책도 마련해야 했다.

또 하나. 길순이 재림에게 대가 없이 505호를 내줬을 거라는 미래와 강우의 짐작과는 달리, 세상에 공짜는 없었다. 길순은 무연맨션을 둘러싼 소문을 파헤쳐달라는 조건을 달았다. 귀신의 정체를 알고 싶다고 했다. 이전이면 가장 쉬웠을 일에 인간의 도움이 필요했다. 터에 머무는 귀신의 곡절은 살고 있는 사람에 따라 굽어졌을 터, 모두의 사연을 알아야 했다. 대화가 필요한 이유였다.

"식장에서 만난 303호도 연결해줘요. 여성의원 원장이라고 했죠?"

"여성의원이면 산부인과잖아요. 제가 가요?"

"젊은 사람이 너무 꽉 막혔다."

그 한마디에 자존심에 시동이 걸린 강우가 이른 아침에 출근을 하는 유경과 마주칠 계획을 세웠다.

"개업 전에 고사를 지냈는지 그걸 좀 물어봐요."

"병원도 고사 지내요? 의학은 과학 아닙니까?"

"의사들이 얼마나 우리 업계 큰손들인지를 또 모르네. 의사는 생명을 다루는 직업이에요. 우리랑 지향점이 같죠. 그리고 과학? 수천 평짜리 공장, 데이터센터, 연구소 터는 누가 찾는다? 나, 현재림 같은 무당이. 도굴꾼, 땅꾼, 풍수지리사 데리고 다니면서."

강우는 재림의 말을 떠올리며 베이지 톤으로 은은하게 꾸며진 병원 로비에 돼지머리가 떡하니 놓여 있는 그림을 상상했다. 의외로 어울렸다. 웜톤, 따뜻한 무드로. 같은 톤의 다갈색 믹스커피가 강우 앞에 놓였다.

"따뜻한 분위기를 좋아하시나 봐요. 편안해지네요."

"아무래도 그렇죠. 불안하거나 걱정되는 분들이 많이 오시니까요."

강우가 언젠가 심부름으로 임신테스트기 박스를 문고리에 걸어두고 왔던 날 이야기를 꺼냈다. 비싸지도, 사기 어렵지도 않은 물건을 왜 추가 비용을 들여 받는 건지 이해가 되지 않았다. 배달 앱 마트 주문으로도 오는 생필품을 굳이 왜? 돌아오는 길에 생각해보니 그럴 수도 있겠구나 싶었다. 온라인 쇼핑 기록에도 남기고 싶지 않은 마음 있잖아요, 왜. 잠자코 듣고 있던 유경의 표정이 순해졌다.

"식장에서 같이 뵀던 505호 선생님, 직업이 무당이라고 들었는데 맞나요?"

"아, 네. 저도 그날 정식으로는 처음 뵀어요."

순한 얼굴을 마주하고 있자니 거짓말이 술술 나왔다. 이런 일이 체질인가 봐.

"지금 안식년이라 따로 점사를 보진 않지만, 이웃들과 상담처럼 대화하는 건 환영이라고 명함을 주셨는데…… 어디 있더라?"

강우가 명함을 찾는 척하며 무심한 듯 물었다.

"직업을 알고 계셨네요? 전 듣고 놀랐거든요."

"같이 있던 친구가 신점 보는 거 엄청 좋아하거든요. 어디서 봤다면서 유명한 무당이라고 하더라고요."

맞구나. 은성에게 알려주면 아마 호들갑을 떨며 소개시켜달라고 할 게 틀림없었다. 넌 어쩜 그런 재수가 있니? 이런 말을 하는 표정이 그려졌다. 나쁜 말도 아닌데 듣는 사람이 살짝 베이게 되는 특유의 말투도. 강우가 재림의 명함을 유경에게 건넸다.

"전 뭐 앞집이니까. 필요할 때 연락하시면 될 거예요."

이렇게 말하면 상대가 때마침 찾아온 상담 기회를 거부하지 않는다는 걸 민영의 사례를 통해 학습한 터였다.

"친구한테 전해줘도 될까요? 궁금해해서요."

엉뚱한 사람이 그 기회를 쓰면 어쩌지 싶어 강우의 마음이 급해졌다.

"그럼요. 하지만! 맨션 주민들과 언제든 대화하고 싶다고 하셨으니까, 언제든 원장님이 직접! 만나보셔도 괜찮을 거예요. 하하하."

마지막 웃음이 좀 어색했나 싶었지만, 유경은 대수롭게 여기지 않는 것 같았다.

"그냥 유경 씨라고 부르셔도 돼요. 성함이?"

"강우입니다. 문강우."

강우는 이번에는 태풍심부름 명함을 꺼냈다. 그러고 보니 센터 명함을 오랜만에 꺼내는 것 같았다. 이런 걸 주객이 전도됐다고 하나. 괜히 입이 썼다. 유경은 명함을 꼼꼼히 살폈다.

"여긴 온라인으로만 접수를 받나요?"

"아뇨, 직접 말씀하셔도 됩니다. 제가 곧 태풍심부름이니까요."

살짝 고민하던 유경이 망설이며 입을 뗐다.

"요새 계속 이상한 문자, 이메일이 오거든요. 그런 것도 추적이 가능할까요?"

강우는 명함 속 '무슨 일이든! 최선을 다해! 비밀 보장!' 문구를 가리켰다.

"당연하죠! 이웃 좋다는 게 뭡니까?"

이웃. 유경이 오랜만에 들어보는 단어였다.

이웃집 무당에게 먼저 보고할지 같은 집에 사는 동업자에게 새 의뢰를 먼저 전할지 고민하던 강우는, 주객전도라는 사자성어를 다시 떠올리며 503호 문부터 열었다.

"마 선생! 뉴 미션이야. 특수!"

마침 유경이 보내준다던 자료가 업무용 폰 메시지로 도

착했다. 심드렁하게 캡처된 문자와 메일 이미지를 읽던 마이클의 표정이 심각해졌다.

"블랙 메일?"

"협박은 아니야. 요구 조건이 없거든. 개인적인 악플 같은 느낌인데, 좀 꺼림칙해."

메일과 메시지를 보내는 상대는 유경의 약점과 비밀에 관해 언급하지만, 돈을 요구하거나 다른 조건은 걸지 않았다. 아마 그래서 유경도 경찰 신고는 큰 의미가 없다고 판단했을 것이다. 그냥 무시하고 싶었지만 그렇게 되지는 않았다고, 가까운 사람들을 의심하게 되는 자신이 싫은 동시에 비밀과 약점이 드러날까 매일 심장이 조여드는 느낌이라고 버석한 얼굴로 말했었다.

"이건 의뢰인이랑 미팅을 다시 해서 더 물어봐야 돼. 근데 우리 말고, 여자가."

"내용을 보니 아무래도 그렇지?"

강우도 고개를 끄덕였다. 드디어 마이클과 현재림, 두 동업자를 만나게 해야 할 때였다.

재림은 마이클을 보고도 별다른 말 없이 유경이 보낸 자료부터 훑어보았다.

"여자와 얘기하는 게 낫겠다는 건 뉴 페이스 의견인 거죠?"

따지고 보면 뉴 페이스는 그쪽입니다만. 떠오르는 말은 삼키고 고개를 끄덕였다. 아무리 국내 거주 외국인 200만 시대라고 해도 예상치 않은 얼굴이 나타나 우리말로 상황 설명을 해주는 일이 흔하진 않을 텐데, 재림은 평소와 다르지 않았다.

"별로 놀라지 않으시네요."

"외국인이랑 같이 사는 건 처음부터 알고 있었고, 또 놀랄 게 있나요? 내가 놀란 게 있다면 303호 신유경 씨 상황에 대해 이분이 문강우 씨보다 더 잘 이해하고 있다는 거예요. 서프라이즈!"

무시당했다는 걸 느낀 강우가 발끈했다.

"저는 듣고 온 얘기가 있잖아요. 다 종합해서 보셔야죠."

"이 협박범이 쥐고 흔드는 비밀이나 약점 말고, 신유경에 대한 의미 있는 정보가 있다면?"

강우는 머리를 굴렸다. 약간 술 냄새가 나는 것이 진한 커피는 숙취 해소를 위해 마시는 것 같았고, 맨션에는 월세가 워낙 싸서 들어온 거라고 했고, 그리고······

"맞다! 전화를 받았는데 가족 같았어요. 엄마 아니면 언니? 좀 이상했던 게, 이름을 다르게 부르더라고요. 가족 사이 별명인지도 모르겠지만."

재림은 보고 있던 사진에서 몇 장 앞으로 되돌아갔다. 메일 화면을 찍은 사진을 확대하니 선명한 문장이 나타났다. '아무리 바꾸려고 난리를 쳐도 너는 너야.'

"개명을 했네요."

"오, 멋진 추리!"

마이클이 서양식 제스처로 느린 박수를 쳤다. 강우의 속이 한층 더 꼬였다.

"말을 안 한 거지 나도 그렇게 생각했거든? 나미? 나미라고 부른 것 같았는데."

계속 사진을 이리저리 넘기던 재림이 입을 뗐다.

"혹시 그 통화 상대가 사투리를 쓰던가요?"

"오, 맞아요. 경상도 사투리 같았어요."

"신유경 씨가 경오년庚午年생 백말띠니까 남, 희일 거예요. 사내 남男, 바랄 희希. 아들을 바라는 집이 딸 이름을 그렇게 지을 때가 있어요."

관혼상제冠婚喪祭를 주관하고 생사화복生死禍福을 읽는 존재가 무당이다. 얼마나 많은 사람이 태의 복을 빌어달라면서도 아직 태어나지도 않은 존재의 성별을 고를 방법을 알려달라며 떼를 썼던가. 태아가 원치 않는 성별인 걸 알고는 몇 개월 안에 지워야 업이 되지 않느냐고 묻던 친부도 있었다. 백말띠 여자는 팔자가 드세다는데 내 귀한 아들과 혼인시켜도 되겠느냐고 묻는 이도 많았다. 아들을 낳게 해달라는 작명 요청도 흔했다. 어떤 딸의 이름은 뒤에 올 아들을 위해 붙여진다. 아무 데서나 벌어지고, 어디선가는 더 자주 벌어지는 일이었다.

"협박범이 유경 씨가 이름을 바꾼 걸 안다는 건데, 가까운 사람이 아닐까요?"

"나와 여기 선생님이 아까부터 했던 얘기잖아요. 뭘 들었어요?"

여기 선생님으로 지칭된 마이클은 강우에게는 절대 보여주지 않는 사교적인 미소를 지으며 가슴에 손을 얹었다.

"Call me Micheal. Mike is okay."

"와, 1년을 같이 살아도 그렇게 부르라고 한 적이 없는데."

"넌 마 선생이라고 하잖아."

"저도 마 선생이라고 할게요."

호칭을 정리하는 둘을 보며 또 소외감을 느낀 강우가 화제를 제자리로 돌렸다.

"가까운 사람인 것까진 알겠고, 이제 어떻게 합니까? 여기 현 선생님께서 유경 씨를 만나고 오면 해결될까요?"

"나는 다른 사람을 만나는 게 낫겠는데요."

"I agree. 유경 친구. Right?"

"정확해요. 난 나를 안다는 친구 점사를 볼게요. 신유경 씨 의뢰와 그 친구를 연결 지을 방법은 둘이 고민해보세요."

같은 정보를 가지고 있는데도 도통 흐름을 따라오지 못하는 강우의 눈동자가 흐려지는 걸 본 재림이 작게 한숨을 쉬고 설명을 시작했다.

"개명을 포함한 개인적인 사연, 약점이라고도 할 수 있는 사고를 다 알고 있는 걸 보면 일단 매우 가까운 사람이겠죠. 그런데 뭔가 요구하지는 않아요."

"Bullying."

"맞아요, 괴롭힘. 신유경 씨가 정신적으로 고통받기를 바라는 거예요. 요구 사항이 없다는 얘기는 고통을 지켜보는 걸로도 만족이 된다는 거고요. 그 정도로 가까운 사이인 거죠."

"그래서 친구가 범인이라고요?"

"아직까지는 후보. 그런데, 이런 행위에 무속적인 의미가 있으면 골치가 아파지거든요."

그런 무당이 있었다. 자신의 불행, 불운을 뭉쳐서 타인에게 던져 정확히 맞히면 액이 넘어간다며 그런 짓을 하라고 부추기는 무당. 아니, 사기꾼. 그런 무당을 만나고 와서 액땜 타령을 하는 고객도 많았다.

점술업도 사업이었다. 성공 사례가 있으면 유행이 되어 돌았다. 모두 갇혀 있던 시기, 강퍅해지고 쪼그라든 마음에 같이 파고든 역병이었다. 해진이 재림을 잠시 떠나 따라다녔던 무당도 비슷한 부류였다. 돌아오자마자 액운 이야기를 했었지, 아마. 뭔가 떠오르려는 찰나, 강우가 끼어들었다.

"방법, 그러니까 일종의 저주 같은 건가?"

어디서 들은 건 있어서. 쯧.

"좀 달라요. 끼어든 액운을 떠넘기려고 이딴 짓을 하는 건데, 액은 소멸하지 않거든요. 결국 쌓여서 감당 못 할 업이 되는 거죠."

"Up?"

위를 향해 검지손가락을 들고 조심스럽게 묻는 마이클 덕분에 무거워졌던 분위기가 확 올라왔다. 강우는 재림이 웃는 것을 오랜만에 보았다. 아니, 처음인가? 마이클에게 다른 한자는 어떻게든 설명을 했는데 업業은 좀 어려울 것 같아서, 강우는 같이 웃는 와중에도 속으로 걱정했다.

 진료실에서 버거 세트로 점심을 때우던 유경은 강우와 통화한 뒤 반쯤 남은 햄버거를 내려놓았다. 정말 입맛 떨어지는 날들이었다. 처음에는 신고해봤자 기껏해야 사실 적시 명예훼손이 나올 테니 득이 될 일도 없고, 무시가 상책이라고 생각했다. 하지만 음주운전 사건을 알고 있다는 게 마음에 걸렸다. 개업빨이 있으니 현상 유지는 되고 있었지만, 맘카페에 소문이 퍼지거나 리뷰가 올라온다면 큰 타격이 있을 것이었다. 그때부터 집착적으로 포털 사이트와 병원 정보 앱의 병원 리뷰를 확인했다. 퇴근 후 마시는 술의 양이 늘었다. 인간 신유경의 불행을 바라는 사람이 있다는 사실만으로도 충분히 괴로운데, 그가 누구인지 알 것 같을 때면 술을 마시지 않고는 견딜 수가 없었다. 의심하는 일 그 자체로 영혼에 매일 상처가 났다. 상처에 술을 부어 소독하는 밤을 보내다가, 눈을 뜨면 병원 리뷰를 확인하는 새벽이 지긋지긋했다. 더 떨어질 입맛도 없는 김에 착실하게 정리해둔 보낸 사람 미상의 메일창을 열었다.
 '의사가 음주운전 전과가 있다는 걸 알면 환자들이 어떤 표정을 지을까?'

'잘난 척 착한 척 정의로운 척 우아한 척'

'피 묻은 손으로 술을 마시는 기분은 어때?'

'여자를 위해서라니 보통 여자들은 너 같은 여자를 제일 싫어하는데'

나 같은 여자가 어떤 여자일까. 유경 같은 여자는 생각보다 많았다. 태어나지 못할 뻔했던 여자. 딸 셋에 아들 하나, 그중 셋째 딸이었다. 일찌감치 백말띠 해에 태어날 딸로 밝혀졌는데도 유경이 세상과 만날 수 있었던 이유는, 엄마가 삼수를 해야 방울을 울릴 운명이라고 동네 박수가 주장해서였다. 그리하여 무사히 태어나, 두 언니와 마찬가지로 돌림자로 사내 남男 자가 붙은 남희라는 이름을 가지게 되었다. 징그러운 운명은 정말로 넷째에게 방울을 달아주었다.

지원을 몰아줬는데도 삼수를 한 아들과 달리 공부를 잘했던 셋째 딸 유경은 인서울 의대를 갔다. 고향에서 가장 먼 익명의 대도시 서울, 그리고 가족과 멀어져도 상관없을 만큼의 소득을 보장해주는 전문직이라는 목표를 위해서였다. 부모 몰래 두 언니가 보내주는 용돈과 과외 알바비로 대학 시절을 버텼다. 산부인과는 성적과 성정에 맞아서 갔다. 공부를 하다 보니 생각보다 고된 과여서 후회했지만 돌이키지는 못했다. 돌림자가 싫어 바꾼 이름도 아니었다. 말자도 기남이도 필녀도 있는 동네에서 자라다 보면 남희 정도면 그나마 무난하다고 생각하게 되니까. 음주운전 사고 이후의 결심이었다. 나중에 개업의가 되려면 안전하게 가야 하지 않겠냐는 충고를 들어서였다.

가장 최근인 사흘 전에 협박범으로부터 온 메일을 열었다.

'네 손으로 죽인 생명들을 생각해.'

그 위에 또 다른 발신인 미상의 메일이 도착해 있었다.

'수술 못 하면 계단에서 구르려고 했어요. 고맙습니다. 여자들의 희망이세요.'

유경의 손이 자신을 살렸다고 생각하는 여자들이 보내온 메일을, 유경은 따로 모아 보관했다. 선생님이 아니었다면 지금처럼 살 수 없었을 거예요. 감사해요. 남자들의 희망이 되지 않으려고 남희라는 이름을 버린 건 아니었는데, 어쩌다 보니 여자들의 희망이 되었다.

원하지 않는 임신으로 고통받는 여성 동지들을 구하려는 비장한 마음 같은 건 없었다. 처음 중학생 임부가 찾아왔을 때 거절하지 못한 게 시작이었다. 흰빛으로 밝은 수술실에서 눈을 감으며 소녀가 말했다. 여기만 밝아서 천국 같아요, 선생님. 깨어나서의 감사 인사는 이랬다. 구해주셔서 고맙습니다. 방금 전의 행위가 생과 사 중 어느 쪽인지 모르고 있던 유경이, 삶을 택했음을 깨달은 순간이었다. 우연이 운명이 된 건 그때부터일 거라고 유경은 생각했다. 찾아온 여자들을 연결해줄 쉼터를 수소문하다 여성단체와 연결되었다. 이후 피어나여성의원의 진료 시간이 아닌 이른 새벽과 늦은 밤, 열쇠 없이는 절대 열지 못하는 문 안에서 허가되지 않은 임신중절수술 일정이 잡혔다.

그 일이 어떤 일인지 아는 사람이 어떻게 이런 협박을 할 수 있을까. 반응조차 할 가치가 없다고 생각하면서도 '네 손으로 죽인 생명' 운운하는 내용에는 답장을 하고 싶었다. 난 나를 찾아오는 환자를 살리고 있어. 구하고 있어. 그 말을 해주고 싶어서.

그때 마침 강우가 나타나준 셈이었다. 일단은 강우에게 사실을 털어놨다. 음주운전을 했던 그 밤에 대해서. 병원 문을 닫은 밤과 이른 새벽에 유경이 따로 하는 일을 알고 있는 사람은 아주 적다는 이야기도.

친구분께 재림신점 연락처는 전달해드렸나요?

메시지를 보니 윗집 심부름꾼도 비슷한 결론을 내린 것 같았다. 유경은 메일창을 닫고 은성에게 메시지를 보냈다.

그 무당이 특별히 예약을 받는 대신 무연동 밖에서는 어렵다는데, 너 퇴근하고 밤에 우리 병원으로 올 수 있어?

영과 기에 민감한 무당은 생과 사에 직접적으로 얽힌 공간에 발을 들이는 걸 의도적으로 피했다. 장례식장과 병원이 그런 곳이었다. 하지만 이런 동네 의원에서 새 생명이 탄생하거나 누군가 죽지는 않을 것이다. 이제 영을 못 느낀다는 걸 인정하는 것보다는 이런 마음을 갖는 게 나았다. 위선도 위악도 아닌, 위조 정도일까. 재림은 이런 마음으로 피어나여성의원 로비에 발을 디뎠다.

재림이 테이블 아래 도청장치를 연결해둔 로비에서 기다리는 동안 강우와 마이클은 원장실에서 작업을 이어갔다. 로비 CCTV 화면을 모니터에 띄우고 원장실 컴퓨터로 대화를 들을 수 있는지 확인해야 했다. 유경을 모니터 앞에 앉히고 이어폰을 꽂아준 강우가 로비 쪽으로 외쳤다.

"아무 말이나 해보세요."

소파에 앉아 있던 재림이 CCTV 쪽을 바라봤다.

"그 어떤 신도 자기가 정한 이름으로 살기로 한 사람을 탓하지 않아요."

재림에게는 벽 너머 유경이 보일 리가 없는데도, 유경은 재림과 눈이 마주쳤다는 느낌을 받았다.

"세팅됐습니다!"

유경이 로비로 나갔다. 은성이 도착하려면 5분 정도 남아 있었다. 원장실에는 강우와 마이클이 대기했다. 유경의 최고급 진료의자가 맘에 든 강우가 빙글 몸을 돌렸다.

"이렇게 모니터로 보니까 완전 나혼산 아니냐?"

마이클이 쉿! 하며 입에 검지손가락을 갖다 대고는 이어폰 한쪽을 강우에게 건넸다. 귀에 꽂자 재림의 목소리가 들렸다.

"안에서 잘 보이고 잘 들리나요?"

"네."

화면 속 재림이 또 한 번 CCTV 쪽을 바라봤다.

"녹화 잊지 마세요."

"Yes, ma'mm. I can hear what you can hear. And I can see what you can see(당신이 듣는 건 나도 다 들을 수 있어요. 당신이 보는 건 나도 다 볼 수 있고요)."

마이클이 중얼거리듯 대답했다. 원장실 안에서 하는 말은 로비에서는 들리지 않는다는 것과, 긴 영어 문장은 소음으로 여기는 강우를 알아서 한 말이었다.

재림과 처음으로 단둘이 있게 된 유경은 홀린 듯 재림을 바라보았다. 미인이기도 했지만, 사람의 눈길을 잠시 멈추게 만드는 묘하게 서늘한 매력 때문이었다. '눈을 끌어당기는 미모'는 은성이 개업했다가 전남편의 사기로 결국 접은 성형외과의 캐치프레이즈이기도 했다. 여기로 오고 있을, 의대 신입생 시절부터 15년 넘게 친구인 은성이 정말 그 메일을 보낸 걸까?

"좀 구질구질한 부탁이었죠? 들어주셔서 고맙습니다."

재림은 고개를 흔들었다.

"어차피 맨션 주민들께 인사드릴 겸 뵙고 싶었던 건 전데요. 이렇게 작은 도움이나마 드릴 수 있게 된 것도 감사한 인연이죠."

"저, 메일 이야기를 직접 꺼내시기보다는 그냥 자연스럽게……"

"환자가 치료법을 알려주지는 않잖아요. 이건 저에게 맡기세요."

제 눈에는 보이지 않는 세계라고 얼마나 많은 이들이 의심하고 시험해봤을까. 하나의 일을 오래, 깊이 한 사람이 자신의 전문성을 의심받는 것이 얼마나 피로한 일인지 누구보다 잘 아는 유경이었다. 재림의 말 속 단단한 뼈를 느끼고 얼굴이 붉어진 유경이 사과할 말을 고르려는데 문이 열렸다. 은성이었다.

"나는 들어가서 일 좀 보고 있을게."

계획대로 유경은 빠지겠다는 신호를 보내고 원장실로 들어갔다. 로비에 재림과 둘만 남게 되자, 상기되는 은성의 표정이 모니터로도 보였다.

"저 뵀던 적이 있어요, 멀리서지만."

"붉은 십자가 열 개가 있는 건물에서 말인가요?"

"그 채혁권 교수님이라고 저희 의대 교수님이 건물을 지으셨는데, 그때…… 아!"

재림의 뜬금없는 답에 고개를 갸웃하며 일단 사실대로 답하던 은성이 뒤늦게 붉은 십자가가 병원을 의미한다는 것을 깨닫고 작은 탄성을 뱉었다. 계속 모니터를 보고 있던 유경이 기억을 되짚으며 강우에게 물었다.

"혹시 제가 저 선생님을 아는 교수님 건물 고사 때 뵀다고 얘기를 했었나요?"

강우는 조용히 고개를 가로저으며 생각했다. 이럴 때는 정말 귀신 같단 말이야. 화면 속 은성은 이미 재림에게 홀려 유경조차 모르는 깊이 숨겨둔 속마음을 털어놓고 있었다.

"요새 잘 안 풀리는 원인이 은성 씨 밖에서 시작됐네요. 여기서 공수를 해드릴 순 없으니 가볍게 드리는 말씀이라는 걸 감안해주시고, 우선 몇 가지 물어봐도 될까요?"

이미 무한 신뢰의 상태로 접어든 은성이 고개를 크게 끄덕였다.

"혹시 반년 전쯤에 다른 무당이나 점술가가 액을 털어야 한다고 했나요? 내가 비밀과 약점을 알고 있는 상대에게 하면 더욱 좋다고요."

표정이 굳은 은성이 눈을 깔고 테이블 위로 시선을 옮겼다. 철렁 가슴이 내려앉은 강우가 유경 쪽을 보며 속삭였다.

"도청장치 본 건 아니겠죠?"

"아니에요. 거짓말하려는 거예요. 쟨 거짓말할 때 사람 눈을 안 마주쳐요."

유경이 화면 속 은성에게서 눈을 떼지 않은 채 말했다. 뒤늦게 입을 연 은성은 계속 재림의 눈을 피하고 있었다.

"아뇨. 그즈음 너무 힘들어서 점을 많이 보러 다니긴 했는데, 그런 얘긴 들어본 적 없어요."

재림이 안도하듯 긴 숨을 내쉬고, 입꼬리를 올렸다.

"다행이네요. 그런 행동을 하면 큰일 나거든요."

"왜요? 아니, 제가 그랬다는 건 아닌데, 그러면 왜 안 되는데요? 어떤 일이 생겨요?"

재림이 다급해 보이는 은성의 눈을 마주 보았다.

"업이 되어 돌아오니까요. 앞으로도 그런 일은 절대 하지 마세요. 내 액을 떠넘겨 타인을 불안하게 하고 괴롭게 하면 반드시 돌아옵니다."

은성은 대답 없이 손톱 주변을 뜯었다. 유경은 은성이 오늘처럼 어느 병원에서 손톱 주변을 뜯고 있던 과거의 어느 날을 떠올렸다. 수술을 받고 나온 은성 옆에 나란히 앉아서 산부인과를 전공하기로 결심했던 날, 벌써 15년 전 일이었다.

원장실 문을 두드리는 소리에 유경이 로비로 나갔다.

"나 얘기 끝났어."

재림을 등진 유경이 은성을 향해 '용해?' 하고 입 모양으로만 물었다. 피식 웃는 은성의 표정은 딱히 15년 전과 다를 게 없었다. 쌍꺼풀이 생기고 콧대가 좀 오똑해지긴 했지만.

같이 한잔할 생각이었는데 먼저 보내냐는 말은 하면서도 별 아쉬움 없이 은성이 떠나자, 강우와 마이클은 비로소 원장실에서 풀려났다. 나오자마자 현관 앞으로 달려간 강우가 배달된 음식을 받아 왔다. 도청장치를 떼어낸 테이블 위에 수육쌈, 북어칩, 모듬전과 막걸리 한 병이 놓였다.

"이게 다 뭐예요?"

물어보면서도 자연스럽게 막걸리를 당겨두는 유경을 보며 재림이 대답했다.

"내가 시키라고 했어요. 고사 안 지냈다면서요. 무당 있고 음식 있으면 그게 고사지, 뭐."

"오, 그렇게 깊은 뜻이?"

쌈장 비닐을 뜯다 손끝에 묻은 걸 빨아 먹던 강우가 유경보다 더 놀랐다.

"이렇게 골라서 시키라고 했는데도 모르는 게 더 어렵겠네요. 근데 마 선생, 이런 음식 먹을 수 있나?"

그러나 마이클이 재빠르게 뜯어 손에 쥔 나무젓가락 모양은 질문이 무색할 만큼 정석이었다. 제사든 굿이든 고사든, 결국은 잔치로 끝나는 게 한민족 전통이었다.

"무연맨션은 어쩌다 들어오게 됐어요?"

재림의 고정 질문으로 이웃다운 대화가 시작됐다. 개업을 하려고 어마어마한 대출을 당겨 와 인테리어와 설비에 쏟아붓고 났더니 제대로 된 방 한 칸 구할 돈도 남지 않아서요. 유경의 대답은 심플했다.

"언덕 빼고는 나쁘지 않아요. 민영 씨도 맨션 좋아했어요. 앞으로 어떻게 될지는 모르겠지만."

민영은 이미 비용을 지불해 취소가 안 되는 신혼여행지로 홀로 떠난 상태였다. 민영 이야기가 나온 김에 재림이 진작부터 궁금했던 걸 물었다.

"여행에서 돌아오면 집은 어떻게 한대요? 원래는 신혼집이 이 아파트 단지라고 하던데."

"맞아요. 저한테 먼저 들어가서 기다리겠다고 했는데. 모르죠, 뭐."

"다들 계약 기간이 비슷한가 봐요."

주민들의 맨션 계약 기간이 재림에게 중요한 정보인 걸 모르는 유경이 가볍게 대답했다.

"민영 씨는 내년 초봄, 저는 그보다 한 달 뒤. 한겨울에는 맨션 이사 못 하잖아요. 트럭 못 올라와서."

"야, 우린 언제냐?"

입가에 묻은 기름을 닦으며 강우가 마이클에게 물었다.

"503호가 제일 오래 살지 않았어요?"

세 사람의 시선이 모이자 마이클은 좀 부담스러운 듯 말했다.

"우리? 우린 뭐, Forever."

"아, 뭐래. 장난치지 말고. 내가 가서 계약서 찾아본다?"

강우와 마이클이 남고생들처럼 어깨를 치며 투닥거렸다.

재림은 마이클이 영원을 말하며 자신의 눈을 봤다는 걸 알았다. 장난을 치다가 다시 한 번 재림과 눈이 마주친 마이클이 눈꼬리가 휘어지는 눈웃음을 지었다. 재림은 마주 웃어주지 않았다.

술을 마시고 자전거를 타도 음주운전이라는 경력자 유경의 지적을 무시하고, 강우는 마이클까지 태워 레오를 타고 먼저 떠났다. 재림과 유경은 맨션까지 천천히 걷기로 했다. 단둘만 남게 되자, 유경이 조심스럽게 물었다.
"진짜 은성일까요?"
"지금부터 메일이 오지 않는다면 그렇겠죠? 아마도."
이전이라면 절대 덧붙이지 않았을 부사였다. 자신이 없어 보일지 모르지만 어쩔 수 없었다. 여기부터는 모르니까. 술이 풀어준 마음이 새어 나왔는지, 유경이 용기를 냈다.
"저도, 저만 아는 은성이 비밀이 있거든요."
"예전에 아이를 지웠다는 거?"
"어떻게 아셨어요?"
"저 무당인데요."
"아, 맞다. 그렇죠. 엄~청 유명한, 완전 용한! 무당이셨죠. 맞다."

제삼자로서 메일의 내용만 꼼꼼히 보면 알 수 있는 정보였다. 유경이 임신중절수술을 한다는 것. 음주운전 전과가 병원을 망하게 할 수도 있는 문제라면, 허가받지 않은 의료 행위는 의사 면허 박탈이 걸려 있었다. 메일을 보낸 사람은 그 사실을 알았고, 수술에 대해 감정적인 악의가 담긴 비난을 보냈다. 때로 그 비난이 유경의 수술대에 눕는 여성에게 향할 때면, 문장이 꼭 자학적인 일기 같았다. 용케도 마이클 역시 그 미묘한 감정선을 눈치챘다. 유경의 어깨에는 여전히 시름이 내려앉아 있었다. 재림은 이걸 털어내주는 것도 무당의 일이다 싶었다.

"사람이 살다 보면 괴롭고 안 풀릴 때가 있기 마련이고, 그때 숨겨뒀던 못난 모습이 드러나곤 해요. 안 좋은 상태에 오래 머물다 보면 생각보다 쉽게 상하고요. 상온에 둔 고기처럼. 그냥…… 인간이 그렇다고요."

유경은 자신과 은성이 언제부터 이런 상태에 머물러왔는지 떠올려보려 애썼다. 우리 우정은 언제부터 상했을까. 서로에게 보이고 싶지 않은 모습을 보이고 그걸 비밀로 지켜주길 바랐을 때부터? 아니면 한 사람은 망했는데 한 사람은 새로 시작했을 때? 너의 성공이 나의 실패가 아닌데도 그렇게 느껴졌을 때? 내가 이름을 바꾸고 네가 얼굴을 바꾸어도 서로를 과거로만 기억한다는 게 지겨워졌을 때?

"병원에 가요."

"네? 아, 발목이요? 제대로 고정하고 덜 쓰면 괜찮아져요. 저도 의사잖아요."

재림의 말에 부러 씩씩하게 대답했다. 단단한 보호대로 고정하고 천천히 다니면 되는 일이었다. 아무리 좋은 약을 쓰고 주사를 맞아도, 나으려면 시간이 필요했다. 충분한 시간이 치료의 전부인 경우도 있었다. 마음의 상처나 찢어진 기억, 부러져버린 믿음도 마찬가지일 것이다.

"발목 말고요, 중독. 무당은 못 고쳐요."

무당은 고칠 수 없고 의사는 고칠 수 있는 병. 단, 환자가 낫기를 택하고 의지를 가질 때에만. 이 경우에도 벗어나려면 시간이 필요했다. 벗어날 수는 있을지, 얼마나 걸릴지 무당에게 물어도 소용없는 일이라, 유경은 그저 힘이 들고 숨이 차서 살아 있음을 느끼게 되는 언덕길을 절뚝이며 올랐다.

꿈보다 해몽보다 태몽보다 더

귀신 같은 타이밍에 왔네, 재림아씨.

기중기 아들의 파혼 소식을 들었구나. 해진의 문자를 받은 재림이 미소 지었다.

돌아왔다는 소문이 파다한데도 새 연락처를 아는 사람은 나밖에 없데? 이런 특별 대우 처음 받아봐서 황송해요.

재림아씨도 변하네요, 좋은 쪽으로.

확인할 거 했으니 이제 만나서 진짜 문제 해결합시다. 연락 줘요.

진짜 문제의 배경이 정말 여기, 무연맨션일까. 해결할 수 있을까. 나는 변했을까. 좋은 쪽일까 나쁜 쪽일까.

맨션 앞에서 길순이 서성이고 있다가 재림을 붙잡았다. 꽤 늦은 밤인데 지금까지 기다린 모양이었다.

"아이고, 이제야 왔네. 며칠 전에 떨어졌는데, 마주치지를 못해서. 505호에서 날린 것 같아서 말이에요."

길순이 내민 서류의 이면지를 펼치자 낙서가 그려져 있었다.

"이건 우리 손녀 작품인데 이거 말고, 요거."

길순이 접힌 틈새에서 빨갛고 노란, 손톱 크기의 얇은 종이 쪼가리들을 집어 들었다. 합쳐보면 그려질 그림은 뻔했다.

"부적 같아서 말이지."

재림은 길순에게 감사하다는 인사를 남기고 종이를 그대로 다시 접어 핸드백에 넣었다. 애써 침착함을 유지하려 했지만, 손끝이 떨렸다.

"현미래!"

현관문을 열자마자 어울리지 않게 찢어지는 소리로 딸의 이름을 불렀지만 답이 없었다. 또 센서등이 켜지지 않아 어둠에 익숙해지지 않은 상태로 미래의 방을 찾다가 넘어지기까지 했다. 정신없이 방문을 열어젖히자 어둠 속에서도 매트리스 위에 덩그러니 놓인 베개가 선명했다. 재림은 베개를 뒤집어 속을 빼고 배갯잇을 털었다. 역시나 부적은 없었다. 부질없는 줄 알면서도 이불을 털자, 무언가 떨어졌다.

떨어진 물체를 주워 든 재림은, 부적이 찢긴 것보다 더 나쁜 일이 생겼음을 확인했다. 임신테스트기였다.

진짜 운명인가. 미래는 마주친 얼굴을 보며 그렇게 생각했다. 혹시 좀 더 알아낼 건 없는지, 새로 도착한 우편물은 없는지 호별로 칸막이와 덮개가 있는 우편함을 뒤지고 있을 때였다. 503호 칸에 손을 내미는 순간, 등 뒤에서 낯설지 않은 목소리가 미래를 불렀다.

"헤이, 당근 걸!"

"엄마야!"

깜짝 놀라 손부터 빼다가 우편함 모서리에 손가락을 긁히고 말았다. 가늘고 긴 상처를 따라 송글송글 피가 맺히는 검지를 쥐고 돌아서자, 빙글거리는 미소를 띤 네고남이 서 있었다. 인기척도 없었는데? 그리고 왜 네가 여기에?

"다쳤어?"

네고남이 호들갑을 떨며 가방에서 휴지인지 손수건인지를 찾는 동안, 미래는 잠시 중고거래 앱에 올려둔 무구를 하나 더 사러 온 건가 생각했다. 그러기에는 무연맨션까지 올라오는 길이 너무 고달팠다. 설마 내가 여기 사는 걸 알고 온 건가? 미래 손에 카페 로고가 박힌 냅킨을 쥐여준 네 고남은, 손이 스칠 때 생각을 읽기라도 한 듯 503호 칸에서 우편물을 꺼내며 말했다.

"착각했구나. 여기, 우리 집. 여기가 너네 집."

너네 집이라고 말하며 505호 우편함을 톡톡 두드린 네 고남의 이름은 마이클. 또 다른 앞집 남자였다.

운명이 아닐 수 없어. 초콜릿 크림 프라푸치노를 손에 꼭 쥔 여은이 주장했다.

"넌 우연 두세 번이면 바로 운명이라고 하더라?"

"당근 거래로 만난 사람이 하필이면 이사 간 건물에 살고 있는데 운명이 아닐 수가 있어?"

"너 그냥 외국인에다가 내가 얼굴 반반하다고 하니까 엮는 거잖아. 그리고 네고남 이상해. 정보가 없어. 좀…… 수상하다고."

"네가 못 찾았으면 이상하긴 하지. 아무래도 스토커 경력이라는 게 있으니까."

"죽을래?"

미래가 장난스럽게 여은이 쥔 컵을 빼앗으려 하자, 여은이 컵을 꼭 붙잡으며 변명하듯 말했다.

"솔직히 그때 스토커라고 몰려서 학폭 당한 건 1000퍼 개들 잘못이지. 근데 그 이후로는 사이버 스토커가 아닌 건 아니다, 이거야."

"와…… 이런데도 니가 F라고?"

"내가 논술로 수시 합격 어떻게 했게? 중요한 순간에는 이성적 사고가 되니까. 이럴 때는 대문자 T."

여은의 장난스러운 대답에 미래도 웃을 수밖에 없었다. 여은이 있어서 살아 있는 거니까. 그날, 계단에서 굴러떨어진 미래가 깨어나지 않는데도 학교에서는 구급차를 부르길 망설였다. 그때 콜택시를 부른 게 여은이었다. 미래는 여은이에게 갚을 게 많다고 느꼈다. 빚을 진 느낌과는 달라서 빨리 털어버리고 싶지 않았다. 두고두고 갚고 싶은 마음, 이게 사람들이 말하는 우정 같았다.

"일단 나가자."

음료가 바닥을 보이자 흥미를 잃은 여은의 목소리가 잠시 생각에 잠겨 있던 미래를 깨웠다. 이 카페는 여은의 당수혈을 위한 경유지였을 뿐이고, 목적지는 다른 카페였다. 사주타로 카페.

미래가 무연동에서 지내게 됐다고 했을 때부터 여은이 같이 가보려고 벼른 사주 카페는 무연맨션과 정반대 쪽 끝에 있었다. 고도로 무연동 지도를 그린다면 등고선에 따라 색이 가장 진한 무연산 꼭대기에서 가장 가까운 건물이 무연맨션이고, 사주 카페는 제일 연한 지역에 있었다. 지도 앱을 따라 길을 찾는 여은에게 미래가 물었다.

"뭘 물어보고 싶은 건데?"

"내가 이제 투잡을 할 거잖아? 그거 먼저. 그다음에는 며칠 전에 대박 좋은 꿈을 꿨단 말이야. 해몽도 해야지."

미래가 지켜본 여은은 공부가 재능인 타입이었다. 학교에서 배우는 학과목뿐만 아니라 취미나 생활의 영역도 공부로 접근했다. 아이돌에게 빠지면 우선 시청각 자료를 찾아 외우고 연구했다. 성적이 상위권인데도 그리 도드라지지 않는 캐릭터인 여은은 시험 직전이 되면 중요 인물로 신분이 상승했다. 아무 데나 별명을 붙이고 줄임말을 쓰는 남자애들은 여은을 '필신'이라고 불렀다. 안정적인 내신 성적과 대학 학비보다 더 들었다는 논술 과외 덕에 인서울 상위권 대학에 1학기 수시 합격한 필기의 신은, 곧바로 타로 공부에 돌입했다. 미래는 자신이 무당 엄마를 따라 깊은 산속 절이나 외진 바닷가 민박을 떠돌아다니는 동안, 베프가 점술 공부를 하게 됐다는 게 얄궂기도 했다.

"여은아, 나 무당 딸이야. 이런 거 너무 지겨워."

영상통화까지 걸어와 카드를 선택해라, 뒤집어봐라 하는 여은에게 진심을 털어놓자, 별로 좋지 않은 화질로도 여은의 귀가 새빨개진 게 보였다.

"이걸 왜 하려는 거야?"

"니네 엄마 처음 만난 날에 나한테 그랬거든. 운명을 점치는 일에는 불황이 없다고."

미래에게는 진절머리 나는 기억일 뿐이었다. 처음으로 친구를 데려왔는데 기운이 맑다는 말부터 꺼내다니. 여은이 쌍꺼풀수술을 하면 아이돌이나 연예인으로 성공하기 딱 좋은 관상이라는 말을 할 때는 자리에서 일어나고 싶었다. 반면 여은은 조금도 기분 나빠하지 않았다. 기운이 맑다는 말이 공부 잘하게 생겼다는 말보다 낫다고, 다만 몸에 칼을 대는 건 무섭다고 했다. 이상한 방식으로 죽이 맞는 둘을 지켜보며 혼자 다른 생각에 빠진 바람에, 미래가 놓친 그들만의 대화도 있었다.

"학교에서 희망 직업, 진로 희망 뭐 그런 걸 조사하는 건 이상한 것 같아요."

재림은 여은의 말에 곧바로 동의하며 이렇게 덧붙였다.

"희망은 그저 좋기를 바라는 마음이니 직업과는 상관없지. 무당이 어떤 직업을 하라 마라 하는 이유는, 타고난 기질과 잘 맞을 거다, 돈을 잘 벌고 이름을 얻을 가능성이 있다, 이런 뜻이란 말이야? 일을 오래하고 싶다면 업계를 봐야지."

만나기 전부터 재림을 무서워했던 여은은 떨리는 가슴을 붙잡고 용기 내어 물었다.

"선생님 하시는 일은요?"

"우리? 넓게 봐서 운명을 점치는 산업이라고 하면, 여긴 불황이 없지. 인간이 자기 운명을 궁금해하지 않는 날은 오지 않으니까."

그 말이 여은의 운명을, 아니 그건 너무 거창하고, 진로를 바꿨다. 미래가 학교를 떠난 후, 여은은 타로의 기원부터 파기 시작했다. 운명을 점치는 산업에서 신神과 기氣, 영靈과 같은 한 글자 특수 능력이 개입하지 않는 분야는 사주와 타로가 있었다. 한자는 질색이라 타로로 결정했다. 여은은 타로로 용돈 정도는 벌 수 있을지를 점쳐보고 싶다고 했다. 미래는 생각했다. 그걸 본인이 직접 타로로 보면 되는 거 아닌가? 점을 볼 수 있을지 없을지를 점을 통해 알아보고 싶다는 말이 돌고 도는 말장난 같았지만, 여은은 비장했다. 예약하고 한 달을 기다렸다는데 산통을 깨고 싶지는 않아서, 미래는 잠자코 길을 찾는 여은의 뒤를 따랐다.

무연동의 잘나가는 외국인 별자리 점성술사 이름이 미카엘이라고 했을 때, 진작 의심했어야 했다. 사주 카페 구석에 있는 까만 벽지로 도배된 방에는 적어도 30년은 되어 보이는 컴퓨터가 있었다. 커다랗고 뚱뚱한 모니터 뒤에서 마이클의 작은 얼굴이 톡 튀어 올라왔다. 어이가 없어 말을 잃은 미래보다 마이클이 빨랐다.

"미래? 안녕!"

"아는 사이야?"

미래는 자신의 대답에 따라올 여은의 반응이 훤했다.

"네고남이야."

"헐, 운명!"

눈앞의 남자가 문제의 네고남이라는 사실에 여은의 기대가 커지다 못해 부풀어 오르는 게 느껴졌다.

"그럼 이쪽 분이 여은 님이시고요."

당근의 네고남이자 앞집의 마이클이며 별자리 점성술사 미카엘의 말에 여은이 살짝 손을 들었다.

"네, 제가 예약했어요. 얘는 그냥 따라왔어요. 점을 볼 건 아니구요."

마이클이 시간을 확인했다.

"추가 10분, 추가금 만 원으로 원 플러스 원 둘 다 보는 건 어때요?"

"와, 누가 네고남 아니랄까 봐."

속으로 생각한 말이 입 밖으로 튀어나온 줄도 모르는 미래의 옆구리를 쿡 찌른 여은이 그렇게 하겠다며 고개를 끄덕였다.

"난 궁금한 거 없는데."

"뭐가 없어. 니 인생이 미스터린데."

두 소녀의 티키타카를 가르는 종소리가 댕, 맑게 울렸다. 전원이 꺼지면 다시 켜지기나 할까 싶은 오래된 컴퓨터에만 깔리는 별자리 프로그램으로 탄생일시의 별의 위치, 이동을 통해 점을 본다는 설명을 한 귀로 흘려들으며, 미래는 방을 둘러보았다. 미래에게 사 간 부채는 없었고, 장식품 하나만 놓여 있었다. 모양이 눈에 익었다. 역사 시간에 배운 것도 같은데⋯⋯ 이름이 혼천의던가? 별자리 점성술사가 좋아할 만했다. 그래서인지 처녀자리인 여은의 성격이나 기질이 어떠하다는 설명은 대충 맞는 것처럼 들리기도 했다. 하지만 현미래가 누구인가. 전설의 무당 현재림의 딸이다. 저런 건 경험과 시간이 쌓이면 누구나 할 수 있는 일이라는 걸 아는 10대라는 의미다.

"과거나 사실 확인이 뭐가 중요해. 앞으로 확인할 수 있는 걸 물어봐야지."

듣고만 있던 미래가 끼어들자 마이클이 흥미롭다는 듯이 미소 지었다.

"Sure! Anything. But 그 전에 중요한 얘기부터. 당분간 금전 거래는 조심하도록 해요."

저런 당연한 이야기는 뭐 하러 하는 거지? 미래는 마이클의 흠을 잡느라 미묘하게 바뀌는 여은의 표정을 놓쳤다.

"최근에 새로운 별이 들어왔는데, 평소와 다른 일 없어요? 꿈을 꿨다든가."

마이클이 별이라는 소재와 꿈을 연결하자 여은이 바로 흥분했다.

"헐! 안 그래도 꿈을 꿨거든요. 하늘에서 떨어지는 거 있잖아요. 별똥별."

"Shooting star."

"맞아요! 엄청 많은 별이 그림처럼 쏟아지는데, 가장 크고 밝은 별을 제가 끌어안았거든요."

상황이 좀 다르긴 하지만 해몽이라면 미래도 일가견이 있었다. 지금까지의 경험에 의하면 꿈에는 반드시 맥락이 있었다. 꿈은 현실과 떨어져 단독으로 존재할 수 없고, 꾸는 사람의 어제와 오늘, 그리고 내일을 연결하는 지점에서 발생한다. 그렇다면? 분위기과 상황, 꿈을 전하는 여은의 기분 모두를 볼 때 좋은 꿈인 것은 틀림없었다. 그런데 이 잔잔한 불안감의 정체는 뭐지?

"좋은 꿈이에요. 지난 한 달간 여은 님 위에 떠 있는 별을 보면, 생명력이 있는 존재를 얻게 됩니다."

멈추어야 할 것 같은 강렬한 예감에 미래가 마이클을 바라보며 신호를 보냈다. 분명히 시선을 느꼈을 텐데도 점성술사 미카엘은 멈추지 않았다.

"이런 꿈을 한국에선 태몽이라고 하죠?"

미래는 굳어져버린 여은의 표정만으로도 꿈이 연결한 현실을 자각했다는 걸 느낄 수 있었다.

다리가 떨려 움직이지 못하겠다는 여은을 세워두고 미래는 옆 건물 편의점까지 뛰어가 도합 3만 원어치의 물건들을 사 왔다. 과자와 음료수 사이에 임신테스트기가 있었다. 미래는 여은을 데리고 건물 화장실에 들어가 문을 잠그고 칸막이 안으로 여은을 밀어 넣었다.

"생리를 50일 넘게 안 했으면 병원에 갔어야지."

잠시를 기다리지 못하고 초조해진 미래가 짜증 섞인 걱정을 내뱉었다.

"중간이랑 기말 사이에 두 달 안 할 때도 있었어. 그런가 보다 했지."

학창 시절 내내 이어진 수면 부족과 다이어트, 살은 빠지고 머리는 맑아진다고 해서 복용한 한약이나 영양제, 수시 합격 후 낮과 밤이 완전히 바뀐 생활 습관, 이런 것들이 생리 불순의 원인이기를 절실히 바라는 사람은 미래보다는 여은이었다.

"그건 아무 일이 없을 때 얘기고 누구랑, 잤으면, 어?"

"현미래, 너 나가. 나가 있어."

"알았어. 조용히 할게."

잠깐의 침묵 후 여은이 테스트기를 들고 나왔다.

"5분 기다리랬지?"

50분 같은 5분이 흘렀다. 여은은 안 보겠다며 돌아섰다. 미래가 플라스틱 막대기를 집어 들었다. 전 세계를 뒤덮었던 전염병이 알려준 확실한 정보, 두 줄이면 문제였다.

한 줄이었다.

그 임신테스트기가 재림의 눈앞에 있었다. 아무리 곱씹어봐도 평소와 다른 점이 없었는데. 여기 온 다음부터 좀 편해, 왜인지는 모르겠지만. 그 말에 너무 티가 나게 안도를 했나. 내가 할 일을 하니 미래도 괜찮은 것 같다고 속 편히 믿어버린 건 아닌가.

"다녀왔습니다. 뭐야? 왜 불을 안 켜고 있어? 집에서 기도했어?"

쨍한 형광등 빛을 엄마가 싫어하는 걸 알면서도 단숨에 불을 켜버리는 저 청개구리 같은 열여덟이, 내 품 안에 있는 한은 안전하리라고 자만했던 건 아닌가.

"현미래, 여기 와서 앉아봐."

아이가 엄마와 성씨가 같으면 수군거리는 소리들에 둘러싸인다는 걸 몰랐던 때로부터 10년이 흘렀지만, 아직도 엄마라는 존재가 알아야 할 삶의 지혜나 양육 방식 같은 건 여전히 몰랐다. 그래도 상관없었다. 매일 기도하며 미래의 건강과 컨디션, 마음의 고민을 느낄 수 있었으니까. 미래가 아프면 재림도 아팠고, 때로는 재림이 앞서 아팠다. 세상의 그 어떤 모녀보다 더 연결되어 있었기에 재림은 엄마로서 떳떳했다. 신이 떠난 그날 이후 모든 선택은 오직 미래를 위한 것이었다. 하지만 정말 그랬을까? 임신테스트기는 재림을 테스트했다. 모성, 엄마로서의 자질, 자격이 시험받고 있었다.

"설명해."

미래는 잠자코 테이블 위에 놓인 플라스틱 막대를 바라보았다.

"한 줄이잖아. 뭐가 문제야?"

"그걸 말이라고 하니?"

이럴 때 식상한 대답을 하게 되는 거구나. 말문이 막힐 때. 상투적인 감탄과 뻔한 질문을 하는 손님들을, 재림은 처음으로 이해했다.

"엄마가 설명해줘야지. 원래는 알아야 되잖아."

내가 이 막대기의 주인이 아니라는 걸. 그걸 모른다면, 엄마의 신령님이 진짜 없다는 거겠지. 대답 대신 재림이 긴 한숨을 내쉬었다.

"복 나가, 엄마. 나갈 복이 있는지는 모르겠지만."

"현미래!"

"엄마 진짜 모르는구나? 신령님 떠난 거 맞네. 이거, 여은이 거야."

재림은 세상과 딸이 내민 문제 중 아무것도 풀지 못했다. 낙제였다.

테스트를 통과하지 못한 재림을 두고 미래가 방에 들어가 문을 닫았다. 닫혀버린 세계에서, 재림은 신이 떠난 그 날을 떠올렸다. 땅으로 내려가 진상을 확인하고 현실을 직

면하는 대신, 한 층 위 옥상으로 향하는 계단을 올랐던 그 날 밤을. 그날, 옥상에서 내려다본 세계는 총천연색인데도 흑백이었다. 떨어지는 길과 돌아서는 길 중에서 느린 길을 택하기까지 얼마의 시간이 흘렀을까. 시간의 길이를 재는 능력을 잃은 듯했다. 온 힘을 다해 돌아서자마자 다리가 풀려 주저앉았다. 단 한 발자국을 못 옮기게 하는 무거운 중력과의 줄다리기에서 그나마 비길 수 있었던 건, 미래가 부르는 소리가 들려서였다. "엄마." 만약 그게 신의 목소리였다면 마지막으로 들려온 것이었다. 그 목소리에 집중하려 애쓰면서 재림은 심호흡을 했었다. 들이쉬고, 내쉬었다. 살아 있구나. 신이 떠났는데도, 죽지 않았구나. 아니, 죽을 수 없었구나.

 삶의 선택, 매일의 행위가 모두 업으로 돌아온다면 재림의 업은 무엇일까. 인간의 도움, 인간의 선의, 인간의 마음은 정해진 운명을 흔들 수 없다고 말해왔었다. 어떻게 살아야 할까요? 정해진 대로. 신이 말하는 대로, 운명이 너를 데려가는 대로. 신은 떠나고 운명이 자꾸 장난을 치는 지금, 재림이야말로 아무나 붙잡고 묻고 싶었다. 어떻게 살아야 할까요? 인간의 도움을 언제까지 받아야 할까요? 잠시라고 믿었는데, 잠시는 대체 어느 정도의 시간인가요?

Forever.

병원에서 나눈 대화에서 뚝 떨어져 나온 대답이 앞집 외국인의 목소리로 들려왔다. 정체를 알 수 없는 귀신과 외국인이 사는 맨션에는 풀어야 할 문제가 끝도 없이 기다리고 있었다.

미래는 재림과의 냉전을 최대치의 청개구리 짓을 할 기회로 바꿨다. 중고거래로 모아둔 돈을 털어 워킹 홀리데이 비자를 신청하고, 운전면허 시험에 등록했다. 검정고시 문제집 대신 운전면허 필기시험 모의고사를 풀었다. 운전면허 학원 등록 비용이 너무 비싸서 실내운전연습장에서 연습을 시작했다. 두 번째로 연습을 나간 날, 여은이 케이크와 선물 꾸러미를 들고 찾아왔다.

"미카엘 선생님 말이야, 돌팔이가 아니었어."

여은에게도 여은만의 사정이 있었다. 짝이 되고도 여전히 서먹하던 고1 어느 날의 점심시간, 여은이 미래에게 문제 하나를 내겠다고 했다.

"김여은의 엄마는 서른 살 때 여은을 낳았고, 여은이 열두 살 때 이혼했다. 3년 뒤 김여은의 아빠는 열일곱 살 어린 여자와 재혼했고, 여은과 새엄마의 나이 차는 열두 살이다. 현재 여은의 나이는 열여섯 살이다. 김여은의 아빠는?"

미래는 숫자에 집중했다. 다른 숫자는 함정이고 여은과 새엄마, 새엄마와 아빠의 나이 차만 고려하면 되는 문제였다. 16+12+17=45. 마흔다섯 살.

"땡! 김여은의 아빠는, 도둑놈이야."

문제가 함정이었네. 누구에게도 말한 적 없는 사정을 털어놓은 여은과 아무것도 묻지 않는 미래가 친구가 된 날이었다. 여은이 꾼 별똥별 꿈은 동생의 태몽이었다. 부모 말고 주변 사람이 태몽을 꾸는 경우가 있다는 걸 미래도 알고 있었다. 미래는 태몽이 없었다. 재림은 태몽이 없는 게 아니라 모르는 거라고 했다. 누군가는 꿨을 거라고. 재림에게는 미래 말고 이어진 연이 아무도 없으니까 들은 적은 없지만.

"꿈 얘기 해줬더니 좋아하더라고. 태명을 별이라고 짓겠다나?"

여은은 기념일을 만들어 케이크에 초를 꽂고 축하하는 걸 좋아했다. 마음의 그릇을 넘쳐흘러버리는 복잡한 일도 차라리 축하해 다 좋은 일로 만드는 것 같았다. 꾸러미 안에 든 것은 양 인형이었다. 미래에게 주는 선물이라고 했다.

"네 동생이 생겼는데 내가 왜 선물을 받아?"

"별이도 봄에 태어난대. 너처럼 양자리야."

곱슬거리는 짧은 털이 보송했다. 선물을 거절할 이유가 없었다. 임신테스트기를 사이에 두고 말다툼을 한 기억은 이미 잊은 둘은 하루 종일 무연동을 돌아다니며 놀았다. 귀가 시간을 보고할 필요가 없는 두 청개구리는 밤늦게까지 시간 가는 줄도 모르고 따릉이를 타고, 코인 노래방에 가고, 네 컷 사진을 찍었다.

무연역 앞에 다 와서야 여은은 종일 미뤄둔 이야기를 꺼냈다. 미카엘 선생님이 용한 이유가 하나 더 있어.

"미쳤어? 그 새끼한테 돈을 왜 빌려줘?"

여은이 임신테스트를 하게 만든 원인인 논술 과외 선생에게 돈을 빌려줬는데 못 받고 있다는 말에 여간해서는 커지지 않는 미래의 목소리가 높아졌다.

"쌍수 하려고 모아뒀던 건데, 코인으로 두 배로 불려준다잖아. 그럼 나 방학 때 너 워홀 간 데로 놀러 갈 수도 있고……"

골치가 아파왔다. 여은의 말에 화가 나서 생긴 어지럼증이라고 생각해서 전조 증상을 놓쳤다. 임테기 이야기를 했더니 잠수를 탄 것 같네 어쩌네 하는 변명을 이어가는 여은의 등 뒤로 버스가 한 대 멈춰 섰다. 곧 데뷔할 신인 걸 그룹의 티저 이미지가 버스 옆면을 채우고 있었다. 네 잎 클로버 모양의 로고와 네 명의 실루엣이 보였다. 미래의 어지러운 머릿속에서 한 실루엣만 핀 조명을 쏜 것처럼 선명한 얼굴로 변했다. 그리고 짧은 카피.

내 모든 행운을 너에게

귀를 찌르는 이명. 미래는 어떻게든 주저앉으려고 했지만, 기억은 거기서 끊겼다.

"너 죽었을 거야."

창백한 조명 아래서, 미래가 눈을 떴다. 눈을 뜨자마자 마주친 풍경이 비슷했기 때문인지, 그날 꾸었던 꿈이 다시 재생됐다. 해상도가 올라가 선명해진 이미지가 사진을 넘기는 것처럼 흘러갔다. 웅얼거리는 할머니 옆에 폐지를 쌓아둔 리어카가 보였다. 이건 처음 보는데. 할머니, 안 들려. 엄마가 문제를 해결하면, 아니 해결하지 못하면? 뭐라고?

"이 인형 아니었으면, 너 죽었을 거라고."

여은의 목소리가 미래를 꿈에서 끌어냈다. 엄마의 신이 떠나고 미래의 첫사랑이 끝난 그날은 재림이 곁에 있었는데, 이번에는 여은이었다. 울었는지 눈화장이 다 번져 있었다. 쓰러질 때 머리에 뭔가 푹신한 게 닿는 것 같더니,

그게 인형이었나 보다. 보송하던 양털이 하루도 안 돼 꼬질꼬질해져 있었다.

"진짜 다행이야."

여은의 말처럼 다행이었다. 그 애에게 행운을 줘버린 이후로는, 삶이 계속 불행 중 다행으로만 흘러갔다.

"깨어났어요. 네. 그렇게 하겠습니다."

몇 걸음 떨어져 통화 중이던 남자가 전화를 끊고 침대맡으로 왔다. 강우였다.

"일회용 보호자 등장! 이거 다 맞으면 집에 가죠."

손등에 꽂힌 바늘로부터 이어진 호스를 눈으로 따라 올라가니 링거액이 두 개 연결되어 있었다. 병명이 하나 추가되었다. 영양실조.

"현미래 양 보호자 되십니까."

혜량의 신당으로 향하는 길에 두 번 다시 듣고 싶지 않은 말로 시작하는 전화를 받았다. 미래를 태운 구급차는 재림과 멀어지는 방향의 종합병원 응급실로 향하는 중이었다. 재림은 강우에게 전화를 걸었다. 민영의 결혼식 날 전화를 못 받았던 강우는, 그날부터 재림이 건 전화는 벨이 두 번 이상 울리지 않게 했다. 마침 병원 근처에서 배달

심부름을 마친 참이라고 했다. 다행이라는 말은 안 어울리고, 타이밍이 좋았다. 강우를 만난 이후 벌어지는 일들은 대체로 그랬다.

"응급실로 가줘요. 현미래 보호자라고 하고."

길가 벤치에 앉아 다시 강우의 연락이 오기를 기다리며, 재림은 숫자를 셌다. 잠이 오지 않는 밤에 머릿속으로 양을 세듯이, 기다림의 길이를 쟀다. 하나, 둘, 오십, 백, 삼백이십삼, 칠백십육, 일천이백이십까지 셌을 때 알림음이 들렸다. 깨어났습니다. 기다린 지 20분이 넘어 받은 문자였다. 여은이 119를 불러 미래를 구급차에 태운 후 재림에게 연락하기까지의 시간은 세지도 못했다. 얼마나 길었던 걸까. 전조 증상에 대해 설명해준 섬마을 의사가 재림에게 따로 남긴 당부가 있었다.

"실신 시간이 짧을 때는 아직 괜찮습니다. 하지만 깨어나기까지 시간이 길어지기 시작하면, 문제가 될 수 있어요."

그러다가 안 깨어날 수도, 못 깨어날 수도 있다는 말이었다. 재림은 그렇게 받아들였다. 자리에서 일어났다. 아직 할 일이, 할 수 있는 일이 남아 있길 바랐다. 남아 있다고 믿었다.

링거 다 맞으면 바로 택시 탑니다. 걱정 마세요.

강우는 자전거를 집에서 먼 곳에 두고 가는 게 영 편치 않았지만, 큰맘 먹고 다섯 개의 잠금장치를 동원해 병원 자전거 주차장에 레오를 꽁꽁 묶었다. 미래와 여은이 지친 얼굴로 택시 뒷자리에 탔다. 조수석에 앉은 강우가 부러 씩씩한 목소리로 말했다.

"아무거나 많이 먹으라고 하시던데, 국밥집이라도 들렀다 갈까요?"

대답은 운전석의 택시 기사가 했다.

"이 시간에 목적지 못 바꿉니다. 식당 갈 거면 내리세요."

싸늘했다. 역시 차가운 인간들이 서로를 믿지 않는 도시다웠다. 이런 도시에서 레오가 안전할까. 시름이 가득한 강우 대신 미래가 대답했다.

"원래 목적지로요. 무연맨션."

비정한 택시는 역시나 맨션 앞 마지막 경사 앞에 셋을 내려주었다.

강우는 두 소녀가 505호에 들어가 문을 닫을 때까지 503호의 문을 열지 않고 지켜봐주었다. 병원을 나설 때부터 미래 입안을 맴돌던 고맙다는 말은 끝까지 나오지 않았다. 지갑 흘려두고 거짓말할 때는 잘도 나오더니. 고맙다거나 미안하다는 말을 진심으로 건네는 일에는 익숙해지지 않았다. 태어나 제일 먼저 배운 단어 중 열 손가락 안에 들 텐데 언제쯤 익숙해질까.

바닥에서 자본 적이 없다는 여은에게 매트리스를 내어주고 양 인형을 베개 삼아 누우니 왜인지 머리가 맑아지는 느낌이 들었다.

"좋은 생각이 났어. 앞집 심부름센터에 의뢰해서 돈 돌려받자."

미래의 말에 여은이 졸음이 묻은 목소리로 대답했다.

"해줄까?"

"무엇이든 도와준다고 했어."

머리만 대면 자는 축복을 받은 여은은 몇 분 지나지 않아 잠들었다. 미래는 여은 위로 다시 이불을 끌어당겨 덮어주었다.

"잘 자, 여은아. 좋은 꿈 꿔."

별똥별보다 더 반짝이고 더 아름다운 것이 너에게로, 네가 살아갈 날들로 쏟아지는 꿈을 꿔. 나는 꿈도 꾸지 않고 잘게. 까만 꿈이 내겐 좋은 꿈이니까.

자다 깨서 불려 나온 혜량은 연신 하품을 하면서도 슬쩍 재림의 눈치를 봤다. 재림은 계속 입을 다물고 있었다. 침묵을 잘 쓰는 사람이 고백을 끌어낼 수 있다고 가르친 적은 없었으니, 그 수에 당하는 쪽은 대체로 혜량이었다.

"기도해달라는 거 까먹고 잤다그래! 그렇다고 이 늦은 시간에 득달같이 찾아올 일이야?"

"부적, 다시 써줘요. 센 걸로, 성의 있게."

혜량은 잠자코 부적 그릴 채비를 했다. 툭하면 연락을 끊었다가 내킬 때만 나타나는 제자라지만, 재림의 행동에는 경우가 있었고 부탁에도 이유가 있었다. 필시 또 다른 사정이 있을 터였다. 필요에 의해 만난 사이였지만, 스승과 제자이던 시절 두 사람이 나눈 정도 우정과 비슷한 모양일 게 틀림없었다.

혜량이 부적을 쓰는 동안, 재림은 언제부턴가 느껴진 불편한 감각을 더듬어보았다. 재림이 신에게 받은 복이자 벌이었던 생생한 육체의, 버려진 정신의, 과학은 설명할 수 없는 신이 내린 감이 아니라 인간, 현재림의 느낌이었다. 맨션 주민들을 내보내고, 해진에게 사옥 터를 소개하는 것으로 문제가 깔끔히 풀릴 것 같지 않다는 불길한 예감. 그 예감으로부터 미래를 보호해야 했다. 한시가 급했다.

"넌 미래를 못 구하고 미래가 널 구한다고 했을 때 말여, 그때가 내 빨이 가장 높을 때였어. 네가 못 믿는대도 어쩔 수는 없지만서도, 참말이다."

"믿어요."

손부채로 부적을 말리며 던진 말에 돌아온 예상치 않은 답에 놀라 혜량의 손이 멈췄다. 대신 다가온 재림의 손이 팔랑팔랑 흔들리며 부적을 말렸다.

"믿는다고. 그러니까 미래부터 살려서 날 구해야 될 거 아니야."

원인은 없고 증상만 있는 병이라면 혹시 신병이 아닐까? 재림을 떠난 신령님이 더 어리고 맑은 정신을 가진 신가물의 새 주인이 되기로 한 걸까? 가능성이 높았던 첫 가설이었다. 그게 맞았어도 나름 지옥이었을 것이다. 하지만 '혹시'라는 가정이 필요 없는 탄탄한 논리가 앞섰다. 재림의 신은 미래와 함께 왔으므로, 신이 떠났다는 것은 미래 또한 떠나리라는 것. 벌어진 모든 일이 미래가 떠나게 될 어느 날에 앞선 전조 증상이라면? 지금은 깨어난대도, 언젠가 깨어나지 않는 채로 영원히 꿈속에 머물기로 한다면?

"살아서 구해야지, 죽어서 구하면 뭐 해요."

가방에 부적을 챙긴 재림이 자리에서 일어나자 빗소리가 들렸다. 지나가길 바라기엔 꽤 세찬 비였다. 혜량이 문 앞 우산꽂이를 뒤져 살에 녹이 슨 비닐우산을 챙겨주었다.

"이런 건 좀 버려요."

"이렇게 또 쓸 데가 있잖냐."

미래가 너를 구한다. 혜량의 말을 생각하며 빌라 정문에 서서 내리는 빗줄기를 보고 있던 재림이 폰을 들어 해진의 문자를 다시 확인했다.

재림아씨도 변하네요, 좋은 쪽으로.

좋은 쪽일까. 확신은 없었지만, 이쪽으로 가야 했다. 문제를 풀어야 돌아온다고 했으니까. 신령님이, 내 딸. 여기 그토록 찾으시던 신사옥 터가, 보물을 숨겨놓은 죽음이 없는 집이 있습니다. 산 정상에서 먼저 만나 기도하고 같이 내려가 확인하시지요.

재림을 보내놓은 혜량이 짧은 기도를 했다. 부디, 불쌍히, 제발, 가까스로 같은 단어만 읊는 꼴이었으나 아무 신에게라도 닿기를 바랐다. 다시 책상에 앉고 보니 화투 한 장이 재림이 있던 자리 앞에 놓여 있었다. 언제 뽑고 갔대? 뒤집어보니 비광이었다.

"그치. 미래, 우리 딸내미가 현재림 인생의 광이고 빛이지. 근데 이 한 장으로는 날 수가 없네."

미완의 빛, 다른 빛과 묶여야 발하는 빛. 때마침 혜량의 폰에 문자를 알리는 오색 빛이 번쩍였다. 재림이었다.

선생님 창에 만卍 자 뒤집혔어. 안에서만 부처 만, 밖에서 보면 나치야. 다시 붙여요.

이 산통 깨는 계집애 같으니라고. 괘씸한 마음에 골목 쪽으로 난 창을 여니 아직도 가지 않은 재림이 우산을 쓴 채로 손을 흔들어 보였다. 재림이 손가락으로 가리키는 창을 확인하니 만 자가 혜량에게만 제 방향인 게 맞았다. 이 똑똑하고 야속한 아가씨야, 재림아. 알려줬으니 가차 없이 뒤돌아가는 재림의 등 뒤로, 혜량이 손에 든 비광 패를 대 보았다. 우산을 쓴 선비처럼 재림이 걷는다. 선비 발밑에는 개구리가 납작 엎드려 있다. 개구리가 우는 계절은 한참 전에 지났건만, 대신 노래가 흘러나온다.

개굴개굴 개구리 노래를 한다
아들 손자 며느리 다 모여서
밤새도록 하여도 듣는 이 없네

듣는 이 없는 작은 노랫소리가 빗소리를 뚫고 재림의 귀까지 닿는 듯 마는 듯 하다. 그저 거기 있다 보니 쓸 데가 생긴 우산의 쓸모로 비를 피한 재림이 막차가 끊겼을지도 모를 버스 정류장으로 걸어갔다. 자정이 넘어 도착할 집에 청개구리 두 마리가 잠들어 있는 줄도 모르고.

모든 일의 전야

 손주아가 몇 년 전 현재림을 처음 보았던 날은, 귀신이라도 좋으니 와서 일손을 거들어주면 좋겠다 싶은 날이었다. 아침부터 일정이 조금씩 딜레이되더니 오후부터는 화장실은커녕 어디 기대거나 앉아 있을 시간도 없었다. 신인 발굴팀의 손주아 팀장은 럭키즈엔터테인먼트의 정기 오디션 총책임자로, 이번 오디션을 성공적으로 마무리하면 실장으로 승진할 예정이었다. 외부적으로는 서류와 제출 영상 심사가 1단계, 직접 면접과 실전 오디션이 2단계, 임원 포함 전체 평가가 3단계인 일정이었지만, 대외비 특수 평가가 있어서 실제로는 5~6단계로 지원자가 걸러지는 시스템이었다. 생년월일에 생시까지 적어 내는 서류로 사주를 확인해 대표와 상극인 기운의 지원자들을 걸러내고, 실전 오디션에서는 관상까지 보는 것. 이 업계에서 아주 드문 일은 아니었다. 지상파 방송국이나 외국계 제작사의 면접, 평가 자리에도 한복 입은 노인이나 정체를 알 수 없는 강한 인상의 여성이 방문증을 걸고 앉아 있곤 했다. 그들이 질문을 하는 경우는 드물었고, 다른 심사위원들과 다르게 인쇄된 평가지에 자기 스타일대로 메모를 남기곤 했다. 주아 앞에 있는 재림처럼.

어린이 뮤지컬 배우 경력이 있는 30번은 주아가 제작사에 연락해 서류를 요청한 지원자였다. 아들과 함께 본 뮤지컬의 주인공이었는데 유치한 연기를 천연덕스럽게 소화하는 재능이 있었다. 태풍에 휩쓸린 섬마을 주민들, 특히 어린이들을 구해내는 장면에서는 눈물도 찔끔 났다. 아들은 30번이 연기한 히어로 스톰맨을 좋아했다. 대학 졸업 후 바로 결혼해 아이를 낳고 이후에 취업 수순을 밟은 주아는, 또래들과는 다르게 풀린 커리어 패스를 장점으로 만들고 싶었다. 그러니 30번이 잘해주어야 했다. 긴장한 듯 오디션장에 들어온 30번은 자기소개도 안 하고 다짜고짜 노래부터 부르기 시작했다. 뮤지컬 「레미제라블」의 형사 자베르가 물속으로 뛰어들기 전에 부르는 〈자베르의 자살〉

의 한 대목이었다.

목소리가 인상적이었는지 재림이 30번을 주의 깊게 보는 게 느껴졌다. 노래를 마친 30번이 뒤에 자유연기를 붙였다.

"너는 나를 살렸지만, 결국 나를 죽였다. 이제 벼랑 끝이구나. 여기는 너의 세상이고, 나는…… 어디로도 갈 수가 없어. 이렇게는 살 수 없다."

원작과 영화, 뮤지컬과는 다르게 죽음의 도구는 칼이었다. 30번은 허공의 칼로 왼쪽 가슴을 찌른 뒤 쓰러졌다. 심사위원들의 반응은 제각각이었다. 자베르의 죽음을 사극으로 변형해보았다는 30번의 말에 왜 사극이냐고 묻는 심사위원도 있었고, 일상 연기 경험을 확인하는 심사위원도 있었다. 재림이 살짝 손을 들었다. 처음 있는 일이었다.

"왜 자살하는 장면을 택했나요? 극적이라서?"

잠시 고민하던 30번이 대답했다.

"원래는 다른 노래를 준비했는데요, 오늘 새벽에 이 노래 가사와 비슷한 꿈을 꿔서요. 깨어나서도 칼에 찔린 아픔이 생생하길래 감정이 살아 있는 연기를 보여드릴 수 있을 것 같아서 골라봤습니다."

30번 평가가 끝나고 휴식 시간이 되자마자 재림이 주아를 따로 불렀다.

"현금 얼마나 있어요?"

예상치 못한 질문에 당황하며 지갑을 꺼내자 집어넣으라는 듯 밀어냈다.

"됐고, 지금 바로 나가서 방금 그 노래 부른 지원자에게 가세요. 떠나기 전에, 얼른요."

"네? 가서요?"

"꿈을 팔라고 해요. 안 팔면 어쩔 수 없지만, 되도록이면 사야 해요. 팀장님 아들에게 필요한 꿈이니까 최선을 다해 봐요. 아들은 오늘 바로 병원 데리고 가고요."

주아는 얼떨결에 떠밀리듯 오디션장을 나갔다. 마침 30번이 커다란 백팩을 메고 엘리베이터를 기다리고 있었다. 이렇게 말하면 될까? 혹시 그 꿈을 저에게 팔아주실 수 있을까요? 30번 이름이 뭐였더라? 들고 있던 서류를 황급히 확인했다.

"저, 30번…… 문강우 씨!"

주아의 부름에 어리둥절한 표정을 짓던 문강우는 이후 2차 오디션을 통과했으나, 3차 평가에 나오지 않아 실격 처리됐다. 그 정기 오디션을 잘 치러낸 주아는 승진했다. 신인 발굴과 개발, 성장을 아우르는 아티스트 관리실장을 기대했지만, 기획실장 자리였다. 나중에 전임자가 이런 말을 털어놨다. 그 오디션장에 온 재림의 평가 대상은 지원자가 아닌 주아 너였다고. 징그럽고 꺼림칙하지 않냐는 말을 덧붙였지만, 주아에게 재림은 사무치게 고마운 존재였다. 재림이 알려주지 않았더라면, 아들이 그 작은 몸에 스스로를 잡아먹는 세포를 키우고 있었다는 사실을 발견하지 못했을 테니까. 이르게 발견해서 살릴 수 있었다. 아들 백일이 지나고부터 취업 준비를 시작했던 주아는 아이가 병원에 입원한 뒤에도 일을 쉬지 않았다. 병원비 때문에 쉴 수도 없었다. 카메라와 녹음기 앞에서는 지겹도록 엄마 리더십 타령을 하면서도 돌아서면 여전히 피도 눈물도 없는 해진이었지만, 주아의 아들 일만큼은 그래도 편의를 봐주었다. 신인발굴팀과 기획팀 소속 신입 몇 명이 격무와 해진의 교묘한 괴롭힘을 못 견디고 잠수 퇴사했다는 것도 알았지만 모른 척했다. '노피눈'이라는 해진의 별명이 언제부턴가 '사신死神'으로 변했어도, 주아는 이렇게 되뇌곤 했다. 그런 엄마도 있는 법이지.

정신없는 시간이 흐르던 어느 날, 재림이 잠적했다는 소식이 들려왔다. 사람들은 재림이 사라진 이유를 두고 온갖 소문을 주워섬겼지만, 주아에게는 질문이 먼저 떠올랐다.

왜 해진 주변의 사람들은 소리 없이 사라지기를 택할까.

갑자기 사라졌던 재림이 1년 만에 다시 나타났을 때, 주아는 마음 깊이 안도했다. 그사이 마음 터놓을 곳을 잃은 해진의 히스테리가 극에 달해 주아의 주 업무가 새로 뜨는 용한 무당 찾기가 될 정도였다. 배를 타고 가야 하는 섬마을의 박수를 만나고 온 뒤부터 해진은 직접적으로 화를 내기보다는 왜 더 잘하지 못하는지 묻곤 했다. 한번은 그렇게 물으면서 500원짜리 동전을 쥐여주었다.

"화를 내서 뭐 하겠어. 그러니 여기에 묶어둘 거야. 터지지 않게 잘 보관해요."

이 기이한 행위를 위해 10만 원을 500원짜리 동전으로 바꿔 오는 것도 주아의 일이었다. 바람에도 날리는 5만 원짜리 지폐 두 장이 500원짜리 동전 200개가 되면 제법 묵직했다. 주아의 삶도, 일도, 책임도 묵직해졌다.

동이 트는 시간에 재림을 만나러 가야 한다는 해진을 픽업해 무연산 아래 주차장에 차를 세웠다. 무연산 중턱 너머까지 길이 나 있는 무연동 쪽 말고, 산을 중심으로 그 반대편 등산로 시작 지점에 주차를 해야 한다고 했다. 새벽 5시. 등산로 소개 글에는 천천히 올라도 30분이 안 걸린다고 나와 있었다. 일출까지 시간은 넉넉했다.

"손 실장은 여기서 기다려요. 나 혼자 갈게. 눈이나 좀 붙이든가."

등산복까지 입고 나왔는데 해진은 혼자 오르겠다고 했다. 길이 어두울 것 같아 챙겨 온 등산용 랜턴을 건네니 역시 손 실장 센스 못 따라간다며 웃는 해진의 웃음소리가 텅 빈 주차장에 기이하게 울렸다.

동이 트는 줄도 모르고 젖혀진 운전석에 기대어 잠들어 있던 주아가 문 열리는 소리에 벌떡 일어났다.

"천둥이라도 쳤어? 왜 그렇게 놀라요."

해진이 내는 소리는 왜 몇 배로 크게 들리곤 하는지 주아도 모를 일이었다. 온몸으로 심장이 뛰는 걸 느끼며 시계를 보니 두 시간이 채 지나지 않은 상태였다.

"건물에 귀신이 있다면 말이야, 손 실장은 사겠어요?"

"귀신이요? 불길할 것 같은데요."

"아직 엔터 물 덜 들었다. 우리는 귀신이 나오면 대박이라고. 그런 업계잖아."

"그럼 재림 선생님이 보여주신 건물에 귀신이……"

"확실한 건 아니고."

"그래도 보통 사람들은 무섭다, 겁난다 생각할 수 있을 것 같아요."

"신도 아니고 귀신인데, 뭐가 무서워. 굳이 성불을 시켜야 할까? 귀신이 있다는 건 뭐랄까…… 이야깃거리가 되잖아. 건물, 토지, 할 수 있는 조사는 다 해봐요. 건물주에 대해서는 더 꼼꼼하게. 누가 사는지, 살았는지, 풍수도 좀 확인하고. 무연동 1번지 무연맨션."

운전을 하느라 메모는 못 했지만 한번 들으면 잊기 어려운 주소였다.

"빠삐! 잘했어. 아주 멋졌어, 굿 독!"

강우가 다리가 세 개인 흰 진도의 목을 끌어안고 칭찬했다. 간식을 던지자 가뿐히 받아낸 빠삐가 또 달라는 듯 강우 앞에 앉아 힘차게 꼬리를 흔들었다.

무연산 정상을 넘어오는 루트로 해진을 부른 이유는 길을 보여주기 위해서였다. 무연산 뒤편에서 출발해 정상을 찍고 내려와보면 과거에는 주 지역을 잇는 길목에 무연맨션이 있었음을 자연스럽게 확인할 수 있었다. 맨션 중심으로 앞 뒤 옆까지의 꽤 넓은 터도 무연산 정상에서만 보였다. 단군이 한반도를 점찍은 개천절로부터 몇 주가 지난 시점, 단풍이 절정일 때 맨션이 특히 아름다워 보이는 것도 계산에 넣었다. 그다음은 무연맨션의 보물을 보여줄 차례였다. 재림은 강우가 주에 몇 번씩 산책시키는 무연센트럴포레스트의 개들 중 흰 개가 있는지 물었다.

"흰 개야 몇 마리 있죠. 요크셔테리어부터 진도믹스까지 종도 다양하고요. 그건 왜요?"

흰 개가 귀신을 본다는 미신이 있으니까. 재림은 그렇게 말하는 대신 진도믹스의 생김새는 어떤지, 교육은 잘되어 있는지, 내일 새벽에 산책을 시킬 수 있는지 확인해달라고 했다. 그리하여 새벽 산책을 좋아하고, 오른쪽 뒷다리를 잃은 채로 구조된 뒤 입양됐다는 진도믹스 빼삐가 출연견으로 결정되었다.

"동이 튼 직후에 제가 사람을 데리고 와서 맨션을 볼 거예요. 들어갈 건 아니고 밖에서요. 그때 맞춰서 빼삐와 함께 조깅으로 우리 앞을 지나가다 멈춰요. 그쪽 말고 개가 멈추는 거예요. 건물을 보면서요. 빼삐가 건물을 향해 짖으면, 대사."

"얘는 꼭 이 건물만 보면 짖더라. 거기 아무것도 없어."

"실전에서는 영혼을 좀 실어야겠죠?"

"전 대본 리딩에서 힘 빼는 타입 아니거든요. 근데 그대로 되려면 한 사람 더 필요한데."

재림과 손님의 시야에서는 보이지 않는 장소에 숨어서 빠삐가 환장하는 간식을 흔들어줄 사람은 마이클로 낙점됐다. 피어나여성의원에서의 경험을 생각하면 마이클은 강우보다 이해와 눈치가 빠른 동업자였다. 정체를 확인해야 할 필요가 있었지만. 재림은 마이클을 향한 의심을 강우에게 들킬 생각이 없었다.

"손님은 뭐 하는 분이신데요?"

"예전 고객이에요. 맨션 보고 나면 알아서 필요한 정보를 알아봐줄 거예요. 일종의 정보원."

"제가 주는 정보가 충분하지 않다고 받아들여도 되겠습니까?"

"웬일로 주제 파악이 되네요. 성장했어요."

대화가 길어지면 강우가 한 방 먹는 게 둘 사이의 공식이 되어가고 있었다. 그래도 이른 새벽의 연극은 무사히 마무리했다. 빠삐가 짖는 소리가 생각보다 커서 맨션 주민을 깨울까 걱정되는 순간이 있었지만, 다른 부분은 완벽했다. 오늘의 주연상으로 부족함이 없었다.

"옳지, 착하지."

빠삐의 하루 간식량이 한참 초과된 문제는, 두 배의 산책으로 보답해주었다.

빠삐를 집에 데려다준 강우는 다시 맨션으로 돌아가는 대신 대로를 따라 무연동 너머까지 자전거를 타고 달렸다. 학생들 대상 이벤트를 365일 진행하는 작은 헬스장 간판이 보였다. 한 남성이 코인 투자를 빌미로 꿀꺽 삼켜버린 미성년자 여성의 돈을 받아 오는 것이 오늘의 미션이었다. 의뢰인은 앞집 딸인 현미래의 친구 김여은. 군대를 다녀와 복학 전에 과외 아르바이트만 여섯 탕을 뛰고 있다는 여은의 전 논술 과외교사가 떼먹은 돈은 120만 원. 수익이 났다며 15만 원을 돌려준 뒤 연락이 점차 뜸해지더니 완전히 잠수를 타버렸다. 키가 작고 외모 콤플렉스가 있어 몸을 만드는 데 집착한다는 남자. 그래서 오전에 가면 거의 만날 수 있다는 곳이 바로 이 헬스장이었다. 여은이 보내준 셀카에서는 얼굴이 뒤에 작게 걸려 있어 분명하지 않았는데, 나중에 미래가 다른 사진들을 톡으로 보내왔다.

데이트 앱에서 찾았어요. 보정 심한 건 감안하고요.

피부를 뭉개놓아 AI 생성 이미지처럼 보이는 셀카와 설정 사진 몇 장, 상체 근육을 강조해 턱 아래로 찍은 거울 셀카를 종합하니 외형이 어느 정도 유추됐다. 데이트 앱 프로필에는 세 글자만 적혀 있었다. '뇌섹남'.

뇌섹남이 헬스장으로 들어왔다. 연락이 가능한 루트를

모조리 차단한들 루틴을 성실히 지키며 살아가는 사람이 현실에서 잠수 타기란 쉽지 않다. 직접 찾아올 거라는 생각은 왜 못 하지? 미성년자 여자애를 만만하게 봐서 차용증도 써주지 않은 데다가 코인 계좌에 입금을 했으니 본인이 특정되지 않으리라는 계산이 있었을 것이다. 운동복으로 갈아입고 나와 착실하게 트레드밀을 걷기 시작하는 뇌섹남에게 다가가 어깨를 살짝 두드렸다. 옆으로 꽤 큰 덩치의 남자가 다가오니 뇌섹남이 본능적으로 놀라는 게 느껴졌다. 강우는 눈을 피하려는 남자의 얼굴 쪽으로 자기 얼굴을 디밀어 억지로 눈을 맞추곤, 빙긋 웃어주었다. 너는 이제 됐겼다는 의미였다.

"이제부터 대답이 시원찮으면 속도를 올릴 거예요. 김여은 누군지 알죠?"

"이게 무슨 미친……"

강우가 트레드밀 조작 패드에서 위로 향한 화살표 버튼을 두 번 눌렀다.

"이런 질문은 네, 아니오로 대답."

다시 버튼 세 번. 트레드밀의 속도가 확실히 빨라졌다.

"이제부터는 억지로 내리면 다치는 속도예요. 속도 맞춰서 헛 둘 헛 둘!"

죽을상을 하고 달리기 시작하는 남자의 눈앞으로 영상통화 화면이 보였다.

"매일 하던 대로 운동도 하고 잘 지냈나 보네. 난 잘 못 지냈는데."

화면 속 여은을 보는 남자의 눈이 어이없다는 듯 커졌다.

"너 미쳤어? 지금 뭐 하는 거야."

"어딜 감히 억울한 척을 하세요. 스피드 업."

영상통화 화면 속 전직 과외학생이 서론과 본론을 말하는 동안, 강우는 속도를 한 칸씩 올렸다. 속도 조절 버튼 근처로 남자의 손이 조금이라도 뻗을라치면 강우가 툭 쳐서 밀어냈다. 그러고는 또 속도를 올렸다. 전직 과외학생이자 썸녀의 말이 결론 직전에 이르렀을 때, 남자는 최고 속도로 뛰느라 혼이 절반쯤 빠져나간 상태였다.

"니 새끼가 가르친 논술 구조대로 설명해봤어. 이해돼? 그러니까 니가 빌려가서 처먹은 금액, 복리로 계산한 이자, 이 의뢰 때문에 추가로 든 비용까지 모두 더해서 내 계좌로 보내. 옆에 계신 분이 변호사셔."

강우는 '법무법인 태마 서정우' 명함을 검지와 중지 사이에 끼우고 살짝 흔들어 보였다. 한번 만들어두면 또 이렇게 쓸 일이 생긴단 말이야. 이런 순간에만 나오는 도파민이 있었다. 통화가 끝나고 강우가 트레드밀 뒤로 물러선 것을 확인한 남자가 속도를 빠르게 늦추자, 관성대로 뛰고 있던 다리가 꼬여버렸다. 머신 아래로 쿵 떨어진 남자의 머리를 강우가 재빨리 받아주었다.

"어이쿠, 이제 제가 생명의 은인까지 되어버렸네."

숨이 턱을 넘어 코끝까지 차오른 남자는 대답도 못 하고 거친 숨만 내뱉으며 바닥에 구겨져 있었다. 강우는 혹시 모르니까 남겨둬야겠다는 생각에 사진을 몇 장 찍었다.

"그러니까 복근 뽀샵할 시간에 유산소운동을 좀 더 해요. 균형 있게, 응?"

강우는 다시 한 번 미소 지으며 남자의 등을 톡톡 쳤다. 얄밉지? 앞집 여자에게 이거 하나는 제대로 배운 것 같았다.

아침 일찍 제 몫의 일을 하고 또 다른 업무가 있다며 떠난 강우 때문에 아론을 어린이집에서 픽업하는 정기 일정은 재림이 맡게 됐다. 지병 진료차 한 달에 한 번씩 대학병원에 가는 길순의 부탁이라고 했다.

"의뢰가 아니고 부탁이네요."

"돈이 오가는 게 아니고 품앗이? 그런 거니까요. 지금 하시는 것도 비슷한 거잖아요. 이웃끼리 신세도 지고, 서로 돕고."

돕는 일이 될까. 복잡한 마음은 접어두고 깔끔히 세탁한 트렌치코트를 챙겨 입었다. 민영의 파혼식이 된 그날 원피스 위에 입었다가 민영에게 걸쳐준, 바로 그 코트였다.

민영은 고향에 가서 딱 하루 자고 곧바로 신혼여행지였던 하와이로 홀로 떠났다. 몇 년간 쓰지도 못한 연차를 다 붙여서 쉴 테니 해고를 하든지 말든지 마음대로 하라는 폭탄선언을 팀장에게 던지곤, 거기서 한 달 가까이 머무르다 며칠 전 귀국해 제일 먼저 재림을 찾아왔었다.

"코트는 명품 전문 업체에 드라이 맡겼는데 괜찮으실지 모르겠어요. 이건 별거 아니고 하와이 기념품하고, 저희 어머니가 하시는 한의원에서 지은 보약이에요. 걱정 말고 드시라고, 감사하다고 전해달라고 하셨어요."

재림은 문득 궁금해졌다. 민영이 이웃집 무당을 엄마에게 뭐라고 소개했을까? 파혼을 도와줬다고 했을까? 아니면 옳은 선택을 하게 해줬다고? 그 어느 쪽도 진실이 아니라는 걸 민영이 알고 있을까. 모두 민영의 선택이었다. 뜨거운 햇살에 정직하게 그을린 피부로 그 어느 때보다 생기가득한 오늘을 향해 뚜벅뚜벅 걸어온 것은 민영이었다.

"고마워요. 누구나 먹어도 되는 거면 우리 딸 줘야겠어요. 요새 기운이 없어서."

"그럼요! 따님과 같이 드세요. 효과 보시면 제가 더 지어다 드릴게요."

민영이 주고 간 특산품 중 초콜릿을 따로 챙겼다. 만 5세 어린이라면 열에 아홉은 초콜릿을 좋아할 테니까.

아론이 열에 하나인 어린이였던 것부터가 그날 벌어질 일의 전조였던 걸까. 길순 대신 와야 할 일일 보호자를 강우로만 기억하고 있는 어린이집 선생님이 재림에게 신분 확인을 요구했다. 병원에 있을 길순이 전화를 받지 않아 강우를 전화로 연결해줘도 선생님은 목소리로 어떻게 구분하겠냐며 영상통화를 요구했다.

"제대로 인수인계 안 해요?"

재림의 까칠한 목소리는 들리지도 않는지, 영상 속 강우는 어린이집의 온 사람들에게 인사부터 했다. 샛별반 선생님, 은별반 선생님, 아론이 친구 하준이, 예나, 아인이, 건이, 급식을 챙겨주시는 맘마 티처에게까지. 그 일이 끝나고 나서야 재림은 아론이의 손을 잡고 어린이집을 나설 수 있었다. 나오는 길에 마주친 건이 엄마가 아는 체를 했다.

"어머! 아론이 오늘은 할아버지랑 삼촌 대신 이모가 오셨나 보다."

"우리 이모 아니에요!"

이미 재림에게 낯을 가리느라 예민해져 있던 아론이 울음을 터뜨리며 말했다. 재림은 어색한 미소를 지으며 서 있었다. 미래가 어렸을 때 어떻게 달랬었는지, 어린아이와 어떻게 대화해야 하는지 전혀 기억이 나지 않았다. 육아는 재림의 약점이었다.

초콜릿으로 달래지지 않자 당황한 재림은 일단 근처 키즈 카페로 갔다. 키즈 카페는 말만 카페였고 중급 놀이공원 정도의 값을 지불해야 뭐라도 할 수 있었다. 하지만 이 정도로 품을 덜 들이고 아이를 볼 수 있다면 비싼 가격도 아니었다. 미래의 학업이나 생활 관련 문제 중 돈으로 해결할 수 있는 건 아무것도 아니니, 돈으로 해결하라고 강은에게 말했던 기억이 났다. 그때 강은이 뭐라고 대꾸했더라.

"아무것도 아닌 문제를 해결할 돈이 없으면, 꼭 문제가 커지더라고요."

그래, 그렇게 말했었다.

늘 길순 옆에서 그림 그리는 모습만 봐서 활동적이지 않은 아이라 여겼던 아론은 생각보다 잘 뛰어놀았다. 재림은 여의도 시절에도 미성년자의 앞날을 점치는 일은 피했다. 지금 당장의 아이들 기운은 읽을 수 있었지만, 앞날은 보이지도 들리지도 않았다. 보이고 들리고 읽히고 느끼는 것만 전하는 윤리를 지켰던 시절이었다. 그 시절로부터 1년도 넘게 흘렀다. 키와 몸이 다 자라 성장과 퇴보가 자기 몫이 되어버리는 성인의 1년과, 어느 방향으로든 끊임없이 자라는 미성년자의 1년은 길이도 밀도도 달랐다. 그렇다면 성년을 향해가는 미래는 어떨까. 처음 해보는 생각이었다. 미래의 숨이 끊기지 않게, 신령님처럼 떠나지 않게 하는 일에만 집중하느라 미래가 어디로 어떻게 자랐는지, 자라고 있긴 한지 보지 못했다. 이제는 재림이 더는 보지 못하는 세계에서 무슨 감정을 느끼는지 모른다는 게 두려워 아무것도 물어볼 수가 없었다. 재림의 신이 떠난 그날, 미래는 무엇을 떠나보냈을까.

엄마를 망하게 해야 한다는 게 무슨 말이지? 현재림 씨 계획대로 되면 뭐가 어떻게 된다고? 미성년자 의뢰인 김여은이 사기 당한 금액에 이자까지 붙여 입금받은 기념으로 쏜 햄버거 라지 세트로 늦은 점심을 먹고 있던 강우가 움직임을 멈추고 미래와 여은을 바라봤다.

"그렇게 다짜고짜 본론만 말하면 어떡해. 아까 나 서본 결 순서대로 말하는 거 못 봤어? 정리를 해서 알려줘야지."

여은이 타박하자 미래가 잠시 고민하더니 같은 말을 길게 했다.

"그러니까 아저씨는 이용을 당하고 있는 거고, 엄마를 망하게 해야 하니까 우리 말을 들어야 한다고요."

강우가 손에 꼭 쥐고 있던 햄버거를 내려놨다.

"다시. 처음부터요. 뭘 어떻게 이용한다는 건지, 차근차근."

그날까지 거슬러 올라가기는 까마득했다. 무연맨션에 온 이유부터 시작하기로 했다. 강은 이모의 실종과 동시에 현금이 사라진 건 사실이다. 하지만 강은 이모가 문강우라는 이름으로 여의도 집과 관련된 사기를 쳤다는 건 재림의 거짓말이다. 따라서 그 집의 소유자인 현미래는 문강우를 고소할 수 없다. 맨션을 팔아넘기기 위해서 문강우가 필요했을 뿐이다.

"뭘 팔아요? 맨션을?"

"네, 엄마는 맨션을 팔아넘기려고 하는 거예요. 203호 언니랑 303호 의사 쌤 나가고 나면 다음은 아저씨들 차례고요."

"아저씨랑 미카엘 선생님."

미카엘이 누군데? 아니, 그게 중요한 게 아니고, 지금 무슨 얘기를 하고 있는 건데? 전혀 정리가 되지 않았다.

"질문! 건물주가 한국에 없는데 어떻게 팔아요? 혹시 현재림 씨가 건물주예요?"

"아뇨, 그건 아닌데 팔 수 있는 방법을 찾고 있다고 했어요. 찾으려고 마음먹었으면 찾을 거예요. 엄만 그런 사람이니까."

그런 사람이라는 건 겨우 몇 달의 경험으로도 알 수 있었다. 하지만 왜? 중요한 고리가 빠져 있었다.

"팔아서 얻는 게 뭔데요? 남의 건물에 사는 사람들까지 내쫓아서 팔아버리려고 하는 데에는 이유가 있을 거 아니에요."

"다시 명성을 얻는다? 나는 그렇게 이해했거든."

여은이 덧붙인 답으로는 부족했다. 미래도 그렇게 생각하는지 살짝 고개를 흔들었다.

"명성 같은 건 따라오는 거. 엄마가 뭔가 한다면, 그래야 해서 그러는 거예요. 그렇게 하라고 했으니까."

"누가요?"

"떠나기 전에 신령님이."

이래서 천기누설이라고 했나. 그냥 모시던 신이 그러라고 했으니까 그렇게 행동한다고? 민영의 결혼식이 파혼식이 된 날, 돌아오는 길에 재림이 강우에게 이런 질문을 한 적이 있었다. 사람들이 무당을 찾는 이유가 뭔지 알아요? 그냥 궁금하니까? 강우의 생각 없는 대답에 재림이 웃던 소리까지 기억났다. 문강우 씨는 예측 불가능하게 뻔한 구석이 있어요. 그럼 이유가 뭡니까? 다시 물으니 뭐라고 했더라. 빈칸을 채우려고. 어떤 일이 벌어지면 사람들은 이유를 찾고 싶어 한다고. 비어 있는 걸 채워서 받아들이고 싶어 한다고. 왜 아픈지, 왜 죽었는지, 왜 슬픈지, 왜 안 풀리는지, 이유를 알려주는 거예요. 만들어주는 무당도 있죠. 지금 우리처럼.

"이유가, 있을 텐데요. 분명히."

그래야 신이 돌아온다고 믿고 있으니까. 미래는 자기만 아는 정답 대신 본론을 말했다.

"이유가 중요해요? 엄마를 막는 게 먼저죠. 주민들을 내쫓으면 안 되잖아요. 그렇게 계속 엄마에게 이용당하면 다 나가고 아저씨도 쫓겨날 거라고요. 엄마가 망해야 모두 살아요."

미래의 말에 미래만 아는 비밀을 더해 풀어보면 이런 의미가 됐다. 재림이 망한다는 것은 마지막 문제를 풀지 못한다는 것. 떠난 신이 돌아오지 않는다는 것. 그래야만 신이 그랬듯이 미래도 재림을 떠날 수 있었다.

난 엄마가 신을 되찾기 위해 붙잡고 있는 인질이니까. 신을 되찾을 수 없다는 걸 알게 되어야 엄마가 날 놓아줄 테니까.

평소보다 많이 뛰어놀아 지쳐 잠든 아론이를 업고 205호에 데려다가 눕힌 재림은, 맨션 1층으로 내려가 늘 길순이 앉아 있는 부동산 앞 의자에 앉았다. 부동산과 미용실에서는 왜 그렇게 식물이 잘 자라는지, 길순이 돌아오면 이유와 비결을 물어봐야겠다 싶었다. 미래 사주에 목木이 약해 녹색식물을 잔뜩 들여놓았다가 숱하게도 죽였다. 생일시가 부정확하니 딱 떨어지는 사주가 아닌데도 뭔가를 키우는 데 재주가 없다는 걸 인정하고 싶지 않아 또 샀다가 또 죽이곤 했다. 무연산 나무들과 길순이 기르는 식물들에 둘러싸여 있어 미래가 여기서 더 마음 편히 지낼 수 있는 건지도 몰랐다. 자신도 여기서 이렇게 식물의 기운을 받으며 앉아 있으니, 아론이를 맡겨놓곤 종일 전화도 받지 않는 길순과 강우 때문에 예민해진 마음이 둥글어지는 것 같았다. 모든 식물의 색이 변하는 계절이었다. 잠시 세상을 향해 뻗어나가는 기운을 접고, 꼭 버틸 만큼만 자신을 남겨 고요히 견뎌낼 겨울이 천천히 다가오고 있었다. 겨울 전에는 문제를 해결해야 했다. 길순과의 약속을 지켜야 했다.

평소보다 늦은 시간에 집에 온 강우가 길순의 자리에 앉아 있는 재림을 발견했다. 이유 모를 배신감이 명치께에서 이글거렸다. 미래에게 들은 말이 있으니 이유를 모른다고 할 수는 없지만, 그 때문만은 아닌 것 같았다. 재림이 길순의 자리를 빼앗은 것 같다는 불길한 예감이, 이 장면 하나로 구체화되었기 때문이었다. 강우가 앞에 와서 서자 재림이 앉은 채로 강우를 올려다봤다. 새삼 큰 키가 실감됐다.

"목 부러지겠어요. 앉아요."

"맨션 주민들 잘 살게 해줄 거라고, 그쪽 방향으로 살짝 밀어주는 거라고 하셨죠."

앉지도 않고 엉뚱한 말을 꺼내는 강우를 보며 재림이 얼굴을 찌푸렸다.

"무슨 말이 하고 싶은 거예요?"

"밀어서, 어디로 보냅니까?"

진작 했어야 하는 질문이었다. 재림과 미래가 살기 전에 505호에 살았던, 남자에게 밀쳐져 거울에 머리를 박아 피를 철철 흘렸던 여자를 어디로 보냈느냐고, 그거부터 묻고 시작했어야 했다. 꼭대기처럼 보이는 바닥에서 지옥을 살았던 사람을 어디로 밀어냈느냐고. 처음 맨션에 들어와 살게 됐을 때 길순이 말했었다. 힘들고 어려울 때 여기 들어와 잠깐이라도 산 사람들 모두 잘되어서 나갔다고. 하지만 505호는 아니었다. 재림은 예비 신랑의 치명적인 흠을 알면서도 민영이 그와 결혼하게 내버려두려 했었다. 민영도 유경도, 그전에 살았던 다른 이들도 모두 대중교통편이 변변찮고 힘든 경사로를 올라야 하며 주차도 못 하는 불편을 감수하며 맨션에 들어왔었다. 매일 숨 쉬는 데 드는 값을 덜 지불하려고. 그런 평범한 사람들을 밀어서, 어디로 보내려는 건가요?

"정상같이 보여도 낭떠러지예요. 아시잖아요. 여기서 밀면 떨어진다는 거."

평소의 차가운 표정 그대로 강우를 바라보는 재림의 마음을 읽을 수가 없었다. 정말 다 내쫓고 건물을 팔아버릴 생각이냐고, 그런 계획으로 공조를 하자고 한 거냐고 따지기 전에, 해야 할 질문이 있었다. 그걸 물어도 당신이 흔들리지 않을까.

"신이, 정말 떠났습니까?"

바로 그때 재림의 휴대폰이 울렸다. 화면에 길순의 번호가 뜬 때는 정확히 금요일 밤 9시 31분. 오래 기억하게 될 시각이었다. 이후에 여러 번 복기하며 기록해야 했으므로.

"이 번호의 소유자와 어떤 관계시죠?"

경찰의 질문이었다. 서울 바깥으로 넘어가서도 한참 외곽으로 차를 타고 나가야 하는 외진 길에 쓰러져 있는 박길순이 발견된 시각은 오후 6시 43분이었다. 누군가에게 강도를 당한 건지 지갑이 없어진 데다 휴대폰이 잠겨 있어 신분 확인이 어려웠다. 이후 8시 30분경 재림이 남겨둔 부재중 통화 기록을 늦은 저녁을 먹는다고 뒤늦게 확인한 경찰이 재림에게 전화를 건 것이었다.

재림은 강우의 눈을 보면서 기억하라는 듯이, 경찰이 막 알려준 낯선 지역의 병원 이름을 천천히 반복했다. 강우가 앱으로 택시를 불렀다. 금요일 밤이라 그런지 택시가 잡히지 않자 강우가 레오를 다시 끌고 왔다. 이번에는 재림도 군말 없이 뒷자리에 탔다.

하루 동안 운이 별로였던 건 재림이었는데, 다친 건 강우였다. 무연역 사거리 큰길 근처에 다 와서 자전거 앞바퀴가 돌부리에 걸려 두 사람의 몸이 잠시 붕 떴을 때, 강우는 한 팔로 재림을 끌어당겨 제 위로 떨어지게 했다. 10대

때 운동을 했다더니 거짓말이 아님을 확인해주는 순발력이었다. 재림이 툭툭 털며 일어나는 걸 확인하고 나서야 강우는 오른쪽 팔에 통증을 느꼈다. 떨어질 때 짚으며 팔꿈치 쪽이 꺾인 모양이었다.

"목적지가 병원이라 다행이네요."

강우의 말뜻을 알아들은 재림이 바로 길가에서 손을 들어 택시를 잡았다. 경찰의 전화를 받기 전 나눈 대화도, 강우의 꺾인 팔도, 지금은 중요하지 않았다. 사람이 죽고 사는 문제 앞에서는.

병원 앞에 선 재림은 각오를 다지듯이 길고 깊은 심호흡을 했다. 신이 있어도 없어도, 병원은 생과 사가 얽히는 곳. 어떤 방식으로든 흔들리지 않겠다는 각오가 필요했다.

"박길순 씨 보호자 되실까요?"

낮에는 손녀의 일일 보호자가 되었다가 밤에는 할아버지의 보호자가 되는 날이 다 있구나. 그 밤에 재림이 아론이를 떠올린 건 이 순간이 마지막이었다. 응급처치를 받은 강우가 임시 부목을 대고 돌아왔다. 뼈에는 이상이 없고 팔꿈치 쪽 인대가 파열된 것 같다고 했다.

"뼈가 부러졌으면 큰일인데 불행 중 다행이죠."

"긍정적이네요. 지금 필요한 정신이에요."

강우는 평소와 다름없이 비꼬는 재림의 반응이, 이번에는 이상하게 반가웠다. 경찰이 와서 둘은 길순과 어떤 관계인지를 물었다. 이웃 주민이라고 대답했다. 길순의 가족은 어디에 있느냐는 질문이 따라왔다. 강우는 박길순 씨의 딸이 해외에 있고 손녀는 매우 어려 법적인 보호자가 될 수 없다고 대답했다. 그러고는 길순으로부터 지병이 있어 병원에 간다는 말을 들었다고 덧붙였다. 재림은 아무 말도 하지 않았다. 병원에서는 셀 수도 없을 정도로 많은 선택을 요구했다. 같은 건물에 사는 사람 자격으로는 선택할 권리가 없는 질문과 서류가 쌓여갔다.

밤을 새고 돌아가는 택시 안에서 뭔가를 깊이 고민하던 재림이 입을 뗐다.

"보호자 문제는 나한테 맡겨요. 방법을 찾을 수 있을 것 같으니까."

어떤 문제든 해결할 방법을 찾으려면 찾을 수 있는 사람이라고, 미래가 말했었다. 일단 맨션 주민 모두에게 닥친, 갑작스러운 길순의 부재라는 처음 겪는 상황을 해결하는 게 우선이었다.

재림과 강우가 택시에서 내려 각자의 집으로 돌아간 시

간이 아침 8시, 잠깐 눈을 붙이다가 재림이 벼락이라도 맞은 것처럼 깨어난 시간은 오후 1시경이었다. 지난밤 자정이 다 되어 들어온 미래는 엄마가 없어 깜짝 놀랐었다. 오늘 아침에야 들어온 엄마가 또 집히는 대로 아무거나 입고 문 밖으로 뛰어나가는 모습에 미래는 더 놀라 따라 나갔다.

"엄마! 왜 이래. 무슨 일이야."

재림은 아론을 맡기며 강우가 알려준 205호 현관문 비밀번호를 떠올리려 애썼다. 잠이 덜 깬 데다 당황한 뇌가 돌아가지 않았다.

"문강우 불러와. 빨리!"

그 정도로 크게 소리를 지르는 재림은 처음이었다. 미래가 급히 계단을 뛰어 올라갔다. 토요일 오후, 오랜만에 독서 타임을 즐기고 있던 민영이 큰 소리에 놀라 203호 문을 빼꼼 열었다. 303호의 유경도 숙취로 깨질 것 같은 머리의 관자놀이를 누르며 슬리퍼를 끌고 복도로 나왔다. 유경이 아래층으로 내려가는 첫 계단을 밟기도 전에 강우와 마이클, 미래가 먼저 뛰어 내려왔다. 좁은 복도가 주민들로 꽉 찬 상태에서 강우가 205호, 길순과 아론이 살고 있는 집의 현관문을 연 시각은 토요일 오후 1시 16분. 민영이 버릇대로 시계를 확인한 덕분에 나중에 정확히 기록할 수 있었다.

재림이 205호에 아론을 눕히고 나온 후, 열여섯 시간가량 지난 시각.

205호에는 아무도 없었다.

무연 히어로즈 출동

덕진은 종종 귀신이 자신의 처지보다 낫겠다고 생각했다. 그냥 나은 것도 아니고 훨씬 나을지도 몰랐다. 비슷한 초자연적 존재라도 투명인간이나 액받이보다야 당연히 귀신의 레벨이 높았다. 게다가 대표님이 귀신을 좋아하니까. 차라리 귀신이라면 모든 상황이 지금보다 나을 것 같았다.

대표 별명이 사신인 회사에 가고 싶냐? 죽으려면 가라.

엔터사와 방송업계 사람들 사이 비밀리에 도는 취업 족보에서 럭키즈엔터테인먼트를 찾으면 이 유명한 한 줄 평이 나왔다. 업계 평균 연봉보다 높고, 복지도 나쁘지 않은 편이었다. 여초 업계에 여성 대표라서 성차별이 덜하다는 평가도 있었다. 하지만 주의! 대표와는 멀어질수록 좋습니다. 대표를 자주 만나야 하거나 직속 보고가 필요한 직군에는 절대 지원하지 마세요. 그 사이에 덩그러니 반말로 남겨진 다잉 메시지를 못 본 척하는 건, 이미 지옥에 살고 있는 취업준비생에게 그리 어려운 일이 아니었다. 부서를 돌며 막내 일을 하는 인턴 시기까지 견디고 나자, 회사를 다닐 수 있다면 아무래도 좋았다.

신인발굴팀으로 발령이 나서 새로 론칭할 걸 그룹과 관련된 모든 일을 맡게 되니 인턴 시절은 천국이었다. 멤버가 모두 미성년자인 4인조 여성 아이돌 그룹을 만들기 위해 그 4배수로 조직한 열여섯 명의 연습생들을 사내에서는 '차미들'이라고 불렀다. 행운이라는 단어에 집착하는 대표가 '몸에 지니고 다니면 행운을 부르는 럭키 참 같은 느낌'의 콘셉트를 부여한 이후 붙은 별명이었다.

덕진은 차미들의 일상과 연습, 일거수일투족을 모두 살피고 책임지는 찌니 언니가 되었고, 그때부터 하루 걸러 하루씩 죽고 싶다가 이제는 단 하루도 죽고 싶지 않은 날이 없는 매일을 살고 있었다. 피도 눈물도 없는 사신의 액받이가 된다는 건 그런 일이었다. 해진은 다짜고짜 화를 내거나 소리를 지르는 스타일이 아니었다. 무능함을 지적한 뒤 관대하게 용서해 자신을 의심하게 만들었고, 할 수 있다고 밀어주면서 찍어 눌러 숨을 막히게 했다. 해진과 대화하고 나면 자신을 탓하고 채찍질하게 됐다. 더 잘했어야 했다고, 내 잘못이라고, 기대에 부응해야 한다고, 나를 받아줄 회사는 럭키즈뿐이라고 진심으로 믿게 됐다.

같은 잘못이 반복되면 투명인간 취급을 하는 벌을 주었다. 대표가 덕진이 존재하지 않는 것처럼 행동하면 주변 동료들도 그 분위기에 맞췄다. A등급 연습생 중 두 명이 2주 연속 몸무게가 증량됐다는 이유로 일주일 동안 투명인간으로 산 적도 있었다. 연습생 한 명의 연애가 걸렸을 때도 그랬다. 찌니 언니 혼난다며 발을 동동 구르고 우는 연습생들 달래는 일도 덕진 몫이었다. 팔뚝 살을 빼야 하네, 딱 5킬로만 빼면 소원이 없겠네, 하는 말을 달고 살던 평범한 몸이 거의 뼈만 남을 정도가 되었다.

"언니도 저희처럼 '뼈말라' 돼야 하는 거예요?"

연습생 한 명의 농담에도 웃음이 안 나올 정도로 기운이 없었다. 체력과는 또 다른, 살아 있는 존재에게서 저절로 뿜어져 나오는 기운이 날이 갈수록 희미해지고 있었다. 죽지 못한다면 사라지기라도 해야겠다 결심했던 날이 언제였더라.

형부가 일터에서 사고로 죽었다는 말도 안 되는 소식을

들었던 날은 아니었다. 장례식 기간 동안 두 번 혼절한 언니를 보면서도 아니었다. 죽음이라는 개념을 이해하지 못하는 조카를 안고서 수십, 수백 개의 메시지가 쌓여가는 단톡방을 확인하고 답장해야 했을 때도 아니었다. 장례식 하루에 10년씩, 갑자기 30년은 늙어버린 것 같은 아버지에게 밥은 먹어야 할 거 아니냐며 수저를 쥐여주면서도 아니었다. 딱 사흘 가족상 휴가 후 복귀한 덕진을 해진이 급히 불렀을 때였다.

"아직 차미들 안 만났지?"

고개를 끄덕이자 검지를 세워 돌리며 뒤로 돌라고 했다. 왜인지 묻는 방법을 오래전에 잊은 덕진이 군말 없이 돌아서자, 등 뒤 머리 너머로 무언가 작은 알갱이 같은 것이 쏟아졌다. 유난히 희고 굵은 알의 소금이었다. 후두둑 떨어지는 소금을 맞으며 결심했다. 사라져야겠다고.

결심 후에도 실행까지는 시간이 걸렸다. 몇 달 더 회사를 다녔다. 왜 이렇게 혼을 어디 두고 온 사람처럼 구냐는 차미들의 걱정도 흘려보냈다. 혼이라는 게 있다면 어디 두고 온 것도, 거기 없는 것도 아니었다. 죽은 거였다. 차마 실행을 못 하고 몸만 회사를 오고 갔다. 기력과 기운을 회복할 겸, 언니와 여행이라도 다녀오라는 아빠의 말에 대충 대답만 했다. 휴가는 내놨지만 자꾸 쓰지 못할 일이 생기는 동생을 두고 결국 언니 혼자 비행기를 탔다.

언니가 여행지에서 실종된 것 같다는 아빠의 연락을 받았던 밤, 어느 순간부터는 기억에 없었다. 혼절했던 건지 잠이 들었던 건지 알 수 없었다. 깨어나 보니 온몸이 투명해져 있었다. 사신의 저주대로 된 거야. 전화를 걸어와 울기만 하는 둘째 딸을 찾아간 길순은 그대로 딸을 데리고 무연맨션으로, 일찍 아내를 잃고 두 딸이 성인이 될 때까지 키워낸 집으로 돌아왔다.

큰딸이 지내던 305호에 둘째 딸을 눕혀두고 지극정성으로 간호를 한 지 100일, 덕진의 몸은 회복이 되었다. 하지만 길순이 알던 야무지고 잘 웃는, 독한 구석이 있어 항상 언니를 이겨먹으려고 하던 깜찍한 둘째 딸 박덕진은 돌아오지 않았다. 덕진은 말을 하지도 않고 눈을 마주치지도 않고 거의 움직이지도 않았다. 최소한으로 존재하고 싶어 했다. 큰딸의 생사도 모르게 된 길순은, 둘째 딸마저 잃을 수 없었다.

세상으로부터 사라지고 싶다면, 사라지게 해주마.

길순은 손녀 아론의 짐을 모두 205호로 옮기고 305호에는 두꺼운 커튼을 달아 빛이 새어나가지도, 들어오지도 못하게 했다. 305호는 공식적으로는 살고 있던 주민이 해외로 일을 보러 나간 빈집이 되었다. 텅 빈 집에 텅 빈 사람이 살았다. 살아 있다고 할 수 있다면.

낯선 등에 업혀 맨션으로 들어가던 첫날 잠깐 사이 내리던 눈, 그것이 덕진이 마지막으로 본 바깥 풍경이었다. 눈이 소금 같았다. 하나도 아름답지 않았다.

어린이 실종 사건의 마지노선은 보통 48시간으로 본다. 골든타임은 2~3시간으로, 초기 대응이 가장 중요하다. 실종 후 12시간이 지나면 아이를 찾을 확률은 42퍼센트까지 떨어진다. 재림이 205호에 아론이를 재우고 나온 밤부터 다음 날 오후 1시 16분까지, 아론이를 본 맨션 주민은 아무도 없었다. 무연산 등산로 쪽에 있는 CCTV는 구청 관할이었지만, 맨션 공터 한편에 설치된 CCTV는 무연부동산 컴퓨터를 통해서만 볼 수 있었다. 그러나 비밀번호로 잠긴 컴퓨터의 주인은 병원 응급실에 혼수상태로 누워 있는 상황. 아론이 스스로 문을 열고 나왔는지, 누가 와서 데리고 나간 건지 알 수 없었다. 아무 단서도 찾지 못한 경찰이 대로변부터 무연맨션까지의 긴 오르막길 곳곳에 있는 CCTV를 검토하고, 상황에 따라 무연산 수색에 돌입하겠다는 말만 남기고 돌아간 뒤, 맨션 주민 모두가 옥상에 모였다.

"다들 아는 거 아무거라도, 본 게 있으면 뭐라도 얘기해 봐요."

"일단 205호 문을 열 수 있는 사람이 누구누구인지 알아야 하지 않을까요?"

재림의 말에 살짝 손을 든 민영이 중요한 질문을 했다. 맨션 주민들 중 길순이 205호 비밀번호를 직접 알려준 사람은 강우뿐이었다.

"제가 비밀번호를 알아요. 아론이 어린이집 픽업 일을 해서요. 그런데 어제는 그 일을 여기 현재림 선생님께 맡기면서 비밀번호를 알려드렸어요. 마이클도 알아요. 마이클도 픽업 일을 한 적이 있어서요."

모두의 시선이 마이클에게 모였다. 스스로를 가리키는 마이클의 입 모양이 그대로 읽혔다. Me?

"밤늦게 집에 와서 아침까지 자고 있는데 강우가 왔어요. 같이 있었던 사람이 말해줄 수 있어요. 알리바이가 한국말로 뭐?"

"알리바이라고 해요."

유경의 대답에 마이클이 어깨를 으쓱했다. 사납게 변한

재림의 눈이 미래에게 꽂혔다.

"같이 있었던 거 나 아니야. 김여은."

그 말을 들은 강우가 경악에 찬 표정으로 마이클을 바라보았다.

"같이 공부만 했어. Believe me."

재림이 대화를 끊었다.

"TMI는 여기까지. CCTV를 해킹한다거나, 컴퓨터 비번을 푼다거나 뭐 그런 능력이 있는 사람 없어요?"

다들 고개를 흔들었다. 유경이 좋은 생각이 났다는 듯 아! 하고 외치며 시선을 모았다.

"혹시 집 비밀번호가 컴퓨터 비번인 건 아닐까요?"

"제가 눌러봤어요. 아니에요."

강우의 대답에 모두 잠시 풀이 죽었다. 강우가 다시 자, 하고 운을 떼며 자리에서 일어났다.

"이러고 있을 시간이 아닌 거 같아요. 무연산부터 뒤지죠. 제가 구역을 나눠줄 테니까 둘씩 짝지어서 가는 걸로요. 시작해볼까요?"

재림이 지휘했다. 아직 발목이 시원찮은 유경은 강우가 챙기면서 가고, 미래는 민영과 함께 도는 걸로 했다.

"그래도 기계를 좀 만지는 마 선생이랑 내가 같이 박 사장님 컴퓨터를 다시 확인해보고 후발대로 갈게요."

 최대한 희망적으로 아론이가 평일 어린이집에 가는 시간쯤 일어나 현관문을 열고 나갔다고 가정해도 골든타임은 이미 지났다. 실종 후 12시간 안에 찾으려면 해가 있을 때 작은 단서라도 발견해야 했다.

 맨션 주민들이 무연산 위아래로 흩어지자, 재림이 집으로 들어가 종이 한 장을 들고 나와 계단을 내려갔다. 마이클이 그 뒤를 따랐다. 1층까지 내려가지 않고 한 층 아래에서 멈춘 재림은 305호 앞에 앉았다. 맨션 현관문 우측 하단에는 우유나 신문을 투입하는 용도의, 동그란 뚜껑이 달린 구멍이 있었다. 뚜껑 테두리에 녹이 슬고 먼지가 끼어 힘을 준대도 잘 열리지 않고, 이제 누구도 사용하지 않아 그 구멍의 존재를 딱히 의식하는 사람도 없었다. 그러나 305호 현관문의 구멍 뚜껑은 달랐다. 깨끗이 닦이지는 않았지만 테두리의 녹과 먼지가 떨어져 나가 있었고, 재림은 일찍부터 그 사실을 눈치채고 있었다.

 머리를 숙인 재림의 손이 305호로 통하는 작은 구멍을 막은 뚜껑으로 향했다. 안쪽에 기름칠을 했는지 뚜껑은 소리 없이 쉽게 열렸다. 재림이 가져온 종이를 구멍 크기에 맞춰 한 번 더 접더니, 305호 안으로 집어넣었다.

"새벽에 식사가 안 와서 무슨 일이 생긴 건 알고 있죠? 궁금하면 문 앞으로 와요. 설명해줄게요."

마이클은 놀라지 않고 재림 옆에 같이 쪼그리고 앉더니 말했다.

"안 열 거예요."

"열게 해야죠. 조카 목숨이 달렸는데."

두 사람은 기다렸다. 주민들이 모두 자리를 비우고, 언제나 여기 있던 길순도 없는 맨션에 인기척이 느껴질 때까지. 비어 있어야 하는 305호에, 귀신이 아닌 사람이 있다면 낼 수밖에 없는 작은 소리에 귀를 기울였다. 아주 작은 발소리가 가까워지는 것을 느꼈다. 문 너머에 누군가 있었다. 접힌 종이에 무언가 닿아 살짝 스치는 소리가 들렸다. 다시 조심스레 구멍 뚜껑을 들춘 재림이 낼 수 있는 가장 부드러운 목소리로 말했다.

"아버지는 잠시 사정이 생기셨지만, 금방 돌아오실 거예요. 근데 잠깐 어른들이 눈을 뗀 사이에 아론이가 사라졌어요."

문 너머에서 벽, 혹은 바닥을 짚는 소리가 들렸다.

"이모가 도와줘야 해요. 그래야 찾을 수 있어요. 늘 보고 있었잖아요."

다시 조용해졌다. 마치 맨션 전체가 잠든 것 같았다. 재림과 마이클도 움직이지 않고 그대로 앉아 숨만 쉬었다. 기도 비슷한 것을 하면서. 툭, 하고 뚜껑이 안쪽에서부터 밀려 열렸을 때 재림은 놀라서 큰 소리를 낼 뻔했지만, 마이클이 기가 막힌 타이밍에 제지해주었다. 뚜껑 바로 앞 발밑으로 휴대폰이 떨어졌다. 구멍 사이로 창백한 손끝을 본 것도 같았다.

오후 3시 48분, 마이클이 노트북을 가져와 휴대폰의 CCTV 앱과 연결했다. 첫 화면에 동그란 두 개의 머리통이 뜨자, 재림이 305호 앞 복도에 앉은 그대로 고개를 들어 천장을 봤다. 맨션 복도에는 CCTV가 없는 줄 알았더니 3층에는 달려 있었다. 무연부동산 실내, 맨션 정면이 보이는 전경, 아론이가 대형 스케치북으로 쓰는 A동 쪽 벽을 비추는 화면도 있었다. 그리고 재림이 아론이를 눕혔던 205호 작은 방, 아론이 일어서면 딱 정면으로 보일 것 같은 구도의 화면까지. 3층 복도를 제외하면 화면 속 모든 공간에 사람은 없었다.

마이클이 시간을 되감았다. 무연맨션 앞에서 흩어지던 강우, 민영, 유경, 미래가 다시 한곳으로 모여 뒤로 걸어 맨션 안으로 들어왔다. 거꾸로 3층 복도를 지나 옥상 쪽을 향하는 장면이 첫 화면에 떴다. 다시 돌아간다. 맨션 주민들이 분주히 3층을 오가더니, 이미 적용된 배속보다 더 빨리 3층을 거꾸로 거슬러 올라가는 재림이 보인다. 13시 13분으로 표시되었던 시간이 더 줄기 시작한다. 두 시간 동안 무연맨션에는 별일이 없다. 누군가 맨션을 관광하는 것처럼 아론의 낙서가 가득한 벽을 구경하고 사진을 찍는 모습이 A동 쪽 CCTV 끄트머리에 잡혔지만 아직 아론이는 나오지 않았다.

"여기!"

어두운 색 캡모자를 깊이 눌러쓰고 점퍼를 입은 남자가 전경 카메라에 등장했다. 때는 오전 10시 02분. 남자는 아론이의 손을 잡고 있다. 한편 재림은 본능적으로 손가락을 접어가며 숫자를 셌다. 10, 11, 12, 1, 2, 3. 아직 4시가 안 됐으니 채 일곱 시간이 지나지 않았다. 화면 속 남자는 거꾸로 돌아가 무연부동산 앞에 있는 길순의 의자에 아론을 앉힌 뒤 대화를 나눈다. 겨우 1~2분 정도. 남자가 아론에게서 멀어지면서 카메라 바깥으로 빠진다. 무연산 등산로 쪽이다. 여기서부터는 되감기를 멈추고 빨리감기로 재생한다. 남자는 등산로 쪽에서 아론을 보더니 다가와 말을 걸었고, 아론을 데리고 산 아래 방향으로 갔다. 남자가 나타난 건 9시 58분, 떠난 건 10시 02분.

"됐어요. 일단 이걸 경찰한테 넘기죠. 서두릅시다."

재림이 자리에서 일어나려는데 맨션 밖에서부터 큰 소리가 났다. 강우가 세 계단을 한 번에 뛰어 올라오며 내는 소리였다.

"이거."

헉헉대느라 겨우 한마디를 던지곤 재림에게 폰을 내밀었다. 역할 대행을 할 때 쓰는 영업용 폰에 번호 없이 도착한 문자였다.

딸 찾으려면 존나게 뻉이쳐봐라 씹쌔야.

"유치원 체육대회!"

같이 문자를 확인한 마이클이 정답을 맞히는 것처럼 손을 들고 외쳤다.

"아니야. 그때는 어떤 남자애 아빠 역할이었어."

강우가 말했다. 이후 강우의 짝이었던 유경이 민영, 미래와 비슷하게 도착해 같이 계단을 올라왔다. 3층 복도가 꽉 찼다. 다친 오른팔에 차고 있는 보호대를 들어 올려 땀을 닦은 강우가 위쪽을 가리키며 말했다.

"올라가서 정리해보죠."

재림은 일어나지 않고 엉덩이만 옮겨 앉아 305호 현관문을 등졌다. 문 너머에 재림과 데칼코마니처럼 등지고 앉아, 지금부터 나누는 이야기를 들어야 할 사람이 있었다.

"여기서 얘기해요. 마이클이 뭐 확인 중이니까."

강우의 폰이 진동하며 또 문자가 왔다. 강우가 소리 내어 읽었다.

"무당 마누라한테 맞히라고 해보든가."

오만상을 찌푸린 재림과 의문이 가득한 강우의 얼굴이 마주 보는 타이밍에 맞춰, 마이클이 노트북 화면을 사람들 쪽으로 돌렸다. 아론 옆에 서 있는 남자를 캡처해 최대한 화질을 올리고 확대한 이미지가 화면을 꽉 채우고 있었다.

"유괴범은 키가 작고 마른 편. 느낌 오시는 분?"

"유괴예요? 어머 어떡해."

입을 막으며 놀라는 유경을 옆으로 밀며 의심과 경악에 찬 민영의 얼굴이 노트북 가까이로 왔다. 마르고, 키가 작고, 얼굴에서 가장 자랑할 만한 것은 날카로운 턱선인 남자를 아주 잘 알고 있었다. 각도를 재려는 것처럼 엄지와 검지를 펼쳐 90도로 만들어 화면에 가져다 댔다. 어두운 색 모자 아래로 보이는 턱에 본 적 없는 수염이 듬성듬성 나 있기는 했지만, 각도는 정확했다. 민영이 말했다.

"현수 씨가, 재림 선생님과 강우 씨 두 분이 부부라고 알고 있어요."

강우의 업무용 폰은 법무법인 태마 서정우 변호사의 휴대폰이기도 했으니, 말이 되었다.

"그럼 찾을 수 있겠네요."

상황을 모두 이해한 재림이 평소보다 크고 정확한 목소리로 말했다. 문 너머로도 충분히 들릴 만한 목소리였다. 재림이 말을 마치자마자 모여 있던 모든 주민이 동시에 진동을 느꼈다. 각자의 주머니 속 진동이 합쳐지니 놀랍게도 지진처럼 느껴질 정도였다. 모두의 휴대폰을 진동시킨 것은 실종 안내 문자였다.

마평구에서 실종된 이아론(여,6세) 양을 찾습니다. 110cm, 18kg, 복장 알 수 없음. ☎112 서울경찰청

안내 문자가 오고 1분도 안 되어 태풍심부름센터 톡방으로 메시지가 쏟아졌다. 쏟아졌다고밖에는 표현할 수 없는 속도였다. 무연맨션을 알고 길순을 알고 아론이를 아는 무연동 사람들이었다. 길순이 추천해준 강우를 믿고 흔쾌히 삶의 대소사에 손길을 빌려달라고 부탁했던 사람들, 언제나 아론이의 손을 잡고 다니는 길순을 기억하는 사람들이 괜찮은지를 묻고, 어디쯤에서 아론이 같은 아이를 본

것 같다는 정보를 전해주었다. 경찰이 보관 중인 길순의 폰으로도 문자가 쌓여가고 있을 것이다. 강우는 어쩐지 눈물이 날 것 같은 기분이 되었다.

"12시쯤 포레스트아파트 근처 아이스크림 가게에서 봤다는 사람이 있어요. 젊은 남자와 있었다는데요?"

"우리 병원 상가예요. 제가 전화해서 물어볼게요."

유경이 전화를 거는 동안 미래가 시간을 확인하고는 조심스럽게 물었다.

"12시였다면 네 시간 넘게 지난 건데, 아직 무연동에 있을까요?"

아무도 대답을 못 했다. 아주 멀리 가버렸다면 어떻게 하지? 찾을 수 있을까?

현수가 갑자기 축가를 부르게 된 이 남자가 누구냐고 물었을 때, 맨션 주민인데 유부남이니 걱정하지 말라는 거짓말을 대체 왜 했을까. 자책에서 벗어나지 못하고 있던 유경이 답을 찾았다.

"무연센트럴포레스트아파트. 신혼집이 거기였어요."

한 박자 쉬고,

"가자, 마이클."

출동이었다.

자연스럽게 레오를 세워둔 쪽으로 향하는 강우의 어깨를 붙잡아 세운 마이클이 길순의 빨간 모닝을 가리켰다. 너무 오랫동안 그 자리에 있어서 시동이나 걸릴까 싶었지만, 몰 수만 있다면 당연히 차가 빨랐다. 마이클이 길순 책상을 뒤져 키를 가져왔다. 삑, 하며 잠금이 풀리는 소리가 분위기에 안 어울리게 경쾌했다. 강우가 운전석에 앉았다. 재림이 조수석 문을 열며 말했다.

"나도 갈게요."

"그게 문제가 아니라, 차가……"

수동이었다. 강우는 오른팔을 다쳤다. 어떻게 해도 기어를 조작할 수 없었다. 마이클은 왼쪽 운전석에서 운전을 해본 적이 없다고 했다. 민영은 면허증이 없었고, 유경의 면허는 취소된 지 오래였다. 재림은? 운전을 두려워했고, 혐오했다. 이렇게만 모이기도 어려운 조합이었다.

"내가 할 줄 알아."

미래가 이렇게 말하며 지갑을 꺼내자 강우가 슬쩍 몸을 피했다. 미래의 지갑은 강우에겐 위험물이기 때문이었다. 미래가 지갑에서 꺼내 든 종이는 1종 보통 운전면허 합격증이었다. 재림이 빼앗듯이 합격증을 잡아챘다. 합격일은 어제 날짜로 찍혀 있었다.

"1종이니까 수동도 몰 수 있어. 내가 할게."

미래가 재림을 똑바로 바라보았다. 눈싸움하듯 서로를 바라보며 대치하고 있는 모녀 사이로 강우가 끼어들더니 자동차 키를 미래의 손에 쥐여주었다.

"생명이 걸린 문제입니다. 침착하게."

재림은 별말 없이 조수석에 탔다. 승낙의 의미인 걸 안 미래가 운전석에 앉았다. 마이클과 강우가 뒷자리에 탔다. 민영이 조수석 쪽 문을 두드리며 물었다.

"저도 가면 안 될까요?"

"확인하고 싶은 마음은 이해하는데 진짜 기현수라면 자극해서 좋을 거 없어요. 연락 잘 받고, 맨션을 지켜줘요. 혹시 모르니까."

재림이 대답했다. 만에 하나 아론이가 할아버지를 찾겠다며 나왔다가 길을 잃은 거라면, 누군가는 할아버지가 있던 곳에서 기다려주어야 했다. 또한 아론이가 오지 않더라도 맨션에는 길순을 대신해 지켜야 할 또 다른 존재가, 귀신이 아닌 사람이 있었다. 재림은 이 진실을 모두에게 곧 알려줄 생각이었다.

미래가 시동을 거는 소리에 재림이 눈을 감았다. 마치 자신이 보지 않으면 미래가 운전대를 잡는 일이 벌어지지 않을 거라고 믿는 듯했다. 수동 기어를 10년 전에 잡아봤다면서도 운전석 헤드를 붙잡고 계속 훈수를 두는 강우와, 위험을 감지하면 영어가 튀어나오는지 "Hey!"를 연발하는 마이클이 거슬렸다.

"조용!!!"

재림이 입을 떼기에 앞서 미래의 외침이 좁은 차 안을 우렁차게 울렸다.

"운전대 잡은 사람을 믿으라고요, 좀!"

그 순간 덜컹, 하고 차가 흔들렸다. 차에 탄 모든 사람의 엉덩이가 시트에서 떠올랐다가 떨어질 정도의 충격이었다. 과속방지턱이었다.

"아, 브레이크 밟았어야 되는데. 쏘리."

미래의 말에 마이클이 웃음을 터뜨렸다. 강우도 따라 웃기 시작했다. 웃으며 말했다.

"웃으면 복이라도 오겠죠. 하하하!"

겨우 눈을 뜬 재림이 헛웃음을 지었다. 헛웃음도 웃음이었다.

길을 잘못 든 데다가 모든 신호를 지나치게 일찍부터 지키고 뒤에서 울리는 경적도 무시하며 제한속도에 한참 못

미치게 운전한 미래 덕분에, 자전거로 오는 시간보다 딱히 이르지 않게 무연센트럴포레스트 정문 앞에 도착했다. 미래가 당황스러운 목소리로 물었다.

"이런 데 주차 안 해봤는데. 어느 집 간다고 하죠?"

"노 프라블럼. 왜 딱히 안 와도 되는 마이클을 차에 태웠겠어요?"

강우의 말에 반응하듯 차창을 내린 마이클이 정문을 지키는 경비를 보며 손을 흔들었다.

"오늘은 몇 호 과외야? 웬일로 못 보던 차를 타고 왔구먼."

경비는 마이클의 얼굴을 확인하고는 바로 차단기를 올렸다.

"무연동 프리 패스, 뭐 그런 거예요."

강우의 말에 마이클이 자신만만한 미소를 지었다. 저렇게 자랑스러워할 일인지는 모르겠지만, 확실히 쓸모는 있었다.

민영이 알려준 동호수를 확인하고 지하 주차장에 주차를 했다. 오후 5시가 조금 안 되었음을 확인하고, 재림과 강우가 차에서 내렸다. 현관 비밀번호가 민영이 알려준 그대로라면 바로 쳐들어가는 거고, 바꿨다면 키패드 소리를 듣고 놈이 문을 열 때를 노려 한 방 먹인다. 둘 다 아니면 그때 생각한다.

"그런 걸 계획이라고 할 수 있어요?"

재림이 물었지만 딱히 다른 뾰족한 수가 있는 건 아니어서 그냥 따르기로 했다. 미래와 마이클은 대기조였다. 5시 30분까지 연락도 없고 내려오지도 않으면, 올라올 생각 말고 경찰을 부르라고 재림이 당부했다. 절대로 올라오지 말고 차 문 잠그고 안에 있어. 재림이 다시 말하자 미래가 떨떠름한 표정으로 고개를 끄덕였다. 마이클은 손으로 오케이 사인을 만들었다. 다시, 출동이었다.

재림과 강우가 떠나자 계속 운전대를 잡고 있는 미래의 손이 덜덜 떨렸다. 진정이 되지 않아 몇 번이고 주먹을 쥐었다 편 보람도 없이 몸까지 떨렸다. 뭐가 이렇게 무섭지. 자신이 떠날 생각만 했지 엄마가 먼저 떠날지도 모른다는 생각은 해본 적이 없던 딸이, 엄마를 올려 보내고 나자 이유도 모른 채 공포에 질린 것이었다. 마이클의 손이 미래의 손을 덮었다. 그 뜨겁고 큰 손 안에서 진동이 잦아들었다.

"No worries. 둘은 히어로즈잖아."

강우가 어린이 뮤지컬에서 청소년의 눈에는 짜쳐 보이는 국산 히어로 연기를 했다는 건 미래도 알고 있었다. 태풍맨이었던가.

"강우는 스톰맨."

손의 온기를 통해 마음을 읽는 기술이라도 있나. 아 참, 얘도 점쟁이였지? 맞다. 심장 뛰듯 손이 떨린 것처럼 미래의 생각도 아무렇게나 박동했다.

"무당의 능력도 some kind of, super power. Right? 그러니까 재림도 히어로. 둘은 히어로즈."

가라, 세상을 구하러. 한 사람마다 한 세상이니까.

404호. 누가 장난을 친 것 같은 그 숫자를 다시 한 번 속삭이며 계획을 가다듬은 재림과 강우는 비로소 현관문 앞에 섰다.

"누를게요."

강우가 말하자마자 엘리베이터가 멈추는 소리가 났고, 강우는 손가락을 든 채로 멈췄다. 엘리베이터에서 내리는 배달 기사와 눈이 딱 마주친 재림은 몸을 돌려 403호 쪽을 바라봤다. 배달 기사는 둘은 신경 쓰지도 않고 피자 박스를 안은 채 404호의 벨을 눌렀다. 강우가 급히 배달 기사 등 뒤로 몸을 숙였다.

"배달시킨 적 없는데요."

늘어지는 목소리가 인터폰 너머로 흘러나왔다.

"시키셨는데요. 황, 민영이라는 이름으로요."

영수증을 보며 배달 기사가 귀찮은 듯 대답했다. 뭐가 어떻게 된 일인지를 생각하는 건 나중 일이었다. 그 잠깐 사이, 강우는 계획을 따르기로 하고 재림에게 눈짓을 보냈다. 이미 파혼한 옛 연인이 배달 주소 변경하는 걸 잊고 피자를 시켰겠거니 하며 안일하게 문을 연 현수와 귀찮아진 상황에 짜증이 난 배달 기사의 눈이 마주쳤고, 동시에 배달 기사 귀 옆을 스쳐간 강우의 왼손 주먹이 현수의 얼굴 정면에 정확히 꽂혔다.

"아론아!"

피가 줄줄 흐르는 코를 붙잡고 뒤로 뻗은 현수를 발로 차며 재림이 현관문 안으로 뛰어 들어갔다. 가장 안쪽 방문이 잠겨 있었다. 트렌치코트 허리띠를 풀어 버클 핀을 꽉 쥔 재림이 문고리 구멍에 핀을 꽂아 꾹 눌렀다. 문이 열리자 연기가 자욱했다. 단풍을 닮은 풀 특유의 냄새가 방 바깥으로 퍼져나갔다. 냄새에 취한 건지 잠이 든 건지 알 수 없는 아론을 안아 들고 나오니, 강우가 허리띠로 현수의 손목을 묶고 있었다. 운명인지는 모르겠지만 통하는 건 있었다. 대마초에 취한 상태로 삶에 한 방을 얻어맞은 현수가 중얼거렸다. 너 누구야. 여기 어디야. 강우가 뺨을 밀듯이 치며 박자에 맞춰 노래를 불렀다.

"지금! 이 순간! 지금! 여기!"

미쳐 돌아가는 상황 속에서 저런 짓을 한다는 건 재능이라기보다 광기가 아닐까. 못 들은 척한 재림은 시간을 확인하기 위해 주변을 둘러봤다. 멍한 얼굴의 배달 기사가 어디론가 전화를 걸고 있었다. 112겠지. 그럼 일단 경찰은 됐고. 신혼집마다 TV 옆에 두는 발광 디지털 시계가 막 5시 18분으로 바뀌는 게 보였다.

재림의 전화를 받은 미래는 긴장이 급속도로 풀려 또 한참을 쉬어야 했다. 떨림이 잦아든 손으로 다시 운전대를 잡고 맨션을 향해가는 동안, 마이클은 과속방지턱에서 점프할 때마다 놀이기구 같다며 환호성을 질렀다. 강우와 재림이 있었다면 질색을 했을 테지만, 그들은 이 차에 없었다. 404호에 곧 도착해 질문 세례를 퍼부을 경찰을 기다려야 하기 때문이었다.

가까운 병원으로 옮겨져 여러 검사를 받아야 했던 아론을 데려가도 좋다는 허락이 떨어진 때는 밤 9시경. 재림이 205호에 아론이를 눕혀두었던 때로부터 24시간이 흘러 있었다. '그날' 이후, 이렇게 긴 24시간은 처음이었다. 재림이 곱씹는 그날과 강우의 그날은 시차가 있었지만, 둘 다 믿었던 존재를 잃은 날이라는 점에서는 같았다. 난리법석 속에서도 또 잠든 아론을 업은 강우가 재림을 따라 맨션 계단을 올랐다. 재림의 부탁으로 맨션 주민들은 각자의 집에서 기다리고 있었다. 재림이 2층을 지나쳐 3층까지 올라가자, 당연히 아론이를 다시는 혼자 재울 수 없어 505호로 향하는 줄 알았던 강우가 멈춰 선 재림의 등 뒤로 코를 박을 뻔했다. 재림은 305호 앞에 섰다. 문을 두드렸다. 똑 똑 똑.

"아론이가 왔어요."

재림은 기다렸다. 아론을 업은 강우도 영문을 모른 채 기다렸다. 305호의 문이 열렸다. 문을 열고 나온 사람은, 강우의 눈에 귀신처럼 보였다. 머리가 처녀귀신처럼 긴 탓이기도 했다. 재림은 강우에게 업혀 있던 아론을 받아 안았다. 305호 귀신이 팔을 내밀었다. 희고 뼈만 남은 가느다란 팔. 또래보다 덜 나간다지만 그래도 쌀 한 포대 조금 안 되는 무게인 18킬로그램 아이를 도저히 안아 들 수 없을 것 같았다.

"안을 수 있겠어요?"

귀신이 얼굴 절반을 가리고 있던 머리카락을 걷어 귀에

걸고 재림을 정면으로 마주 보았다.

"구면이네요. 그럴 것 같았어요."

재림의 말에도 아무런 표정 변화가 없는 귀신이 다시 팔을 내밀었다. 재림이 아론을 안겨주었다. 바닥에 주저앉거나 뒤로 넘어가거나 어떤 식으로든 쓰러질 것을 대비해 강우가 다가서려 하자 재림이 손을 들어 막았다. 보기와 달리 단단히 서 있는 귀신의 품으로 아론이 파고들었다. 귀신이 들어가자, 재림이 문을 닫았다.

"귀신 아니고 사람이에요. 이름은 박덕진. 박 사장님 둘째 딸이고요."

이 이상의 사연과 설명을 덧붙이기에는 너무 긴 하루였다는 걸 강우도 느끼고 있었다. 둘은 말없이 한 층 더 올라가, 같은 뿌리에서 양쪽으로 자라난 나뭇가지처럼 각자의 집 문을 열고 들어갔다. 맨션이 고요해졌다. 이른 잠을 청하는 이가 많았기 때문이다.

코트도 벗지 못하고 소파에 쓰러져 누운 재림에게 미래가 다가와 코트에서 팔을 빼주었다.

"이거 좀 봐."

미래가 내민 폰에는 중고거래 앱의 동네 커뮤니티에 올라온 게시글이 떠 있었다. 민영이 썼다는 글의 제목은 '행운을 빌려주세요'였다. '실종 안내 문자를 받으신 동네 주민분들은 잘 알고 계시겠지만'이라는 말로 시작하는 그 글에는 짤막한 실종 상황 개요와 함께 혹시 목격자가 있다면 댓글을 달아달라는 내용이 적혀 있었다. 마지막 부분은 이랬다.

이 글을 읽으셨다면 아론이를 찾을 수 있도록 마음을 모아주세요. 오늘의 행운이 있다면 빌려주세요.

이어지는 응원과 기도의 말 중간에 누가 이런 댓글을 달았다.

전 착각해서 양말을 짝짝이로 신으면 그날 운이 없거든요. 지금 일부러 짝짝이로 신었습니다. 내 운을 가져가라 아론아!

거기서부터가 시작이었다.

┗ 중요한 날 횡단보도 흰색 선만 밟는 버릇이 있는데, 오늘은 안 밟을게요!

┗ 세차를 하면 비가 내리는 징크스가 있어요. 오늘 세차할게요. 오늘 맑다는데 비 안 온 만큼 운을 가져가요.

┗ 택배 도착할 시간에 머리 감으려고요.

┗┗ 저 일부러 배달시키고 딱 맞춰서 샤워할 예정!

┗ 속옷 짝짝이로 입었어요. 재수 없어도 그러려니 할게요. 아론

이만 찾을 수 있다면!

ㄴ 저 지금 문지방 밟고 서 있습니다.

같은 시간, 강우는 유경이 맘카페에 남긴 같은 제목의 글을 보고 있었다. 그 아래에 강우가 개 산책을 시켜주고, 택배를 옮겨주고, 문을 열어주고, 식물에 물을 주고, 비 내리는 날 젖지 않게 우산을 씌워 아이를 픽업해주고, 새벽부터 줄을 서서 수영장에 등록해줬던, 그 모든 일을 대신해줬던 사람들의 댓글이 모여 있었다.

ㄴ 개똥 밟고 지나갔어요. 냄새쯤은 견딘다아~
ㄴ 태풍심부름 덕분에 건망증 엄마가 삽니다. 파이팅!
ㄴ 한숨 쉬는 분 있나요? 저 지금 한숨 머신.
ㄴㄴ 222222
ㄴ 다리 떠는데 운동되고 좋네요. 복아 달아나서 아론이에게 가랏!!!
ㄴㄴ 다리 떨기 합류합니다.
ㄴ 강우 사장님 아니었으면 저 애들 픽업 걱정에 잠도 못 자요. 고마워요~
ㄴ 빠삐도 응원합니다. 멍멍!

각자의 작은 불운으로 적립하는 행운의 총량이라는 게 있다면, 아론은 오늘 받은 운만으로 자라는 동안 겪는 삶의 위기를 몇 번이고 넘길 수 있을 것이다.

게시글에 댓글까지 다 읽은 강우가 폰을 마이클에게 넘겼다.

"민영 씨한테 문자 좀 보내줘. 피자, 나이스 샷이었다고."

추리소설과 범죄 드라마 마니아의 한 방이 제대로 먹힌 것이었다. 민영이 피자 배달을 안 시켰더라도 방법이 없진 않았겠지만, 덕분에 수월했다. 오늘의 일이 민영의 마음을 두고두고 괴롭힐 때도, 민영이 그 한 방을 기억하며 죄책감의 콧대를 부러뜨려버리길 바랐다.

무엇이 아론이를 구했을까. 소파에 누운 그대로 깊은 잠에 빠져들기 직전, 재림의 머릿속에 질문이 떠올랐다. 재림이 혜량 옆에서 무속의 이론과 실제를 공부하고 실습하던 시절, 신령님이 가끔 문제를 내던 방식과 똑같았다. 신령님이 떠난 그날 이후 처음으로 재림은 정확한 단어로 답할 수 있었다.

사람이 구했다. 무연맨션에 살고 있는 모두와, 크고 작은 불운을 감수하고 운을 나눠준 보통 사람들의 마음이 구했다. 이 답을 힌트로 삼아, 진짜 마지막 문제를 풀어야 한다.

이 다짐이 제 마음의 소리인지, 현재림 인생에서 떼어지지 않는 존재의 목소리인지는 알 수 없었다. 다만 이건 알았다. 지금까지는 여러 번 틀렸지만, 그래서 마지막 문제는 틀리지 않을 수 있으리라는 것. 인정했으니까. 인간이 인간의 도움을 받으며 살아가는 건, 잠시일 수가 없었다.

팔자에 없는 팔자

 신이 있다면 이럴 수는 없었다. 이러실 순 없지요. 이거는 아닙니다. 사위의 장례식장에서 큰딸 다복이 눈을 까뒤집고 뒤로 넘어갈 때마다 길순은 신을 원망했다. 아직 젊은 육신에 몹쓸 암세포가 빠르게 번져버린 아내가 지극한 간호의 시간마저 길게 주지 않고 떠났을 때도 신을 탓하지는 않았다. 대신 더 선하게, 더 인간답게 살기로 했다. 불행도 불운도 사람을 가리지 않는다는 사실을 머리로는 알았지만, 아비가 잘 살아야 어린 두 딸의 남은 인생에 볕이 들 것 같았다. 마음이 그랬다.
 자신이 이르게 갈 걸 예상했던 사람처럼 아내가 거액의 보험에 든 걸 알고서는, 한 푼도 허투루 쓰지 않겠다고 다

짐에 다짐을 했다. 두 딸이 성인이 되기 전에 땅과 건물이 복잡하게 나뉘어 있던 맨션의 소유권을 차분히 정리했다. 지대가 높아 재개발이 요원한 데다가 대개 물려받은 땅이라 주인들이 맨션에 큰 관심이 없어 괜찮은 값에 사들일 수 있었다. 가끔 터가 좋다며 선산으로 쓰겠다는 누군가의 하청을 받은 땅꾼이나 척 봐도 도굴꾼인 치들이 찾아올 때는 있었지만, 딱히 다른 문제는 없었다.

박다복이 성인이 되자 1호와 2호가 있는 A동은 다복의 소유가 되었고, 3년 뒤 덕진이 3호와 5호가 있는 B동의 주인이 됐다. 건물에 관한 모든 일은 어차피 길순이 맡으니 둘은 신경 쓸 일도 없었다. 둘에게는 오래 머물고 평생 살고 싶은 집도 아니었다. 덕진까지 대학에 입학하자 둘은 학교에서 가까운 빌라를 얻어 같이 살기 시작했다. 자매에게 무연맨션은 엄마와 살았던 유년기의 기억이 찰싹 달라붙어 있는 애틋한 공간일 뿐, 더는 집이 아니었다. 낡고 오래된, 그러니까 아빠 같은 존재. 무연맨션은 곧 박길순이었.

벌써 50년이 다 되어가는 무연맨션의 전성기는 딱 자매의 유년기 정도였다. 길순이 복덕방 간판을 부동산으로 바꾸고 '사글세'라는 글씨를 '월세'로 고쳐 쓰는 동안 1층 가게들은 다 문을 닫았고, 주민들은 기회가 되면 도로가 뚫리기 시작한 산 아래로 내려갔다. 원래 더 가파르고 좁았던 북쪽 길은 정상까지 가는 계단식 등산로가 생기자 아예 막혀버려서, 맨션은 남쪽 막다른 길의 끝이 되었다. 그게 건물의 운명이었는지, 막다른 길에 다다르거나 유턴이 필요한 사람들이 맨션으로 이사를 왔다. 여러 건물주들로부터 맨션의 관리와 운영을 일임받은 길순이 맨션과 부동산의 짧은 전성기 이후로도 가정을 꾸려 수십 년을 별 걱정 없이 먹고살 수 있었던 이유였다.

그 건물에 두 딸의 이름을 올린 뒤에도 길순의 일상은 달라지지 않았다. 매일 같은 시간에 부동산을 열었고, 어쩌다가 이 높은 곳에 있는 낡은 건물까지 오게 된 건지 스스로도 모르는 이들을 주민으로 받아주고, 월세가 밀려도 기다려주었다. 때가 안 빠질 만큼 삶이라는 얼룩에 찌든 사람, 어디서 출발한 건지 모를 악의를 가진 사람, 타인을 이용할 생각만 하는 사람도 머문 적이 있었지만 이상하게 그런 사람들은 여기서 오래 버티지 못했다.

터의 힘 덕분이다.

길순은 그렇게 믿었다. 한국전쟁 직후 이르게 피난을 온 북녘 사람들이 한강까지 가기도 전에 다리가 폭파되었다는 소식을 들은 곳이 무연동이었다. 그들은 어디로도 가지 못해 무연산 어귀에 머물게 되었고, 또 다른 오갈 데 없는 사람들이 그 산 더 높은 곳에 숨듯이 몰려들었다. 전쟁통이 아니었더라면 그렇게 만들어진 동네의 중심에 시장이 생기고 종교 시설이 자리 잡았을 것이다. 대신 피난길에 다치고 병을 얻은 사람이 많아 병원부터 들어섰다. 다치고, 아프고, 길을 잃은 사람들이 서로 돕고 살았던 좋은 터에서 평생을 살았으니, 이 터를 두 딸에게 물려주면 저세상에서 애들 엄마를 만나도 욕을 먹진 않겠지 싶었다.

하지만 어디 삶이 그렇게만 흘러가던가. A동 주민들을 내보내야 했을 때도 보증금에 이사비에 웃돈까지 얹어주고 다른 부동산을 연결해준 길순이었다. 불 꺼진 반쪽 건물이야 기술자를 불러 고치면 되는 문제인 줄 알았다. 수리에 어마어마한 비용이 들고, 그 돈을 들여 고친다 한들 언제 다시 잘못될지 알 수 없다는 평가서를 받았던 날, 길순의 반쪽도 무너지기 시작했다. 엎친 데 덮친 격으로 딸 다복이 산재로 젊은 남편을 잃는 바람에 앞으로 고꾸라졌다. 겨우 세 살 된 어린 손녀를 안고 다복의 생을 추스른다고 덕진은 살피지도 못했던 그때. 그때라도 뭔 수를 썼다면 그나마 덜 무너질 수 있었을까. 남편이 왜 죽었는지를 알아야겠다며 나선 다복이를 말린 게 문제였나. 세상이 얼마나 무섭고 돈이 얼마나 독한지 젊은 너는 모른다며 억지로 주저앉히지 않았다면, 맨션으로 데려오지 않았다면 삶이 달라졌을까.

살면서 한 번도 공짜로 뭔가를 얻어본 적 없는 길순이었다. 그날따라 가본 적 없는 아파트 단지 쪽 큰 마트까지 가서 장을 봤다. 오픈 기념 행사라며 현장에서 동전으로 긁는 복권을 줬다. 아론이를 안고 다니다가 뽑기라도 할 때 쓰려고 들고 다니던 500원짜리 동전으로 긁었더니 2등에 당첨됐다. 상품은 동남아 관광지 왕복 항공권 2매였다.

두 딸에게 주자 싶었다. 인생이 바뀌려면 환경을 바꿔야 한다지. 자꾸 말을 잃어가고 잠만 늘어가는 큰딸과, 몰라볼 만큼 살이 내린 막내 모두 여기가 아닌 어딘가의 공기가 필요했다. 여행이라도 다녀오면 뭔가 달라질지 몰랐다. 아론이는 걱정을 말라며 다복을 부추겼더니, 동생이 가면 가겠다고 했다. 덕진은 휴대폰 너머 개미 같은 목소리로 휴가는 내보겠다고 했다. 오랜만에 운전할 결심을 하고 차에 다복을 태워 회사 앞까지 덕진을 데리러 갔던 출국일, 여행 캐리어까지 들고 출근했다던 둘째 딸이 갑자기 일이 생겨 못 가겠다고 했다. 혼자는 가기 싫다는 다복을 데리고 맨션으로 돌아왔다면 그런 일이 없었을까. 차를 공항으로 몰지 않았다면.

다복은 돌아오지 않았다. 죽었는지, 살았는지, 어디에 있는지 아무도 몰랐다. 연락이 끊겼을 때 바로 신고를 했으면 찾을 수 있었을까. 첫 사흘은 풍경 사진도 보내오고 안부를 물으면 답장도 잘 와서 하루쯤 연락이 안 되는 건 그러려니 했다. 입국일 하루 전에야 무언가 이상하다는 걸 알았다. 입국 항공편을 안 탔다고, 메시지를 며칠 안 봤다고 실종 신고를 할 수는 없다고 경찰은 말했다. 이리저리 수소문을 해도 딱히 방법이 없었다.

이 말을 어떻게 전하나. 형부를 잃은 네 언니가 아빠가 준 항공권으로 여행을 가서 실종되었다는 말을, 덕진에게 어떻게 전할까. 하지만 전할 수밖에 없었고, 그리하여 맞이한 결말이 305호에 갇혀 있었다.

"자식을 잡아먹는 팔자도 있습니까?"

길순이 재림에게 물었다. 첫 만남 첫 질문으로는 이보다 강렬하기도 어려웠다. 혜량은 길순이 아주 신심神心이 깊고 선업善業을 많이 쌓아둔 분이라고 했다. 신심은 신앙이나 불심과는 다른, 재림의 영역이었다. 업 역시 악해도 선해도, 재림이 다루는 분야였다.

"뿐입니까. 부모를 뜯어먹는 팔자, 남편을 잡아먹는 팔자, 있을 수도 있지요. 하지만 선생님은 그런 유의 팔자가 아니신데요."

나이 예순을 넘기면 얼굴에서 인생이 읽힌다. 웃는 모양 우는 모양대로 주름이 지듯이, 삶의 더께가 얼굴에 쌓여 이야기를 만든다. 그걸 관상이라고 한다. 신의 목소리를 듣지 못해도, 혜량으로부터 넌지시 전해 들은 정보가 없어도, 재림은 알 수 있었다. 큰 욕심 없이 주변 사람들에게 잘하며 성실하게 살아온 사람이라는 걸. 다만 불행과 재난이 사람을 가리지 않을 뿐이었다.

"아주 용하시다 들었습니다. 505호에 머무시는 조건으로, 세 가지만 부탁드리려고 합니다."

평소 길순의 말투를 아는 맨션 주민들이나 무연동 토박이들이 들으면 놀랄 정도로 정중했다.

"앞 동에 사람이 살지 못하게 된 후부터 맨션에 귀신이 산다는 소문이 돌았습니다. 그 귀신의 정체를 알고 싶습니다."

우리 사위가 억울한 죽음을 당했는데 가족이 맞서 싸우지 않아서, 죽은 이유를 밝히지 못해서, 그래서 사위가 분해서 이곳을 떠나지 못하는 것은 아닌지. 그게 아니라면,

혹여 다복이가 먼 데서 바다를 건너 가족을 찾아온 것은 아닌지.

"또 하나는, 무연맨션을 살 사람을 찾아달라는 것입니다. 여의도에서 사업하는 사람들, 정치하는 사람들, 돈 많고 욕심 많은 이들 많이 보셨을 테니, 좋은 값을 쳐줄 사람을 찾아주시면 제가 은혜는 죽어서도 갚겠습니다."

재림의 입장에서는 떡이 굴러 들어온 셈이었다. 신이 돌아오게 하려면 풀어야 할 마지막 문제의 매듭을 길순에게 건네받은 것이나 다름없었다. 귀신의 정체를 알아낸 뒤 성불을 시키고, 맨션의 주민을 모두 내보낸 뒤 그 터를 해진에게 팔면 끝이었다. 길순은 주민들 내보내는 일도 재림에게 맡기면서, 억지로 쫓아내서는 안 된다는 단서를 달았다. 살고 싶으면 천년만년 살라고 했고, 살게 해주고 싶었는데, 사정이 이렇다고 쫓아내는 게 어디 인간이 할 일입니까. 몇 남지 않았지만 다들 순리에 맞게 나가도록 하고, 모두 잘되는 길로 잘 인도해주세요. 문제는 삼 세 번, 삼 세 판의 민족이 늘상 마주하는 마지막 세 번째 조건이었다.

"우리 덕진이가 있는 동안은 맨션을 팔 수 없습니다."

그 애가 세상으로 나올 방법을 찾아주십시오. 굿을 하든, 치성을 드리든, 뭐든 좋습니다. 그리고 이 모든 일은 비밀로 해주십시오. 그렇게 말하는 길순의 지친 눈을 똑바로 마주 보며 재림이 약속했다.

"무당이 듣고 보는 모든 게 원래 셋만의 비밀이에요. 무당, 무당을 찾아온 사람, 신령님. 삿된 것들이 그걸 안 지켜서 그렇지."

길순에게도 그랬지만, 재림에게도 남은 생이 걸린 절실한 문제였다. 그날, 그 밤에 사는 길을 택한 이상 포기할 수는 없었다. 신이 돌아와야, 미래가 떠나지 않아야 재림이 살 수 있었다. 인간 현재림은 미완, 절반일 뿐, 신 없이는 아무것도 아니라 믿었다. 비어 있는 부분을 임시, 일회용, 잠시의 관계와 도움으로 채워 어떻게든 헤쳐가다 보니 여기였다. 마지막 문제의 배경, 무연맨션.

무당은 찾아온 이의 문제를 들여다보고 길을 알려준다. 뼛속까지 무당이라는 직업인인 재림은, 마지막 문제도 같은 방식으로 생각했었다. 그런 이치로 해진이 그토록 매달리는 일, 신사옥의 터를 찾아주는 게 마지막 문제라고 결론 내린 것이다.

거기서부터 틀렸다. 그래서 껄끄러운 마음에 중요한 순간 주춤거리게 된 것이다. 마지막 문제는 사람의 문제가 아닌 사람 그 자체, 재림이 용하디용한 여의도 재림아씨로서 만난 마지막 손님, 강해진이었다. 그의 문제 말고 강해진이라는 사람을 풀어야 했다. 재림이 도울 때에도, 보이지 않는 곳에서 악업을 쌓아가던 해진을.

재림은 유괴범으로부터 아론을 데려온 날 밤부터 꼬박 일주일을 앓았다. 고열이 떨어진 뒤에도 정신을 차리지 못했다. 미래가 재림을 간호하는 동안, 마이클이 맨션과 길순 관련 일들을 책임졌다. 재림이 아니라면 자연스럽게 자신에게 넘어올 줄 알았던 맨션 살림을 마이클이 맡자, 강우는 조금 어리둥절해졌지만 일단은 마이클이 시키는 대로 했다.

305호의 문은 열린 뒤 다시 닫히지 않았다. 아론이와 함께 지내면서 놀라운 속도로 기력을 회복해가던 덕진은 계단을 걸어 내려갈 수 있게 되자마자 그 길로 강우와 함께 길순을 데리러 갔다. 아직 집으로 모셔 올 순 없어도 무연동에 있는 종합병원이라면 아버지도 만족할 것 같다고, 덕진이 아주 작은 목소리로 말했다. 귀를 기울일 줄 아는 강우는 누구에게나 좋은 대화 상대였다.

주민들은 힘을 합쳐 아론이를 돌봤다. 전 예비 신랑의 범죄 때문에 계속 경찰서를 드나들어야 하는 민영이 가장 열심이었다. 구속된 현수는 민영이 보고 싶어 맨션에 갔다가 아이가 귀여워 밥을 사주려 했을 뿐이라는 변론을 펼쳤다. 긴 싸움이 되겠지만, 민영은 타협할 생각이 없었다. 유경은 퇴근할 때마다 영양제와 링거를 챙겨 와 재림의 팔뚝에 꽂아주었다. 재림은 언제부턴가 계속 잠에 빠져들었다. 열이 떨어졌는데도 깨어나지 않으니 병원에 모시고 가는 게 어떻겠냐는 유경의 제안을 미래는 거절했다. 딱 한 번 이런 적이 있었는데 깨어났다고 하면서. 엄마는 날 떠나지 않는다. 적어도 이런 방식으로는. 미래는 믿고 있었.

재림의 침대 아래 끌어다 놓은 매트리스에서 잠들어 있던 미래가 눈을 떴다. 하루 중 어느 때와도 다른 푸르스름한 빛이 텅 빈 침대에 고여 있었다. 미래는 옷도 챙겨 입지 않고 옥상으로 향하는 계단을 올랐다. 젊은 시절 길순이 옥상으로 자재를 올려 직접 짰다는 평상은 눈과 비와 세월을 맞고도 비틀림 없이 튼튼했다. 맨션에 머무는 동안 재림의 신당이었던 공간이 그 평상이었다. 전안상(신당 안에 신령을 위해 차린 상)도, 불상도, 무구도, 탱화도 없이 무연산을 두르고 앉아 오지 않는 신령님을 부르던 자리에, 다시 재림이 앉아 있었다. 늦가을과 초겨울 사이의 차디찬 해가 떠오르며 재림의 얼굴을 비췄다. 이번에는 표정이 선명하게 보였다.

"떠나도 돼."

신령님에게 하는 말인지 자신을 향한 말인지, 미래는 물어볼 수 없었다.

505호로 돌아온 재림은 민영이 냉장고에 채워주고 간 반찬으로 밥 한 공기를 비우곤 보약까지 데워서 마셨다. 앓지도 않았던 것처럼 말끔한 얼굴로 옷을 고르더니 외출 준비를 했다.

"엄마는 볼일 보고 올게. 맨션 주민들 전부 오늘 밤 9시에 무연부동산에서 보자고 전해줘. 앞집에 말하면 알아서 들 할 거야. 너는 여은이를 불러오고."

"여은이는 왜?"

"걔가 주인공이야."

평소와 크게 다르지 않은 각자의 하루가 흐르고, 주민들이 하나둘 부동산으로 모였다. 지난 몇 주간 맨션에서 벌어진 사건에 관한 설명을 들어야 하는 사람도, 설명을 해줄 사람도 있었다. 존재 자체로 설명인 사람도 있었다. 덕진이 아론이의 손을 잡고 마이클과 함께 부동산으로 들어왔다. 긴 머리를 하나로 묶은 수수한 차림새였다. 먼저 온 민영과 유경, 미래와 여은에게 목례를 하고는 소파의 가장 구석 자리에 앉았다. 누구신지 묻는 여은에게 미래가 조용히 하라는 신호를 보낼 때, 강우가 열어준 문으로 재림이 들어왔다. 여섯 명의 성인과 두 명의 청소년, 한 명의 미취학 아동이 어떻게든 둘러앉으니 부동산이 꽉 찼다. 그런데도 빈 것 같다고 모두 느끼고 있었다. 길순이 없어서였다. 재림이 입을 열었다.

"유경 씨랑 민영 씨, 여기 덕진 씨와는 인사하셨어요?"

둘이 고개를 젓자 재림이 한 명씩 인사를 시켰다.

"203호 황민영 씨, 303호 신유경 씨. 이쪽은 305호 박덕진 씨."

"박, 길 자 순 자 되시는 이 부동산 사장님의 둘째 딸 박덕진입니다."

덕진이 맑고 명확한 목소리로 자기소개를 하자 강우가 민영과 유경 쪽을 보며 말했다.

"두 분 안 놀라네요? 와, 난 진짜 놀랐는데."

"대충 알았어요."

민영의 말에 강우는 또다시 놀랐다.

"진짜요?"

"그쪽이 좀 둔한 편이라 그렇지, 두 분은 모르지 않았을 거예요. 사람이 살면 티가 나니까."

재림의 말에 강우가 황당한 표정을 지으며 둘러봤다. 모두의 표정을 보니 정말 알고 있었던 것 같았다. 진짜 나만 몰랐다고? 그랬다. 유경도 민영도, 눈치를 챈 시기는 달랐지만 305호에 비밀이 있다는 사실을 알고 있었다. 밤과 새벽의 한중간인 오전 3시 30분에 벌어지는 일이긴 했지만, 아무리 조심한다 해도 매일 밥을 나르고 쓰레기를 비우는 길순의 기척을 느끼지 않을 수 없었다. 유경과 민영 모두 모르는 척하는 게 이웃의 도리라고 생각해왔다.

재림이 준비해둔 이야기를 시작했다.

"덕진 씨는 2년 전 겨울부터 305호에 머물렀어요. 그해 초봄까지 503호를 제외한 B동의 모든 주민이 맨션을 떠나 이사를 갔고요. 여기 두 분, 민영 씨와 유경 씨는 A동에서 있었던 사고와 그 이후 벌어진 일을 모르고 입주하셨죠."

전기 합선 문제로 A동 전체가 정전됐던 날, 큰 불로 이어질 뻔한 상황을 마이클이 막았다. 더 이상 사람이 살 수 없게 된 A동 주민들을 모두 내보낸 뒤 길순이 겪어야 했던 비극은 건너뛰었다. 덕진도 덕진이었지만 아론이 있었기 때문이다. 만 다섯 살. 모든 것을 자기 세계 안에서 이해하는 나이라는 걸, 엄마인 재림은 잘 알고 있었다.

"두 분 다 무연동 사정을 잘 모르는 외지인에 혼자 사는 젊은 여성이에요. 저와 딸이 들어오기 전에 505호에 사셨던 분도 그랬고요. 직장에 다니며 비교적 규칙적인 생활을 하고, 금전적인 문제를 겪지 않는 분들로 고르셨던 거예요."

딸을 숨겨둔 상태로 초등학교 입학도 안 한 손녀를 키우는 박길순이 가장 안전하다고 생각한 조건이었다. 길순은 민영과 유경이 말 못 할 사정을 받아들여줄 수 있는 사람들이라 믿었고, 둘은 그 믿음에 보답한 셈이었다. 어느 날 갑자기 마이클이 주워 온 강우의 선천적인 둔함은 일종의 덤이었다.

"저는 다른 이유로 박 사장님을 만나게 됐어요. 박 사장님은 무연맨션을 팔려고 하셨습니다. 제가 그걸 돕기를 원하셨고요."

"내가 증인."

검지로 마이클이 스스로를 가리켰다.

"여기 마이클, 무연맨션에서 가장 오래 살고 있는 주민인 마 선생은 박 사장님이 모든 일을 터놓고 상의한 분이자 박 사장님께 여러 도움도 주셨죠. 덕진 씨는 잘 아시겠지만."

덕진은 고개만 끄덕였다. 필요한 모든 걸 현관문 구멍으로 넣어주는 손가락이 긴 흰 손을 보면서, 왜 도움을 손길이라고 부르는지 깨닫는 밤이 있었다.

"그런데 맨션 구매자를 찾는 과정에서 문제가 생겼어요. 제 잘못입니다."

재림이 스스로 잘못을 인정하는 모습을 처음 본 미래의 표정이 굳어졌다. 좋은 신호인지 나쁜 신호인지 구분이 되지 않았다.

"절대 맨션을 사면 안 되는 사람이 움직이기 전에, 모두의 도움이 필요해요."

성격 급한 해진이 맨션과 터를 확인하자마자 뒷조사를 하리라는 건 재림의 계산에 들어 있었다. 21세기에 덕진이 흔한 이름도 아니니 잠수 퇴사를 한 바로 그 직원이라는 것도 이미 알고 있을 것이다. 그렇다면 해진이 불길하다고 포기를 할까, 오히려 인연이라고 믿을까? 답은 재림이 잃는 동안 도착한 문자로 확인됐다.

그 건물에 있다는 귀신은 꼭 성불을 시켜야 할까? 그냥 있어도 괜찮지 않을까 싶은데 난.

이사회와 예산 문제 정리 중이에요.

왜 연락이 안 되시나. 이 문제는 내가 알아서 진행해도 되겠어요?

숫자 4를 죽을 사 자와 연결 지어 기피하는 반도의 오랜 믿음을 대표님은 가지지 않아도 된다고 해진에게 말한 게 언제였더라. 그래, 새로 론칭할 걸 그룹 멤버 수를 정하면서였다. 네 명이 좋겠다고, 대표님에게는 오히려 4가 행운의 숫자라고 했더니 잔뜩 상기되던 표정. 해진은 그 말을 유난히 좋아했고, 어느 순간부터는 맹신했다. 그런 해진에게 4를 제거한 무연맨션은 차지하고 싶은 건물이었다. 그걸 소유해야 자신이 완전해질 것 같아 더 욕심이 생겼다. 욕심은 금세 집착으로 변했다.

문제를 파악한 재림은 해진 대신 주아에게 연락해, 기억 속에 사진으로만 남아 있는 소녀에 관해 물었다. 주아는 아는 대로 대답해주며 챙겨 온 사진 여러 장을 건넸다.

"한 번만 더 도와줄래요? 이번에는 손 팀장 자신을 위해서예요."

재림이 주아에게 받은 사진들을 부동산 테이블에 놓았다. 연예인 지망생이나 아이돌 연습생이 찍는 프로필 사진들로, 재림은 꽤 키가 커 보이고 늘씬한 소녀의 전신 사진을 뒤로 넘기고는 정면 사진을 맨 위에 두었다.

"어? 나 이 사람 누군지 아는데? 럭키즈 연생이잖아요. 그 왜, 지희안이 언니라고 부르고."

이름을 뱉어놓고 아차 싶었는지 말을 뚝 끊어버린 여은을 대신해, 미래가 사진을 집어 들며 말했다.

"이름이 사라였나 그래요. 나이가 제일 많은 연습생이었는데 잘렸다고 했어요. 1년도 더 된 얘기지만."

희안에게 들었던 이야기를 전하는데도 마음이 욱씬거리지 않는 게 희한했다. 가만히 듣고만 있던 덕진이 처음으로 입을 뗐다.

"송사라. 미국 샌프란시스코 출신이라 사라 송이 본명이에요. 열네 살 때부터 연습생이었고, 랩을 잘했어요. 1년 전쯤 잘린 거면 그때 한국 나이로 스무 살이 됐을 거예요. 데뷔조는 미성년자로만 짜는 게 원칙이었거든요. 데뷔가 늦어지는 동안 사라가 나이 제한에 걸린 거죠."

"그걸 어떻게 아세요?"

여은이 놀라서 묻자 덕진이 머뭇거리며 답했다.

"제가 차미들, 럭키즈엔터의 걸 그룹 데뷔조 연습생들을 담당하는 직원이었어요. 거기서 일하다가 공황……이 와서 쓰러졌었고요."

그렇게 중단되었던 덕진의 시간은, 유괴되었다가 무사히 돌아온 아론이를 품에 안고부터 다시 흐르기 시작했다. CCTV 화면 속에서만 자라던 조카의 무게가, 살결이, 잠들어 내는 색색거리는 숨결이 모두 생생하게 느껴졌다.

재림이 처음 넣어준 종이에는 아론이가 그린 가족 그림이 있었다. 어른이 네 명, 아이가 한 명. 세 살 이후로 안아본 적도 만져본 적도 없는데 아론은 이모를 기억했다. 길순이 잊지 말라고, 아빠가 하늘나라에 있어도, 엄마가 어디 있는지 몰라도, 널 사랑하는 또 다른 사람이 저 천장 너머에 있다고 알려준 덕분이었다. 언젠가는 문을 열고 나와 너를 안아주고, 너를 지켜봐줄 거라면서.

시간이 흐르자 생각도 흘러갔다. 뿌옇던 기억의 먼지를 털어내고 다시 보니 그 안에 살 때는 못 보던 것이 보였다. 덕진이 회사에서 겪은 일은 직장 내 괴롭힘이었다. 해진이 덕진에게 한 일은 가스라이팅, 모욕, 인격 모독, 따돌림, 책임 전가 등이었다. 그로 인한 고통, 형부와 언니 일을 소화하지 못한 슬픔, 모든 게 덮쳐왔던 그 밤에 덕진을 살린 건 지금 산소호흡기에 의지해 침대에 누워 있는 사람, 아빠 박길순이었다.

아침에 재림이 305호를 찾아와 길순과의 약속을 털어놓았다. 재림이 맨션을 살 사람으로 강해진을 택한 것은 운명의 장난이었을까. 재림은 고개를 저으며 아니라고, 자신의 잘못이라고 힘주어 말했다. 이제부터 선택은 덕진의 몫이라고.

"강해진 대표는 당연히 절대 안 되고, 그 누구에게도 팔지 않을 거예요."

길순이 돌아올 때까지, 아니 돌아오지 못하더라도. 여기가 덕진과 아론의 집이니까.

덕진이 선택했다면 이제부터는 재림의 책임이었다. 해진이 덕진에게 털어내고 있던 액운은, 덕진이 떠난 뒤 누구에게로 갔을까.

재림은 1년 만에 눈에 띄게 얼굴과 기운이 어두워진 주아를 떠올렸다. 해진이 데뷔조의 프로필 사진들을 내밀었던 날도 또렷해지면서, 자신이 뒤집었던 사진 속 소녀의 얼굴도 선명해졌다. 주변 사람들을 말려 시들게 하는 해진의 악행에는 재림의 책임도 있었다. 재림과 해진이 나눈 대화를 모두 기억하는 사람이 있다면, 재림도 속속들이 연루되었다고 할 게 틀림없었다. 모든 것을 기억하는 사람, 바로 재림이었다. 모든 것을 기억하기에 자신을 속일 수 없는 것이 재림의 업이었다.

재림이 사라라는 이름의 전 연습생 사진을 여은에게 건넸다. 영문도 모르고 사진을 받아 든 여은은 재림이 시키는 대로 그 사진을 자기 얼굴 옆에 가져다 댔다.

"안경 빼고."

"어? 닮았네요?"

유심히 보던 유경이 말했다.

"근데 쌍꺼풀이 없잖아요."

민영의 말에 미래가 앞으로 벌어질 일을 예감하며 대답했다.

"쌍꺼풀 테이프 붙이면 돼요. 분장하면 된다고요."

"여은 학생이 저 연습생으로 분장해서 뭘 하는 건데요? 지금 또 나만 못 따라가요?"

강우의 억울한 말투에 다들 웃음이 터졌다.

"강해진 대표를 불러서, 연극을 할 거예요. 그 전에 중요한 거. 이 송사라라는 친구는 강해진 대표에 의해 비참한 방식으로 회사와 한국에서 쫓겨나긴 했지만, 미국으로 돌아간 지금은 멀쩡하게 잘 살아 있어요."

"다행이네요."

덕진이 작게 말했다. 미래도 같은 마음이었다.

"그런데 강해진 대표는 이 친구가 자신을 저주하면서 세상을 등진 걸로 알고 있어요. 오늘 소식이 갔을 거예요."

그래서 주아가 필요했던 것이다. 주아의 연락을 받은 사라는 까짓 거 뭐, 죽어드리겠다고 대답했단다. SNS 계정을 만들어 유서를 올려주겠다는 뜻이었다.

"역시 힙합이야. 래퍼가 그냥 래퍼가 아니야."

막중한 임무가 주어질 상황을 잠시 잊고 여은이 감탄을 내뱉었다. 단짝인 두 소녀 중 현실을 상기시키는 건 언제나 미래 쪽이었다.

"정신 차려. 니가 송사라 역할이라고, 지금."

"헐, 진짜요?"

재림이 힘주어 고개를 끄덕였다. 여은이 긴장했다.

"그럼 저나 유경 씨는 집에 숨어 있으면 될까요? 저 연기 그런 거 진짜 못하는데."

민영의 말에 재림은 고개를 저었다.

"아니 뭐 연기가 필요하면, 그건 제가……"

강우의 말을 칼같이 자르며 재림이 말했다.

"안 돼죠. 문강우 씨 얼굴은 강 대표가 이미 한 번 봤잖아요."

맞다. 빠삐! 강우가 아쉬운 듯 주먹으로 손바닥을 쳤다. 꼭 그 이유가 아니더라도 재림에게는 새롭되 평범한 얼굴이 필요했다. 맨션에 살고 있는 주민만 할 수 있는 역할이었다.

"곧 날을 잡을 겁니다. 강해진 대표가 맨션을 살펴보러 오는 날, 여은이가 연습생 귀신이 되는 거예요. 강 대표는 귀신 안 무서워해요. 맨션에 귀신이 있다는 소문 때문에 더 사려고 할 정도니까. 그렇지만 자신에게 원한을 품은 귀신이 자기 눈에만 보인다면, 다른 얘기가 되겠죠."

맨션 주민들은 늘상 그러듯이 계단을 오르고, 옥상에 들르고, 부동산 앞을 지나면서 귀신을 스쳐 지나가기만 하면 되었다. 보이지만, 보이지 않는 것처럼.

"이 정도는 해주실 수 있죠?"

"하면 할 수는 있는데, 그 강해진 대표라는 사람에게 그냥 맨션을 안 팔면 되잖아요. 이런 연극까지 해야 할 이유가 있나요?"

"Wow! Good question."

'핵심을 찔렀어'라고 말하는 AI처럼, 유경의 질문에 마이클이 먼저 대답했다.

"이건 박덕진 씨가 대답해야 할 문제네요."

덕진이 떨리는지 목소리를 가다듬었다.

"잘못하면 맨션이 경매에 넘어갈 수도 있는 상황이에요. 제가, 아빠 재산하고 여러 가지를 정리해서 최대한 막을 거지만, 만약 막지 못하면 맨션을 팔고 말고는 제가 결정

할 수 없는 문제가 돼요. 강 대표도 대충 상황을 알 테니 경매로 넘어가길 기다리고 있을 거예요. 그 전에 포기하게 만들어야 해요."

다들 표정이 심각해졌다. 긴장한 덕진이 허둥지둥 말을 덧붙였다.

"아, 203호, 303호 보증금은 아빠가 따로 빼두셔서 그건 걱정 안 하셔도 돼요."

"감사한 일인데, 우리 보증금이 문제가 아니라 맨션이 안 넘어가게 해야죠. 전 할래요."

민영이 아론이를 한 번 보고는 말했다. 마음의 빚을 갚아야 했다. 유경도 살짝 손을 들었다.

"전 아직 계약 기간 꽤 남아서 여기 떠날 생각 없어요. 할게요."

"근데 너 보증금 없이 살고 있었어? 월세는 그 금액이 맞아? 도대체 나한테 제대로 얘기한 게 뭐야? 우리 사이가 그 정도였어?"

강우가 마이클에게 이렇게 따지거나 말거나, 집중하라는 듯이 여은이 박수를 쳤다. 모두의 눈이 이 이상한 연극의 주인공을 맡게 될 여은에게 향했다.

"까짓 거 뭐, 해보죠!"

여은이 연기해야 할 인물, 송사라가 남겼다는 한마디를 따라 한 게 신호탄이었다. 유경과 민영, 미래가 사진 속 사라와 현실의 여은을 비교하며 아이돌 연습생 스타일링과 자연스러운 쌍꺼풀 만드는 방법에 대해 논의하기 시작했다. 마이클은 지금까지 숨겨온 일들을 계속 따지고드는 강우의 말을 흘려듣고 있었다. 슬쩍 뒤로 빠진 재림과, 주민들의 소란을 멀리서 보고 있던 덕진의 눈이 마주쳤다.

지난 아침, 해진이 맨션을 포기하게 만들 방법을 찾아보겠다는 재림에게 덕진이 물었다.

"액운을 안고 사라진 제가 여기 있다는 걸 알아도 맨션을 사고 싶어 할까요?"

자신으로 인해 죽도록 괴로워했던 사람, 죽는 게 낫다 싶을 정도로 고통받았던 사람의 흔적이 있는 곳에 살고 싶어 하는 사람이 있을까? 있다. 해진이 바로 그런 사람이었다.

"꼭 필요하다면 제가 나설게요."

덕진의 말에 재림은 단호한 거절의 표시를 했다.

"여기서부터는 나에게 맡겨요."

이것이 아침에 나눈 두 사람 대화의 마지막이었다.

"믿어요. 나, 현재림이에요."

한밤의 귀신놀이

등장인물:

현재림(무당)

민영(맨션 주민1)

유경(맨션 주민2)

여은(귀신)

관객이자 참여자:

강해진(무연맨션과 그 터를 구매하기 원하는 엔터사 대표)

배경:

서울 무연동 소재의 무연맨션, 비가 내리는 초겨울 밤.

열 명이 안 되는 주민이 살고 있는 낡은 맨션. 산 정상에서 보면 120도 정도의 둔각으로 꺾여 있는 4층짜리 건물이다. 반쪽은 불도 켜지지 않고 사람도 살지 않아 폐가처럼 보인다. 절반만 살아 있는 건물은 뭔가 숨기고 있다는 인상을 풍긴다.

특이 사항:

맨션 앞터에서 시작되는 이머시브 연극(관객이 무대와 객석의 경계를 넘어 직접 참여하는 몰입 공연)으로, 주요 등장인물이 서사를 끌고 가지만 관객이자 참여자의 이동 방향에 따라 상황과 대사가 달라질 수 있다. 결말도 바뀔 수 있다.

1장. 귀신이 있는 건물

비닐우산을 쓴 여자, 재림이 맨션 앞터에서 누군가를 기다리고 있다. 시계를 확인한다. 밤 11시. 자시라고 부르는 시간대로 접어든다. 한국 무속에서는 이승과 저승의 경계가 희미해지고, 음陰의 기운이 강해진다고 믿는 시간의 단위다. 재림이 내려다보는 방향에서 커다란 검은 우산의 꼭대기가 보이고, 우산을 쓴 사람 형체가 분명해진다. 재림, 관객을 맞이하러 간다.

해진 아니, 자기는 이 언덕을 매일 오르는 거야? 어떻게 이런 꼭대기에 건물을 지었대?

재림 오느라 고생하셨어요. 경차가 아니면 못 올라오게 되어 있어서요.

해진, 건물 앞에 세워진 빨간색 경차를 흘낏 본다.

해진 그러게. 위에 터는 이렇게 널찍한데 왜 길 폭은 그렇게 좁을까?

재림 드나듦이 쉬우면 안 될 이유가 있지 않았을까요?

해진은 대답하지 않는다. 재림이 앞장서 맨션 건물 입구로 향한다. 해진이 따라간다.
건물 입구 현관 처마 아래서 우산을 터는 두 사람.

해진 연락이 안 돼서 얼마나 답답했나 몰라요. 저번처럼 사라지면 어쩌나 해가지고.

재림 제가 부름을 받기 전에 신병이 크게 오지 않은 대신, 살면서 이렇게 이레씩 앓곤 하네요. 그래도 속인의 기운을 빼고 영으로 채우기에는 좋은 시간이에요.

해진, 무슨 냄새가 느껴지는 듯 킁킁거린다. 인상을 쓰다가 표정이 풀린다.

해진   향 냄새가 나네. 비랑 참 잘 어울린다.
재림   향이 여는 통로는 하나인데 오고 가는 것에 따라 결과는 둘이 되지요. 여기로 와야 하는 영혼을 부르거나, 잡귀를 내쫓거나. 직접 보고 싶다 하셨으니 둘러보겠지만, 조심하셔야 합니다. 저도 아직 정체를 몰라요.

재림이 불이 다 꺼진 폐가 쪽으로 시선을 두자, 해진도 자연스럽게 같은 방향을 본다. A동 501호, 실實 4층의 첫 호수 창문에 불이 들어온다. 창문에는 머리를 정수리 쪽으로 올려 묶은 여자의 실루엣이 선명하다. 해진이 놀라 재림을 보지만, 재림의 표정에는 변화가 없다. 해진이 눈을 꾹 감았다 뜨자, 불은 꺼졌고 A동은 어두운 채 그대로다. 재림이 몸을 돌려 계단을 오르자, 따라 올라가는 해진. 재림이 계단을 오르며 맨션에 사는 사람들에 관해 설명한다.

재림   여기 203호나 위에 303호 같은 경우는 계약 끝나면 나갈 분들이라 신경 쓰시지 않아도 되고요. 문제는 여긴데.

3층에서 멈춰선 재림. 305호를 가리킨다.

재림 여기 사는 주민이 해외에 동생이 있다던가? 근데 갑자기 위독하다는 소식에 만사 제쳐두고 비행기를 탄 뒤로 연락이 안 된다고 그러네요. LA는 아니고 샌프란시스코였나, 그랬는데. 이 문제는 차차 보고.

해진의 표정이 샌프란시스코라는 단어에 굳어진다. 재림이 마저 계단을 오른다. 해진은 503호와 505호 사이를 지날 때 향 냄새가 짙어지는 걸 느끼고 살짝 둘러본다. 재림이 보지도 않은 채로 말한다.

재림 4층도, 4호도 없는 건물. 인간이 죽음의 자리를 접어두면 거기 귀신이 앉지요.

재림이 옥상으로 향하는 철문을 연다. 무거운 문을 열 때 나는 소리가 짧고 날카롭게 들린다. 먼저 우산을 펴고 나간 재림을 따라, 해진도 나가며 우산을 편다. 재림이 이미 옥상에 있던 민영에게 목례를 한다. 시들어버린 화분에 담배꽁초를 끄고 있던 민영도 자세를 고치고 꾸벅 인사한다. 재림이 해진을 민영에게 소개한다.

재림 여기는 제 손님이신데, 맨션 옥상 뷰가 궁금하다고 하셔서요.

해진이 민영에게 사람 좋은 웃음을 지어 보이며 살짝 고개를 숙인다. 마주 인사한 민영, 주머니에서 담배를 꺼낸다.

민영 실례가 안 된다면 한 대만 더 피우고 내려가도 될까요?

재림이 해진을 본다.

해진 그럼요. 제가 사는 곳도 아닌데 저에게까지 양해 구하지 않으셔도 돼요.

감사의 표시로 끄덕인 민영이 다시 담배 끝에 불을 붙이며 옥상 끝 쪽으로 간다. 재림이 자연스럽게 담배 냄새와 연기에서 멀어지는 방향 쪽으로 향한다. A동과 B동이 만나는 모서리다. 502호, 실 4층의 두 번째 집이 가까이 내려다보이는 위치. 재림이 주변 풍경을 한 번 둘러본다.

재림   보시다시피 세상을 내려다보고 스스로 빛나시기엔 나무랄 데 없이 좋은 터지요.

해진   그런데 말이야, 귀신이 있다면 꼭 성불을 시켜야 할까? 피해만 안 주면 사옥 올리고 상부상조할 수도 있지 않나 싶어서. 우리 쪽 일이 그렇잖아요.

재림   귀신이 인간 뜻대로 되면 무당이란 직업이 왜 필요하겠어요?

해진   자기가 보통 무당이야? 재림아씨잖아요. 아무리 전성기가 지났대도 반도 탑 쓰리 무당이 약한 소리 한다.

재림, 미소 짓는다. 눈은 그대로 있고 입만 웃는 차가운 미소다. 재림이 A동 쪽을 내려다본다. 해진의 눈도 따라간다. 502호 창에 불이 들어온다.

해진   어? 저게 뭐야?
재림   뭐 말씀이세요?

해진이 502호를 가리킨다. 창에 가까이 붙어 있는 여자의 실루엣이 보인다. 현관에 있을 때 501호 창문으로 보았던 머리를 높이 묶은 작은 얼굴의 여자다. 마치 음악 방송 무대인 것처럼 여자를 정확히 비추는 빛에 얼굴이 선명해진다.

걸 그룹같이 진한 무대화장을 했지만 편한 트레이닝복에 민소매 티셔츠를 입은 여자가 고개를 위쪽으로 든다. 쌍꺼풀이 진 큰 눈으로 해진을 본다. 해진, 자신이 무슨 말을 하는지도 모르고 중얼거린다.

해진   사라?
재림   무슨 말씀이세요. 지금 뭐가 보이세요?
해진   자기는 저게 안 보여? 저기 불 다 켜졌잖아. 환하잖아.

재림, 당황스러운 표정이다. 걱정스러운 것도 같다. 해진의 어깨를 살짝 잡고 다독인다.

재림   대표님, 왜 이러세요. 침착하세요. 요새 제가 못 챙겨드려서 기가 허해지셨나 보다.

해진　재림 선생 진짜 왜 이래. 저게 안 보인다고?

해진의 목소리가 커지자 담배를 끈 민영이 다가온다.

민영　괜찮으세요?

재림이 뭐라고 말하기도 전에 민영을 잡고 A동을 가리키는 해진.

해진　아가씨, 저기 지금 불 켜졌잖아요. 보이죠? 스무 살쯤 된 여자애 하나 있고.

민영이 A동 쪽을 한 번 보고 해진이 잡고 있는 손을 떼어낸다. 겁이 난 표정이다.

민영　저는 아무것도 안 보이는데.
해진　거짓부렁하지 말고!

해진의 목소리가 호통치듯 커지자 민영의 표정에 불쾌함이 서린다. 해진과 재림에게서 떨어지며 문 쪽으로 향하는 민영. 재림이 급히 변명한다.

재림 민영 씨, 미안해요. 제가 나중에 설명할게요.

대답 없이 민영이 옥상 문을 닫고 나간다. 재림이 다시 해진의 어깨를 쓰다듬는다.

재림 내려가요, 대표님. 지금 본 게 누군지, 내려가서 얘기해주세요.

그 순간 옥상 문을 열고 후드를 뒤집어쓴 유경이 들어온다. 우산도 쓰지 않았다. 급히 옥상 안쪽으로 뛰어가 비에 쫄딱 젖은 티셔츠며 바지, 얇은 담요 등 빨래를 걷는다. 젖은 빨래를 안고 다시 문 쪽으로 가다가 재림과 해진을 보고 꾸벅 인사하는 유경.
해진이 큰 소리로 유경을 부른다.

해진 저기요! 이쪽으로 잠깐만 와봐요.

재림이 말릴 새도 없이 잔뜩 찡그린 유경이 다가오자,

유경의 팔을 잡고 옥상 끄트머리로 끌고 가서 502호 쪽을 다시 가리키는 해진.

그사이 빛의 느낌도, 여자애의 옷도 바뀌었다. 헤어스타일도 다르다. 여자애가 춤을 춘다. 해진에게는 익숙한 안무다.

해진 저기 춤추는 여자애. 저기 있잖아요. 보이죠?

유경, 해진에게 잡힌 팔을 빼고서는 재림을 바라본다. 검지를 귀 쪽으로 가져가 빙글빙글 돌린다. 미쳤냐고 묻는 듯하다.

해진 미친 건 내가 아니고!

해진이 들고 있던 우산까지 집어 던지며 소리를 지르자, 재림은 포기한 표정을 짓는다. 유경이 도망가듯 옥상 문을 열고 사라진다. 재림이 들고 있던 비닐우산을 해진에게 씌워준다.

재림 따라 하세요. 들이마시고, 내쉬고. 들이마시고, 내쉬고.

해진이 심호흡을 하는 사이, 502호의 불이 꺼진다.

2장. 반도의 귀신은 원한을 풀어달라며 찾아온다

재림이 505호로 해진을 데리고 들어온다. 쫄딱 젖은 채로 현관에 서 있는 해진에게 커다란 수건을 건네는 재림. 해진을 소파에 앉혀두고, 재림이 차를 끓여 가져온다. 해진이 차를 한 모금 마신다. 재림이 테이블 위에서 거의 다 꺼진 향을 치우고, 새 향을 꺼내 성냥으로 불을 붙인다.

재림 사라라고 하셨나요? 제가 사진으로 본 적 있는 친구, 맞죠?
해진 성불을 시켜야겠다. 그게 맞겠어.

해진이 재림이 묻는 말에는 대답하지 않고 자기만의 생각에 갇힌 듯 말을 쏟아낸다.

해진 내가 나약한 인간이 멋대로 한 선택까지 감당할 이유가 없잖아. 안 그래요? 차라리 잘됐어. 따라다니게 하느니 이 기회에 성불시키지, 뭐. 어차피 재림 선생 나한테 굿값 갚아야 하잖아. 이걸로 퉁쳐요. 그럼 되겠다.

재림 반도의 귀신은,

재림의 목소리에서 힘을 느낀 해진이 갑자기 정신을 차린 것처럼 재림을 본다.

재림 원한을 풀어달라며 찾아오지요. 장화, 홍련이처럼. 한을 품은 원귀는, 그 한을 풀어주지 않고 성불을 시킬 수가 없습니다. 어떤 한을 심어주신 건가요?

넋이 나가 보이는 해진의 표정. 향 받침대 아래 녹음기가 돌아간다.

3장. 극중극

해진이 505호의 문을 열고 나와 계단을 내려간다. 올라올 때와는 다른 사람처럼 보일 정도로 기운이 빠진 걸음이다. 한 층을 내려오자 반쯤 열려 있는 305호의 문이 보인다. 생각에 빠진 것처럼 잠시 우두커니 서 있던 해진이 조심스럽게 문으로 다가간다. 열린 문틈으로 반쯤 몸을 내밀고, 어떤 불도 켜 있지 않아 어두운 305호 안을 바라본다.

거실 중간에서 문 쪽을 바라보는, 사람이라면 사람, 귀신이라면 귀신이 서 있다. 예정된 등장인물이 아니다. 해진은 움직이는 방법을 잊은 사람처럼 굳어 있다.

305호의 문이 닫힌다. 문이 닫히는 소리에 굳은 몸이 풀어진 듯, 해진이 갑자기 계단을 뛰어 내려간다. 굴러 넘어지지 않은 게 다행일 정도로 황급히, 계단참과 난간에 팔과 다리가 긁히는 줄도 모르고. 건물을 벗어나서도 계속 뛴다. 비를 맞으며 맨션과 멀어진다.

305호의 문을 열어둔 인물 외에 3장이 진행되었다는 사실을 아는 등장인물은 아무도 없다.

-사이-

새벽 1시가 가까워지는 시간. 비도 거의 그쳤다. B동 모든 호수의 거실 불이 환히 켜지는 것을 신호로 극중극이 끝난다. 차례로 계단을 내려와 1층 무연부동산에 모이는 인물들.

추가 등장인물:

강우(맨션 주민3)

마이클(맨션 주민4)

미래(맨션 주민5)

덕진(맨션 주민6)

여은(인간으로 돌아온 귀신)

4장. 겨울의 시작

환하고 따뜻한 색의 조명이 켜진 무연부동산 안. 등장인물들이 모두 모여 있다. 강우가 들고 온 스피커를 연결하자 노래가 흘러나온다. 〈연극이 끝난 후〉. 그룹 샤프가 부른 1980년 원곡이다. 민영이 여은의 머리를 풀어 정리해준다.

미래 그 인스타 사진 참고한 거 진짜 잘한 거 같아요. 그게 제일 닮기도 했고.

민영 그치? 오늘의 메이크업 아티스트이자 연기자의 탁월한 선택!

여은 셀카 찍으면 진짜 안 돼요? 아무 데도 안 올리면 되잖아요.

재림 이미 찍은 것도 다 지워. 검사할 거야.

유경 테이프 말고 수술받고 나서 메이크업하고 프로필

찍으면 되잖아요. 그게 더 자연스러울걸?

여은　쌤 친구라는 의사, 진짜 잘해요?

유경　내 친구라서가 아니라, 손 기술 하나로는 진짜 강남 탑이에요. 중이 제 머리 못 깎는다고 지 눈을 지가 못한 걸 얼마나 아쉬워했는지 몰라서 그래, 진짜.

마이클이 무릎에 노트북을 얹고 작업을 시작한 듯 손을 움직인다.

마이클　녹음 okay. Save.

휴대폰 전면 카메라를 거울처럼 계속 들여다보던 여은, 재림에게 말을 건다.

여은　맞다. 악재 얘기는 했어요?
재림　했지, 그럼.
여은　며칠 안에 터진다고 했어. 불화설인 듯? 이사회도 얼마 안 남았고.
민영　근데 그런 아이돌 회사 정보를 여은이는 어디서 보는 거야?

미래　얘 구 오빠가 럭키즈 대표 남돌이잖아요. 원래 빠순이 정보력이 기자보다 낫대요. 얘가 그랬어요.

재림　걔네 아니라도 그 회사는 터질 거 많아.

강우　여은 학생 나랑 동업 생각 있어요? 내가 이제 도저히 마이클을 못 믿겠거든.

마이클이 장난스럽게 발로 강우를 툭 친다. 강우가 무시하고 마이클을 등진다. 보고 있던 맨션 주민들이 웃는다. 같이 웃던 덕진이 울리는 휴대폰을 들고 부동산 밖으로 나간다. 재림이 덕진의 뒷모습을 바라본다.

잠시 사소한 일상 대화와 각자의 일을 하는 주민들. 나란히 서서 벽에 붙어 있는 무연동 지도를 보며 뭔가 분석하고 있는 미래와 강우. 휴대폰으로 뭔가를 확인하던 여은의 표정이 굳어진다. 망설이는 얼굴로 여은이 미래의 어깨를 두드린 뒤, 돌아본 미래에게 폰을 건넨다. 폰을 떨어뜨린 미래가 무릎이 꺾인 듯 휘청하자 놀란 강우가 미래를 받아 안는다.

재림　미래야!

일동, 놀라서 미래 쪽을 본다. 재림이 일어나 다가가자 무릎에 힘을 줘 다시 일어서는 미래.

미래 엄마, 나 괜찮아. 진짜야.

소파 위로 떨어진 여은의 휴대폰에는 커뮤니티 글이 떠 있다. 제목은 '12월 데뷔 예정 L엔터 걸 그룹 멤버 커밍아웃 후 탈퇴'. 첫사랑과의 이별을 사주하고 혐오 발언을 일삼은 K 대표 고소 예정이라는 내용이다.
미래가 소파에 앉자 물을 가져다 주는 유경. 부동산 문이 열리고 덕진이 들어온다. 다시 문을 닫지 않아 찬바람도 함께 들어온다. 때마침 흘러나오던 음악도 꺼져 조용하다.

덕진 아버지가 돌아가셨대요.

덕진이 열어둔 문 뒤로 하얀 조각이 떨어진다. 종잇조각 같기도, 소금 같기도 한 이른 첫눈이다.

누구에게나 사연이 있다

 귀신을 보고, 때로는 귀신을 대신해 말을 전하는 어린아이. 어린 마이클이 살았던 세계에서는 귀신을 유령 혹은 악마, 사탄이라고 불렀다. 사탄을 마이클의 몸에서 빼내려는 여러 시도가 있었다. 돌이켜보면 학대였으나, 사랑과 축복을 일상으로 나누는 어른들은 치료라고 불렀다.
 "악마는 저렇게 천사 같은 얼굴로 와서 우리를 집어삼키는 거란다."
 그래도 사랑을 받아보겠다고 웃는 마이클을 향해 누군가 그렇게 말한 뒤로, 마이클은 표정과 말 모두를 숨기고 부모님의 차고 골방에서 지내며 법적인 성인이 되는 날만을 기다렸다. 귀신을 보는 사람이 신에 가까워지는 나라가 있다.

그 말만을 믿고 한국행 비행기를 탔던 해, 마이클의 나이는 워킹 홀리데이 비자를 받을 수 있는 만 열여덟이었다.

3년이라는 시간이 빠르게 지나고 익숙한 홍대와 이태원에서 멀어지지 않고서는 집도 구할 수 없는 빈털터리가 되고 나서야, 비로소 집을 떠날 때의 목적지였던 무연동이 떠올랐다. 마이클이 태어나기 한참 전에 세상을 떠난 그레이트 그랜드파더가 젊을 때 지낸 적이 있다는 동네였다.

무연역 근처를 헤매다가 무연산 방향 길에 들어섰을 때, 마이클은 제대로 된 길에 이제야 들어섰다는 느낌을 받았다. 길 끝에 무연맨션이 있었다. 불쑥 들이닥친 외국인 청년을 보고도 길순은 전혀 놀라지 않았다. 맨션 터가 마을이었을 때 있었던 병원의 외국인 의사가 자신의 그레이트 그랜드파더라고 주장하는 마이클의 엉터리 한국어를 주의 깊게 들어주고는, 오늘부터 503호에서 지내라고 했다. 보증금은 됐고, 월세는 이만큼이라며 손을 펴 보였다. 나이도 이상하게 세고, 돈의 단위가 툭하면 헌드레드 사우전드를 넘어가는 이상한 나라. 마이클은 일단 손가락으로 대충 오케이 사인을 만들어 보였다.

"오케이?"

"Okay. 언제까지 지내도 돼요?"

미리 준비한 한국어 문장에 대한 길순의 대답이 마이클을 구했다.

"내가 죽을 때까지."

스무 살 마이클에게 그건 영원에 가까운 기간이었다.

무당이 듣고 보는 모든 것이 무당과 무당을 찾아온 사람, 그리고 신과의 비밀이듯이, 점성술사 미카엘에게도 비밀이 있었다. 마이클과 길순, 그리고 별만 아는 비밀이었다. 305호에 숨겨둔 길순의 별이 빛을 잃지 않도록 마이클도 함께 지키기로 했다는 것.

어느 초겨울 새벽, 갑자기 눈이 떠져 무의식중에 거실로 나가 창문을 열었다가 길순이 차에서 한 젊은 여자를 끌어내리다 넘어지는 모습을 보게 되었다. 잠옷을 입은 그대로 1층까지 뛰어 내려간 마이클이 길순을 대신해 여자를 업었다. 대충 정리가 끝나자, 길순이 마이클에게 말했다.

"헬푸, 헬푸 미!"

이제 한국어를 잘하는 걸 모르지도 않으면서, 부탁은 상대의 모국어로 하는 게 예의라고 생각했던 걸까. 그날부터 다복을 찾는 일과 덕진을 돌보는 일을 도왔다. 사위의 죽음을 겪은 길순은 공권력을 믿지 않았다. 다복의 해외 실종 건은 어느 공무원의 파일에 미완으로 남았다. 길순은 현지 심부름센터를 통해 사설탐정을 고용했다. 영어로 하는 서류 작성, 문의, 일 처리는 모두 마이클이 맡았다. 수십 년 동안 저축한 돈이 페이팔을 타고 먼 나라로 흘러갔다. 적금을 깨고, 보험을 깼다. 살아 있다는 증거, 그거 하나면 되는데 그게 발견되지 않았다. 제가 직접 가보는 게 낫지 않겠냐 묻는 마이클의 말에 길순이 고개를 저으며 말했다. 너마저 놓치면 어쩌려고, 너도 내 식구인데. 별을 따라 조상을 찾아온 우리 마이클. 길순 말고는 그 누구도 마이클에게 그런 말을 해준 적이 없었다.

길순이 죽었다. 영원은 없었다.

무연동에 토박이가 이렇게 많았나. 조문객이 끊기지 않아 마치 마을 상이라도 치르는 것 같았다. 지난 몇 주간 그랬듯이 맨션 주민들이 손을 보태주었다. 돌아가며 밤을 새워 덕진의 곁을 지키고, 덕진의 끼니를 챙기고, 식사를 나르고, 상을 치우고, 아론이를 돌봤다. 강우와 마이클은 교대로 부의금을 받는 책상을 지켰다.

"이러다 열쇠라도 털리면 어쩌려고. 빨리 일어나봐요."

셋째 날 발인까지 서너 시간 정도 남은 이른 새벽, 재림이 책상 앞에 앉아 졸고 있는 강우를 깨웠다.

"침 닦고, 맨션 가서 스톰맨 옷 가져와요. 우리 만난 첫날 내가 샀다는 거 기억하죠? 마 선생이랑 미래도 깨워서 데려오고요."

"몇 시지? 벌써 준비할 때 됐나. 근데 무슨 옷이요?"

언제 흐른지도 모르는 침을 닦고 다시 물었지만, 이미 재림은 돌아선 뒤였다.

장례식장 가장 안쪽 식탁에, 못 보던 여자 둘이 앉아 있었다. 재림이 안쪽 방에서 잠깐 눈을 붙이고 있던 덕진을 깨워 데리고 나와 상주 자리에 서게 하고 물러섰다. 앉아 있던 여자 둘이 일어나 영정 앞으로 왔다. 고인에게 두 번 절하고, 허리를 숙여 묵념을 하고, 상주 앞에 마주 보고 섰다. 두 여자 중 나이가 많은 쪽이 먼저 덕진에게 다가가 손을 잡았다.

"팀장님, 어떻게 알고 오셨어요."

대답 없이 주아가 덕진을 안았다. 둘은 꼭 닮아 보였다.

재림에게 덕진의 이야기를 들은 주아는 집으로 가서 500원짜리 동전이 가득한 병을 사진으로 찍었다. 당장이라도 던져 깨부수고 싶은 마음을 다스리며 자신이 가진 모든 정보와 대화 내용을 저장하고 기록으로 남겼다. 부하 직원과 연습생들을 오랫동안 괴롭히고 가스라이팅하고 때로는 협박하고 이용했던 해진의 만행이 읽을 수 있는 글로, 볼 수 있는 사진과 영상으로 꼼꼼하게 기록됐다. 팔도 무당을 찾아다니며 쓴 지출 내역도 정리했다. 거기엔 해진이 무당에게 갈 때마다 늘 받아 왔던 주아 아들의 건강을 비는 부적 값도 포함돼 있었다.

500원짜리라고 해도 해진에게 돈을 받은 건 분명 문제였다. 그런 식으로 해진이 자신을 엮어둔 걸 알기에 두려웠다. 해진이 기를 쓰고 털어내려는 액운을 제가 뒤집어쓰게 될까 무서웠다. 하지만 묻어둔 일들을 다 꺼내어 보니 피해자와 가해자가 선명해졌다. 갑작스러운 퇴사를 하거나 덕진처럼 사라져버리는 직원들, 자신의 재능을 의심하게 되고 마침내 버려지는 연습생들. 해진은 그들을 경멸했고 나약하다고 욕했다. 주아는 자신이 그들과 다르다는 걸 해진에게 증명하려 발을 구르며 살았다. 너는 내 편, 강한 편, 특별한 편이라고 해진이 말해야 비로소 쓸모를 증명받는 것 같았다. 펼쳐놓고 보니 해진의 편이 가해자였다. 주아는 반대편이었다. 덕진과 사라의 편. 아직은 살아 있는 피해자 편이었다.

재림에게 사라의 사진과 해진의 악행을 담은 모든 자료를 넘겨준 주아는, 해진에게 가서 재림이 점지한 맨션 방문 일정을 전달하고 맨션 관련 보고서도 작성했다. 주아의 보고서에는 무연맨션 소유주 이름으로 박다복만 올라가 있었다. 맨션과 덕진을 연결 짓지 못한 해진이 305호에서 끔찍한 원한을 품은 귀신을 마주칠 수 있었던 이유였다. 그 밤 이후 해진의 행방이 묘연했다.

"실종 신고는 안 했고, 나하고 다른 이사님들이 같이 급한 일만 처리하고 있어. 이사회 날까지 안 나타나면 대표직은 확실히 박탈될 거야."

"죽진 않았겠죠?"

"절대 그럴 사람은 아니라고 생각하지만, 또 모르지. 우리가 뭘 아니. 인간, 아는 거 별로 없잖아."

고개를 끄덕인 덕진이 주아와 함께 온 소녀 쪽으로 눈을 돌렸다.

"잘 지냈어? 많이 컸네, 우리 희안이."

식탁 위에서 꼬물거리기만 하던 희안의 두 손을 덕진이 잡아주었다. 희안이 고개를 못 든 채로 말했다.

"미안해요, 언니. 우리가 아무것도 못 해줘서."

"아니야. 우리가, 어른들이 못 해준 거지."

겨우 고개를 든 희안을 마주 보고 덕진이 웃었다. 눈물이 고여 있는 희안의 눈이 덕진의 어깨 너머로 닿았다. 누가 왔나, 덕진이 돌아봤다. 장례식장 입구에 미래가 서 있었다.

희안과 미래의 시선이 부딪히는 걸 본 주아가 들고 온 쇼핑백에서 500원짜리 동전이 가득한 자루를 꺼냈다. 동전을 한 움큼 쥐어 희안의 주머니에 넣어주며 주아가 말했다.
"밖에 나가면 자판기 있을 거야. 거기서 믹스커피, 하나 둘 셋 넷, 네 잔이면 되겠다. 뽑아 올 수 있지?"
네 잔을 들려면 손이 네 개 필요하다. 희안이 장례식장 밖으로 나가자, 미래도 말없이 따라갔다.
"자, 여기 하나."
오랜만에 듣는 목소리, 오랜만에 보는 희고 통통한 손가락. 쌀 떡볶이 같다고 놀리던 손가락이 건넨 500원을 받아 쥔 미래가 그걸 자판기에 넣었다. 동전이 길을 따라 철커덕, 넘어가는 소리가 유난히 크게 들렸다.
"망한 아이돌을 망돌이라고 하잖아. 망한 연습생은 어디로 갈까."
인사도 없이 던져진 직구에 미래가 슬쩍 몸을 피하며 대답했다.
"프듀? 아니면 보풀?"

웃을 거야. 미래가 생각하자마자 희안이 웃었다.

"여은이라면 그렇게 대답했을 것 같아서, 그냥 던져봤어."

"개그가 늘었네."

"내가 너는 늘 웃겼잖아. 다른 애들은 몰라도."

말은 이렇게 해도 안 웃긴데 웃어준 걸지도 몰랐다. 이제 미래가 안다고 말할 수 있는 희안의 모습은 거의 없었다. 탈퇴를 할 거라고는, 게다가 커밍아웃까지 하리라고는 상상도 못 했으니까. 그걸 못 해서 자신에게 등을 돌린 날을 미래는 선명히 기억하고 있었다. 희안이 밀크커피가 담긴 종이컵을 양손으로 받아 벤치에 내려놨다. 다시 500원을 달라고 미래가 내민 손을 하이파이브 하듯 살짝 치곤, 희안은 이렇게 말했다.

"이거 우리 둘이 마시고, 다시 네 잔 뽑아서 들어가자. 동전 엄청 많아."

희안이 도로 건넨 종이컵을 받아 든 미래가 벤치 끝에 앉았다. 거기서 한 사람 정도 앉을 만큼 거리를 두고 희안이 앉았다. 하늘을 보니 곧 해가 뜰 시간이었다. 눈도 비도 내리지 않을 것 같았다. 미래는 발인할 때 날이 좋아야 가족이 고생을 안 한다고 했던 엄마의 말을 떠올렸다. 도통 입도 열지 않고 눈도 마주치지 않는 미래를 한참 보다가, 희안이 다시 먼저 말을 걸었다.

"잘 지냈어? 난 잘 못 지냈는데."

"그런 것 같더라."

장례식장을 오가며 틈틈이 기사들을, 커뮤니티와 SNS에 올라오는 글들을 확인했었다. 학폭 얘기 잠깐 나왔다가 쏙 들어간 그 멤버 아니냐는 말에, 당시 오해를 불러일으킨 스토커로 지목됐던 미래가 불려 나온 댓글도 있었다. 이제는 상관없었다. 억울해서 어떻게 사냐며 공론화하자고 난리를 치던 여은을 말렸던 일도 먼 과거 같았다. 겨우 1년 조금 지났고 그 한 해 동안 희안의 조각에 찔릴 때마다 쓰러졌지만, 이제 괜찮았다. 희안과 나란히 앉아서 대화를 하는 지금이 한 시기를 건너왔음을 증명해줬다. 너도 나도 부서진 줄 알았지만, 아니었어. 그러니까 네 조각은 날 찌를 수 없어. 지희안이 흘리고 간 뭔가가 있다면, 그건 둥글 테니까. 손을 잡고 입을 맞추며 서로뿐이었던 열여섯, 열일곱. 그 사계절에 우리가 서로에게 준 마음처럼 말랑할 테니까.

"싸울 거야? 소송 같은 거 있잖아. 너 계약도 있을 거고."

밀크커피를 다 마시고도 별말이 없던 미래가 물었다. 희안이 흠, 하고 고민할 때 내는 소리를 냈다. 희안은 의성어나 의태어를 소리 내어 말하고, 머리가 아프면 관자놀이를 누르고, 화가 나면 허리에 양손을 가져다 댄 포즈를 만들고, 고민이 있을 때는 턱에 엄지와 검지를 가져다 대곤 했다. 사람이 좀, 만화 같았다. 슬쩍 곁눈질로 보자 역시 엄지와 검지로 니은 자를 만들어 턱에 대고 있었다.

"일단 지금은 대표님이 없어져서 잘 모르겠어. 그래도 회사에 도와주는 어른들이 있어서 어떻게든 잘, 해보려고."

어떻게든 잘해보겠다는 마음으로 가보는 길도 있겠지. 고민 포즈를 유지하던 희안이 얼굴을 돌려 미래와 눈을 마주쳤다. 희안이 건넬 말을 예상한 미래도 눈을 피하지 않았다.

"미안해."

"나도."

"니가 미안할 게 뭐가 있어."

없진 않았다. 희안이 망하기를, 망한 아이돌이 되기를 수도 없이 빌었으니까. 그래도 아이돌은 되기를 바랐다. 첫사랑이자 절친을 스토커로 만들면서까지 지킨 꿈이라면, 이루기를 바랐다. 얼마나 잘되는지 보고 싶은 마음도 있었다. 그러니까 나도 미안해, 말하는 대신 손을 내밀었다. 둘은 밀크커피 네 잔을 나누어 들고 장례식장으로 돌아갔다. 재림이 커피를 받으러 다가오자 희안이 고개를 숙여 인사했다.

"엄마, 얘는……"

"알아, 누군지."

무당으로 살며 온갖 사람을 만나고 많은 일을 겪었다. 기획사 대표인 단골 고객이 데뷔조 멤버라며 딸의 여자친구 사진을 들고 오는 일도 그중 하나였다. 말을 보태지 않고 돌아서는 재림의 등을 바라보며 미래는 생각했다.

망한 무당은 어디로 갈까.

재림이 커피를 마시는 강우를 불러 주아 앞에 앉혔다.

"가져온 선물 드리라고요."

또 영문을 알 수 없는 상황에 빠진 강우가 눈치를 보다가 들고 있던 쇼핑백을 내밀었다. 스톰맨 의상이 들어 있었다. 주아가 갑자기 그 옷 로고 부분에 얼굴을 대고 울기 시작했다.

"저, 괜찮으세요? 제가 뭘 잘못한 건지……"

"죄송해요. 갑자기 예전 생각이 나서. 제가 문강우 씨 꿈을 샀었어요. 그때 감사했습니다."

기억났다. 오디션장에서 5만 원에 꿈을 사 갔던 담당자였다.

"럭키즈, 오디션 얘기 맞죠?"

재림이 대수롭지 않다는 듯 주아 대신 대답했다.

"이제 기억나나 보네. 내가 사라고 했거든요. 여기 손주아 실장님에게 너무 필요한 운이라서. 그 꿈이 이분 아드님을 많이 도왔을 테니까 좋게 생각해요."

강우는 충격을 받은 표정으로 재림을 바라보았다.

"그럼, 그 초미녀 심사위원?"

"어머, 초미녀라고 생각했었어요? 말을 하지."

얼떨결에 기억 속 진심을 뱉어버린 강우의 얼굴이 시뻘겋게 달아올랐다. 분노인지 수치심인지 당황스러움인지 쪽팔림인지, 이 감정들 전부인지 도무지 알 수가 없어 정작 중요한 걸 묻지도 못했다. 왜 스톰맨 의상이어야 하냐고.

"아들이 좋아해서 병실에 유튜브 영상을 늘 틀어뒀어요."

아들이 되고 싶어 한 히어로가 스톰맨이었다고 했다. 좌절해서 넘어졌을 때도, 후줄근한 동네 백수로 살 때도, 문강우의 스톰맨은 누군가의 히어로였다.

"아들은, 이제 괜찮나요?"

괜찮다면 괜찮았다. 재발의 가능성을 안고 살아가겠지

만. 주아는 삶에는 원래 완치란 없다는 걸, 대부분의 인간은 회복을 향해가는 길을 걷다가도 헤매느라 다시 상처 입고, 그러다 또다시 나아지는 방향으로 걷곤 한다는 걸 배워가는 중이었다.

발인은 고인의 뜻대로 간소하게 치렀다. 덕진과 아론, 맨션 주민들, 길순의 절친 몇 명만 자리했다. 화장장과 납골당으로 향하는 버스에는 덕진과 아론, 그리고 맨션 주민들만 탔다. 화장장에서 작은 사고가 있었다. 화장 시간이 유난히 길어진다 싶더니, 뼛가루가 많이 나와 준비해둔 유골함을 다 채우고도 넘쳤다. 남은 유골을 가져갈 것인지 버릴지 묻는 직원의 말에 덕진이 결국 울음을 터뜨렸다. 재림이 덕진을 달래는 사이 마이클이 남은 뼛가루를 챙겼다.
"아버지가 강골이셨나 봐요. 뼈가 튼튼해서 든든히 가족을 지키실 수 있었나 보다. 그래서 유골이 많이 나오는 거예요."
저세상에 대한 이야기 하나 없이도 참 무당다운 위로라고, 듣는 사람들 모두가 생각했다.
납골당에 유골함을 모셨다. 덕진의 어깨 정도 높이의 정사각형 칸 안에 유골함과 위패를 두고 챙겨 온 가족사진 몇 장을 함께 넣었다. 아론이 실종됐던 밤, 재림이 305호 구멍으로 집어넣었던 종이도 잘 접어 넣었다. 길순이 챙겨 준, 미래가 찢어버린 부적 조각이 담겨 있던 종이에는 열린 마음으로 봐야 다섯 명인 걸 알 수 있는 가족이 그려져 있었다. 당연히 아론의 작품이었다.

긴 하루를 보낸 맨션 주민들이 다시 버스에 올랐다. 최종 목적지인 무연동만 남아 있었다.

"Oh, my god."

직원이 뼛가루를 놓고 카드 봉투 모양으로 접어서 준 종이가 찢어진 걸 안 마이클이 사색이 됐다. 불행 중 다행으로 뼛가루가 조금 흐른 정도였다.

"담을 거 없어요? 이거보다는 나은 거."

강우가 급히 건넨 투명한 플라스틱 물병은 불경하게 느껴졌다. 유경이 비밀스럽게 무언가를 꺼내며 말했다.

"아까 헹궜어요."

미드 속 카우보이가 아니라면 알코올중독자나 들고 다닐 법한, 위스키를 담는 스테인리스 힙 플라스크였다.

"박 사장님이 술을 안 드셨던 건 아니잖아. 소주 막걸리 취향이시긴 하지만."

강우의 말에 결국 체념한 마이클이 휴대용 술병 입구에

조심스럽게 뼛가루를 흘려 넣었다.

"왠지, 무속적으로 보면 술병에 담는 게 좋을 수도 있을 것 같아. 이런 전통이 있다거나. 무당 선생님은 어떻게 생각하시는지?"

대답이 없었다. 재림은 돌아가는 버스에 타지 않았다.

신이 떠나도

　신이 떠나 망해버린 무당은 아무도 없는 납골당 대리석 바닥에 등을 대고 누워, 눈을 감고 있었다. 그리고 이렇게 누워야만 똑바로 볼 수 있는 맨 아래 칸의 유골함을 떠올렸다. 연고 하나 없이 평생 고생하며 산 여성 노인의 유골이 딱 한 줌임을 알게 된 18년 전 어느 날부터 재림의 인생이 바뀌었다.
　"찬 데 누우면 입 돌아가는 거 알죠?"
　이런 말을 하면서도 나란히 눕는 강우의 기척에 눈을 떴다. 보이는 건 천장뿐이었다. 평범한 인간의 몸으로 보이는 것만 보고, 들리는 것만 듣고, 이 몸으로 느낄 수 있는 것만 느끼며 살아갈 날이 전처럼 아득하진 않았다. 기를 쓰고 아닌 척, 인정하지 않으며 꼬박 사계절을 보낸 후, 무연맨션에서 또 한 계절을 지나와서였다. 망한 무당의 인생은 다른 방식으로 생생했다. 대리석 바닥은 차갑고, 사람의 손은 뜨겁다. 그렇게 느끼며 강우의 손이 제 손을 덮도록 내버려둔 채 말했다.

"납골당 층마다 가격이 다른 거 알아요?"

"몰랐는데요. 그렇겠네요."

보통 성인의 어깨부터 눈높이 정도까지가 가장 비싸다. 사진이나 작은 미니어처 같은 물건을 넣고 빼기 좋으니까. 성인에게는 애매하게 느껴지는 허리선 높이를 선택하는 경우도 있었다. 젊은 사람이 어린 자식을 두고 세상을 떠나면, 어린이의 눈높이가 기준이 되어서 그렇다. 중간부터 위아래로 멀어질수록 가격이 낮아지고, 바닥에서도 구석 칸이 제일 저렴하다. 천장 쪽은 채광이라도 나을 수 있지만, 바닥에 구석이면 빛도 잘 안 닿는다.

"그래서 가족이나 지인이 비용을 지불할 수 없는 유골함이 맨 아래층으로 가는 거예요."

"범죄자 같은? 아니면 또 어떤 사람이 있죠?"

"무연고자라는 단어 알아요? 우리 동네 이름과 어원이 같은데."

인연, 끈이 없는 사람. 혈연, 지연, 학연, 그 어떤 연도 찾아지지 않는 사람이 죽으면 맨 아래 칸으로 간다. 시설 퇴소 후 보호 종료 아동에게 주어지는 지원금은 500만 원이다. 그렇게 혈연 없이 세상에 던져진, 소녀 태도 벗지 못한 젊은 여성을 구슬려 500만 원을 뺏는 게 사기지, 자신이 무연맨션에서 벌인 일들은 사기가 아니라고 재림은 여전히 생각했다. 그때 죽었다면 재림도 맨 아래 칸으로 갔을 것이다. 재림과 그 어떤 연도 없는 어느 할머니가 재림을 대신해 바닥으로 갔다. 바퀴 달린 것을 몰다, 바퀴 달린 것에 치였다. 그날부터 할머니의 이름으로 살며, 할머니의 신을 모셨다. 어찌 된 사정인지 할머니가 키우고 있던 100일 된 아기를 딸로 삼았다. 이런 사정은 누구에게도 말한 적 없고, 앞으로도 말할 일은 없다. 지금은 사라져버린 강은이 짐작했을 뿐. 생년월일시를 모르니 자신과 딸의 팔자를 사주로 읽지 못하는 무당, 스스로 택한 이름으로 살기로 결심한 날부터 자기 곁에 머물렀던 신을 떠나보내야 했던 무당이 몸을 일으켰다. 강우도 따라 일어나 앉았다.

"문 실장이 왜 복수했는지 알아냈어요?"

"알아가고 있는 중입니다."

"너무 오래 걸린다. 그렇게 어려운 문제도 아닌데."

"답보다 푸는 과정이 중요한 문제도 있지 않습니까."

어쩌면 살아가며 풀어야 할 대부분의 문제가 그랬다. 살아가는 게 과정이었다.

재림과 강우는 택시를 타고 맨션으로 향했다. 장례식 사흘간 거의 눈을 붙이지 않은 재림이 차 안에서 잠들었다. 강우는 어깨를 내어주는 대신 자기 수트 재킷을 잘 접어 재림의 목 뒤에 받쳐주었다. 강우가 오늘 새벽에야 알게 된 재림과의 첫 만남에서, 재림이 강우에 대해 이런 평가를 했다고 주아가 알려주었다.

"주인공 관상은 아니야. 그렇다고 빌런도 아니고. 굳이 말하자면 신스틸러? 잘 갈고 닦으면 멋진 조연이 될 거예요."

뭐래. 불운이 닥쳐와도 불굴의 의지로 행운으로 바꾸는 문강우, 내 인생의 주인공은 나인데. 그래도 현재림 인생의 조연이 될 수 있다면, 그 역할은 누구보다 멋지게 해낼 자신이 있었다.

무연맨션은 경매에 넘어가지 않았다. 부의금이 놀랄 만큼 거액이었던 데다가, 덕진이 언니 다복의 실종 신고를 공식적으로 하면서 아슬아슬하게 기한에 맞춰 받게 된 보험금도 한몫했다. A동을 담보로 낸 빚을 정리하고 한숨 돌린 덕진이 B동 세입자 계약 연장 의사를 물었을 때, 거절한 사람은 단 한 명이었다. 마이클이 맨션을 떠나겠다고 했다. 다복의 흔적이 끊긴 동남아시아의 어느 섬 바닷가에 술병에 담긴 길순의 뼛가루를 뿌려주고 나서, 그다음 목적지는 그때 정할 생각이라고. 어디든 하늘에는 별이 있고, 별이 길을 알려줄 테니까. 그리고 또 한 사람이 떠날 예정이었다. 미래는 호주행 비행기표를 끊었다. 마이클에게 가서 뒤늦게 원 플러스 원 추가금 만 원을 내고 별자리점을 봤더니 남반구로 가라고 해서는 아니고, 계절이 반대라는 게 좋았다. 청개구리다웠다.

"드라이브하러 갈까?"

유난히 추운 12월의 아침, 미래가 재림에게 물었다. 어차피 수동 기어를 다룰 수 있는 사람이 맨션에는 미래 하나뿐이라, 길순의 차는 임시로 미래가 타게 됐다. 자신이 태어나기도 전부터 무연동을 굴러다니던 차를 미래는 곧잘 몰았다. 처음 탔던 날 이후 단 한 번도 미래가 운전하는 차에 타지 않았던 재림이, 생일 선물이라고 생각하고 같이 나가자는 미래의 말을 못 이기고 조수석에 앉았다. 재림이 봄에 만난 미래는 겨울생이었지만, 출생신고를 만난 날로 해서 서류상으로는 봄생, 그래서 양자리가 됐다. 아마 태어난 날은 크리스마스 즈음일 터였다. 재림은 자기 생일을 그날로 정했다. 큰 신—재림은 예수를 그렇게 불렀다—과 생일이 겹치는 것도 나쁘지 않은 것 같았다. 새 이름, 새 생일, 새로운 인생. 미래는 재림에게 새 삶을 선물해준 존재였다.

모녀가 저녁을 먹고 있는 식당에 여은이 서프라이즈라며 재림의 생일 케이크를 들고 나타났다. 웬일로 드라이브를 하자고 했을 때부터 예상했던 터라, 재림은 전혀 놀라지 않았지만 반가운 척을 해주었다. 여은은 쌍꺼풀수술 부기가 아직 빠지지 않아 커다란 뿔테안경을 쓰고 있었다. 수술을 받고 나니 사라와 닮아 보이지 않았다. 별로 믿음직하지 않은 은성의 수술 실력 문제인지, 마음의 문제인지는 알 수 없었다. 사수자리를 테마로 한 별자리 케이크를 들고 온 여은이 초를 한 개만 꽂았다.

"요즘 스타일이에요."

"내 나이를 모르는 건 아니고?"

네 나이에 미래를 만났다는 말보다야 웃어넘기는 게 나았다.

"마지막 소절만 작게 부르는 거예요. 미래 니가 선창해."

"사랑하는 우리 엄마~"

다 같이.

"생일 축하합니다~"

마지막엔 재림도 작게 따라 부르자, 여은과 미래 모두 경악에 찬 눈으로 재림을 보았다.

"나 이 정도 음치는 처음 봤어."

"나도 몰랐어. 엄마도 못하는 게 있구나."

천하의 현재림, 그 콧대 높다는 재림아씨도 당연히 못하는 게 있었다. 노래도 못했고, 현실을 인정도 못 했다. 신과 미래 없이 사는 방법도 몰랐고, 그러니 앞으로 잘 못 살 수도 있었다. 못하는 걸 잘하려면 해보는 방법밖에 없었다. 하다 보면 노래도 언젠가 잘하게 될지 모르고, 사는 것도 그럴 거야. 그런 마음으로 재림이 말했다.

"잘하든 못하든 엄마가 알아서 할 테니까, 떠나서 어디 멋대로 살아봐."

"안 그래도 그럴 거거든?"

늘 바쁜 여은이 먼저 떠나 둘만 남자, 케이크를 먹을 사람이 없었다. 재림도 미래도 단 걸 좋아하지 않았다. 입맛이 닮았다. 닮은 구석은 찾고자 한다면 얼마든지 있었다.

"엄마, 나도 할 말 있어."

떠나겠다는 말과 떠나라는 말을 주고받은 뒤에도 남아

있는 말이 있다면, 들어야겠지.

"꿈꿨다는 거 있잖아. 그날, 병원에서."

마지막 문제를 풀면, 돌아온다.

"문장이 완성이 안 됐었어. '풀면' 다음이 안 들렸어. 들을 수가 없었어. 미안해, 거짓말해서."

"지어낸 건 거짓말이라고 할 수 없지."

이것도 지어내서 완성한 문장을 현실로 만들려다 도착한 오늘이 그리 나쁘지 않아 할 수 있는 말이겠지만.

"미안하면 호주 가서 연락이나 자주 해. 위험한 짓 하지 말고."

고백에 큰 용기가 필요했던 미래가 긴장이 풀렸는지 잠시 식탁 위에 엎드렸다. 재림이 지갑에서 뭔가를 꺼내 고개 숙인 미래 아래로 밀어 넣었다.

"엄마 부적이야. 가져가. 이건 찢지 말고."

미래가 악몽을 꾸기 시작했던 때니까 일곱 살 때쯤, 어린이집에서 한글을 배웠다. 자기 이름을 쓰고, 엄마라는 단어를 썼다. 엄마 이름도 썼다. 그림이나 상형문자처럼 보이는 조합이지만 분명히 읽을 수 있었다. 현 재 림. 처음에는 손에 쥔 색연필이 그거 하나였는지 빨간색으로 썼더니, 누군가 그 사람이 죽을 거라고 했다. 죽는 게 뭔데요? 다시 못 보게 되는 거야. 미래가 까만 볼펜을 가져와 빨간 글씨를 덮었다. 엄마를 다시 못 보게 될까 봐. 빨간색이 하나도 보이지 않을 때까지 꾹꾹 눌러서 다시 엄마의 이름을 썼다. 재림은 그 종이를 늘 지니고 다녔다. 그래서 사람마다 부적이 다를 수 있다는 걸, 아론이의 그림이 덕진의 부적이 될 수 있다는 걸 알았다.

재림의 이름이 적힌 종이를 한참 보고 있던 미래가, 그걸 다시 재림에게 건넸다.

"이건 내 마음이니까. 엄마를 지켜주는 거잖아. 내 건 따로 있어."

미래가 레스토랑까지 메고 온 백팩에서 통장을 꺼냈다. 재림이 헛웃음을 지었다.

"너 그렇게 세상만사 돈으로 계산하다가는 문 실장처럼 된다?"

"와, 다 기억하는 사람이 이걸 기억 못 하네. 이거 편지야."

미래가 통장을 펼쳐 재림에게 보여주었다. 초등학교에 입학할 때 재림이 만들어준 어린이통장이었다. 10년 전, 통장의 보낸 사람 이름을 문장으로 바꿔 편지를 쓰는 게 유행이었다. 한 번에 일곱 글자까지만 쓸 수 있는 편지는

'사랑하는미래야'로 시작해, 5년 넘게 꾸준히 생일이나 개학, 방학, 상장 받은 날처럼 평범하지만 특별한 날마다 이어졌다.

　이지구상에서
　유일하게인간만
　미래에대해서
　생각할수있대
　그래서네이름을
　미래라고지었어
　너를생각할때면
　유일하게인간만
　할수있는일을
　하고있는거라서

마지막 날짜는 열세 살 생일, 편지는 그렇게 멈춰 있었다. 미래가 말했다.
"이게 내 부적이야."
그리고,
"이다음부터는 내가 쓸게."

신이 떠나도

작가의 말

『신이 떠나도』는 '끝난 뒤에 시작되는 이야기'를 쓰고 싶다는 마음에서 출발했다. 모든 인간에게 신과 같은 '무엇'이 있다고 한다면, 신을 잃은 인간은 어떻게 살아갈까? 질문하고 싶었다. 그래서 있는 그대로의 신을 모시고, 잃을 수도 있는 직업인인 무당을 주인공으로 삼았다.

이야기의 첫 형태가 시리즈 드라마의 대본이었기 때문에 '무당 이야기를 하고 싶은 거라면 신이 떠나면 안 되는 거 아니냐' 같은 질문을 자주 받았다. 무당 이야기가 아니라 신이 떠난 무당 이야기를 하고 싶은 거라고 말하면 관심을 가지고 들어주는 사람이 적었다. 좋은 이야기를 쓰고 싶은 마음만 있고 좋은 드라마가 뭔지는 잘 몰라서 헤매던 밤이 길었다.

　그 몇 년은 무척 외로웠으나, 그래도 내 이야기의 힘을 믿어준 이들 덕분에 끈질기게 붙들고 있을 수 있었다. 그들과 내가 목표한 지점에 다다르지 못해 '신이 떠나도'라는 제목의 드라마는 세상과 만나지 못하게 되었지만, 마침표를 찍은 이야기를 그들이 읽어준다면 기쁘겠다. 신인 작가의 시행착오와 방황을 기다려주었던 관계자들, 마음을 기울여준 기획 피디들, 특히 첫 2년 동안 단둘이 세계를 만들어갔던 최혜원 피디에게 깊은 감사의 마음을 전한다.

　한 번도 끝맺지 못한 이야기를 결국 접어두고 1년 넘게 펼치지 않았다. 재림과 미래가 맞이할 결말은 정해져 있었지만, 거기까지 어떻게 가는지는 나도 몰랐다. 쓰기 전에는 정말 모르는구나. 알고 싶어서 쓰고 싶었지만, 거절의 딱지가 붙어 있는 이야기를 다시 쓸 기운이, 무엇보다 용기가 없었다. 일을 줄이고, 운동을 하고, 잘 자고, 잘 먹으며 기운을 차린 뒤에도 용기는 도통 생겨나지 않아서 이야기를 다시 펼치지 못하고 만지작거리기만 했다. 거리에 나가 시위를 하는 날이 많았던 겨울, 이 이야기에 관해 짧게 언급한 팟캐스트를 들은 유유히의 이지은 대표가 장편소설로 써보자는 제안을 했다. 작가의 용기는 어디서 올까. 아직 결말을 알지 못하는 당신의 이야기를 읽고 싶다는 타인의 진심에서 온다. 이지은 대표에게 감사드린다. 한 줄 로그라인이었던 때부터 이 이야기의 힘을 믿어주었던 나의 첫 독자, 친구 이지혜에게도 고맙다는 마음을 전한다.

이 이야기를 쓰고, 멈추고, 다시 써나가는 시간 동안 자리를 지켰던 몇 번의 장례식이 있었다. 아끼는 이들이 겪은 상실도 소설에 녹아 있다. 친구들과의 대화와 나를 스쳐간 누군가가 남기고 간 흔적도 문장이 되었다. 모두에게 빚졌으니 두고두고 갚으며 살겠다. 내게도 이게 우정이다.

대본으로는 가본 적 없는 지점에 도착하면 길을 잃을까 봐 두려웠다. 딱 그 자리에 서 있을 때 부상을 당했다. 새끼발가락에서 이어지는 발날 쪽 뼈가 부러지는 전치 6주의 중상. 한 발에는 깁스하고 목발까지 짚고 모르는 길을 가야 하겠구나. 놀랍게도 거기부터는 다들 알아서 갔다. 재림과 미래가, 강우가, 무연맨션 주민들이 나를 데리고 갔다. 쓰는 나조차도 과정을 몰랐던 이야기가 알아서 결말을 향해가는 속도를 따라가기 버거운 날도 있었지만, 함께 걸을 수 있어서 외롭지 않았다. 소설을 쓰는 동안은 늘 그랬다. 나는 재림처럼 운명을 믿지도 않고 미래 같은 방식으로 과학을 믿지도 않지만, 『신이 떠나도』는 마침표를 찍을 수 있는 운명으로 태어난 이야기였다는 걸 이제는 안다. 이 이야기의 운명이 나를 다음으로 갈 수 있게 밀어주고 있다. 아무것도 알 수 없고, 정해지지 않은 미래로.

   이다음부터도 계속 쓸 것이다.

2025년 11월

윤이나

신이 떠나도
ⓒ 2025

초판1쇄 인쇄일 2025년 11월 17일
초판1쇄 발행일 2025년 11월 27일

지은이 윤이나
발행인 이지은
편집 고나리
마케팅 전준구
디자인 송윤형
제작 제이오

발행처 유유히
출판등록 제 2022-000201호 (2022년 12월 2일)
ISBN 979-11-93739-20-4 03810

- 이 책은 저작권법에 따라 보호를 받는 저작물이므로 무단전재와 복제를 금합니다.
- 이 책의 전부 또는 일부를 이용하려면 반드시 저자와 유유히 양측의 동의를 받아야 합니다.
- 책값은 뒤표지에 표시되어 있습니다.
- 인쇄·제작 및 유통상의 파본 도서는 구입하신 서점에서 바꿔드립니다.